# Grand Méchant Tyran

Renee Rose

Lee Savino

*Traduction par*
Agathe M

Ce livre est une œuvre de fiction. Bien que certaines références puissent être faites à des évènements historiques réels ou à des lieux existants, les noms, personnages, lieux et évènements sont le fruit de l'imagination des auteures ou sont utilisés de manière fictive, et toute ressemblance avec des personnes réelles, vivantes ou décédées, des établissements commerciaux, des évènements ou des lieux est purement fortuite.

Ce livre contient des descriptions de nombreuses pratiques sexuelles et BDSM, mais il s'agit d'une œuvre de fiction et elle ne devrait en aucun cas être utilisée comme un guide. Les auteures et l'éditeur ne sauraient être tenus pour responsables en cas de perte, dommage, blessure ou décès résultant de l'utilisation des informations contenues dans ce livre. En d'autres termes, ne faites pas ça chez vous, les amis !

 Formaté avec Vellum

# Livre gratuit - La Vierge et le Vampire

**Abonnez-vous à la newsletter de Renee e Lee**

Abonnez-vous à la newsletter de Midnight Romance pour recevoir livre gratuit, des scènes bonus gratuites et pour être averti·e de ses nouvelles parutions ! https://dl.book funnel.com/5p8orhhczq

# Livre gratuit de Renee Rose

**Abonnez-vous à la newsletter de Renee**

Abonnez-vous à la newsletter de Renee pour recevoir livre gratuit, des scènes bonus gratuites et pour être avertie de ses nouvelles parutions !

https://BookHip.com/QQAPBW

*À notre meilleure amie dans la vraie vie, Aubrey Cara. Merci pour tout le temps et le soin que tu as consacrés à nous aider à peaufiner les livres Bad Boy Alphas. Merci pour tous ces memes ridicules et pour tes encouragements quand nous avions besoin d'un coup de pouce. Merci d'être toi.*

*Avertissement : Le héros de ce roman a subi des violences dans l'enfance. Elles ont beau ne pas être représentées dans ce livre, elles sont mentionnées à plusieurs reprises. Nous incluons cette note pour contextualiser le comportement de Billy. Veuillez vous préserver.*

# Chapitre Un

Aubrey

Je hais les milliardaires.

Non, je ne devrais pas dire ça. Ma meilleure amie en deviendra bientôt une ; via un héritage ou son mariage. Sans doute les deux.

Je ne me suis pas encore faite à cette drôle d'idée.

Mais Madi exceptée, ces pourritures sont omniprésentes à Wall Street. Surtout ici, chez Sentience Labs, l'entreprise d'intelligence artificielle qui pille éhontément les œuvres d'artistes, de musiciens et d'auteurs du monde entier.

Raison pour laquelle je compte agir. *Ce soir.*

C'est la troisième semaine que je passe devant le vingt-huitième étage du bâtiment de Sentience. D'habitude, mes fresques représentent des scènes de justice sociale et appellent au changement. À la résistance. À la liberté. Je suis le Diego Rivera de Brooklyn. Ma fresque sur le mouvement Occupy Wall Street devant La Résistance, le café bohème où je travaille, est la plus photographiée de la ville.

Personne n'aurait pu imaginer que je me vendrais à une

entreprise comme Sentience. Une entreprise qui prive des tas d'artistes de leurs droits.

Mais si j'ai participé à leur appel à projets en leur proposant un paysage floral ringard, c'est pour une bonne raison.

Une raison exceptionnelle.

La chanson « Karma Chameleon » de ma compilation années 80 se met à retentir dans mes écouteurs, et je souris toute seule.

*Eh oui, Sentience. Le karma, c'est une chose formidable.*

— Vous restez tard aujourd'hui aussi ? Demande le vigile, campé derrière mon échelle pour observer ce que je fais.

Hélas, il s'intéresse de près à mon travail et à moi-même. Peut-être parce qu'il aime mes œuvres. Ou bien parce qu'il sent que je ne suis pas comme les requins sans âme qui peuplent ces océans. Je représente la vie et la couleur face au monochrome creux du reste de l'immeuble.

En d'autres circonstances, j'aurais peut-être flirté avec lui. Il fait plus d'un mètre quatre-vingts et il est canon, avec sa peau brune et son accent jamaïcain sexy. Carrément mon genre. Mais j'essaye de passer inaperçue. Surtout ce soir.

*Du balai, mon pote. J'ai rien à te proposer.*

— Oui. J'applique les dernières touches, mens-je en donnant quelques légers coups de pinceau sur un coquelicot.

En réalité, j'ai achevé ma fresque il y a deux heures, et à présent, je gagne du temps. Je fais exprès de ne pas me retourner et de ne lui accorder aucune attention pour qu'il s'éloigne.

Il reste encore quelques minutes, puis s'en va enfin d'un pas tranquille. J'attends d'entendre l'ascenseur sonner et se mettre en route avant de couper ma musique et d'ôter un écouteur pour tendre l'oreille.

Tout est calme.

Afin d'en avoir le cœur net, je me rends aux toilettes pour me laver les mains, et je vérifie sous chaque porte qu'il n'y a pas de lumière.

Il est vingt heures. Les plus hauts cadres quittent généralement le bureau avant dix-huit heures, mais je dois être certaine.

Je me sers du badge d'accès que m'a fourni Jamie, notre indic. Elle a été renvoyée il y a deux mois pour avoir imprimé un mail que lui avait envoyé un dirigeant, lui assurant que ses inquiétudes sur la légitimité des données qu'ils minaient étaient infondées.

Le système de sécurité orwellien de l'entreprise a donné l'alerte, et des agents de sécurité ont chassé Jamie de son bureau avec ses affaires (sauf le mail imprimé) avant la fin de la journée. Elle s'est présentée à notre association d'aide juridique et Jan, mon amie avocate et activiste qui est aussi l'épouse de la propriétaire de La Résistance, a accepté de la défendre.

Comme je complotais déjà avec Jan et sa femme, Caroline, pour faire tomber Sentience, elle m'a mise en contact avec Jamie.

À présent, il ne me reste plus qu'à mettre la main sur d'autres mails incriminants et, je l'espère, le dossier secret où ils cachent les œuvres d'artistes qu'ils ont piratées afin que Jan les attaque en justice. Ou bien nous enverrons nos trouvailles au *New York Times* afin que la presse dénonce publiquement ces ordures.

Je descends au dixième étage grâce à l'escalier de secours. C'est là qu'ils minent les œuvres. Le badge de Jamie fonctionne toujours ici, comme elle me l'avait assuré.

Mon cœur bat la chamade lorsque j'ouvre la porte et me glisse à l'intérieur.

La lumière est éteinte, et il fait noir. D'après Jamie, il n'y a pas de caméras à cet étage car ils ne veulent pas laisser de preuves de leurs agissements. Je suis la carte que j'ai mémorisée jusqu'à l'ancien bureau de Jamie. Quelqu'un a été engagé pour la remplacer, mais Jamie avait gardé un double de clé, qu'elle avait fait réaliser lorsqu'elle croyait avoir perdu la sienne, avant de la retrouver. Un incident qui arrange bien nos affaires.

Je glisse la clé dans la serrure et la fais tourner. J'ai beau être pleine d'audace lorsqu'il s'agit de manifester, de participer à des sit-in et de faire des discours, mais là, j'enfreins la loi. Ce soir, je franchis la ligne rouge de l'effraction et du vol. Jan n'approuverait pas, mais si je ne le fais pas, Sentience continuera de dérober les œuvres d'artistes, moi comprise, et de les priver de leurs moyens de subsistance. Jamie a tenté d'agir, et elle a été renvoyée.

Je peux bien prendre quelques risques.

Je me glisse dans le bureau sans allumer la lumière. Je sors la clé USB que j'ai apportée de la poche avant de ma salopette couverte de peinture.

L'ordinateur est toujours allumé. Il sort de veille lorsque je fais bouger la souris. Je passe rapidement ses dossiers en revue et suis les instructions que j'ai apprises par cœur pour cloner tout le disque dur. Pendant que j'y suis, je copie le contenu de sa boîte mail. Je ne m'attends pas à y trouver quelque chose d'utile, mais on ne sait jamais.

J'espère que cela nous donnera du grain à moudre !

Une boîte de dialogue m'annonce que le clonage des données prendra trente minutes, alors je me faufile hors du bureau et monte les marches jusqu'à ma fresque, au cas où le vigile reviendrait. Je prends le temps de nettoyer mon espace de travail, de rincer mes pinceaux et de mettre une toile de protection sur ma fresque.

Mon téléphone se met à sonner, et je consulte l'écran. Madi. Je décroche. Elle doit quitter son travail. Son poste de directrice chez Torrent Cosmetics l'occupe à temps plein, désormais. Encore plus que son ancien job chez Moon Co., car Brick avait des limites. Il ne travaillait pas le week-end ou tard le soir.

— Aubrey !

— Salut, toi.

— Coucou ! Comment ça va ? Désolée, j'ai l'impression que ça fait une éternité qu'on ne s'est pas vues.

Mon cœur me lance avec une douleur familière à l'idée que j'ai perdu ma meilleure amie au profit de son fiancé.

— Je sais. Tout va bien. On peut passer du temps ensemble ? Rien que toutes les deux ?

— Oui, avec plaisir. Pourquoi pas...

Je l'imagine en train d'ouvrir l'agenda sur son portable et de le passer en revue.

— Jeudi soir ?

— Jeudi dans une semaine, tu veux dire ?

— Oui. Pardon. J'ai un emploi du temps de ministre, cette semaine et Brick et moi passons le week-end dans les Adirondacks.

Je ne peux m'empêcher de remarquer qu'elle ne m'a jamais invitée à m'y rendre avec eux, sauf pour leur fête de fiançailles.

— D'accord. Jeudi prochain, alors, dis-je d'un ton éteint.

Il faut vraiment que je me trouve une vie. Un mec. Quelqu'un pour combler le vide laissé par le déménagement de Madi.

— Qu'est-ce que tu fais, là ?

— Figure-toi que je peins une fresque sur le bâtiment de Sentience.

— *Hein ?*

Elle a au moins le mérite de sembler choquée, comme il se doit. Mais je suis déprimée à l'idée qu'elle ne sache même pas la raison de ma présence ici. Elle ne sait plus rien de ma vie.

— J'ai de bonnes raisons. Je t'en parlerai quand on se verra.

— Non, attends ! Dis-le-moi maintenant. Je veux tout savoir.

— J'aimerais bien, mais je suis en train de bosser, donc... je ne peux pas trop parler.

— Oh la vache ! Qu'est-ce que tu mijotes ? Je suis morte de curiosité.

— Tant mieux. Au moins comme ça, je suis sûre que tu n'annuleras pas notre rendez-vous.

— Aubrey, je suis désolée pour l'autre fois.

— Mais non, ce n'est pas grave. On discutera la semaine prochaine. Ooh, tu sais quoi ? Ce jour-là, il y a un super groupe de reprises des années 80 qui joue à l'All Night.

J'adore la musique des années 80. Toute cette décennie m'obsède, à cause des goûts musicaux de mes parents. À la fac, Madi et moi reprenions les chansons des Go-Go's avec notre groupe, et nous jouions à l'All Night.

— Parfait. On se retrouvera là-bas.

Comme au bon vieux temps. Je retrouve le moral.

— Super ! J'ai hâte qu'on se raconte tout.

— Moi aussi. Gros bisous !

Cela me fait sourire.

— Gros bisous. Salut.

Je regarde l'heure. Vingt-six minutes. Le téléchargement des données est sans doute presque terminé.

Je redescends l'escalier de secours en courant jusqu'au dixième étage. La clé USB est prête. Je la déconnecte en vitesse, la remets dans la poche de ma salopette et regagne l'escalier.

J'ai descendu deux étages quand une porte s'ouvre.

Merde. C'est le vigile.

— Hé ! lance-t-il d'un ton sévère.

Puis il me reconnaît.

— Oh, dit-il les sourcils froncés. Que faites-vous sur l'escalier de secours ?

J'ai les paumes moites de sueur. Je résiste à l'envie de palper ma poche pour m'assurer que la clé USB est bien cachée.

— Oh, je m'en allais. J'ai fini pour ce soir ! annoncé-je d'un ton chantant.

— Mais que faites-vous ici ? C'est l'escalier de secours.

— Oui, je sais. Je suis un peu claustrophobe, alors je préfère les marches à l'ascenseur. Surtout le soir, quand personne ne m'entendrait crier si je restais coincée.

Il me regarde d'un air hébété.

Merde. Suis-je nulle en mensonges ?

— Moi, je vous entendrais crier.

C'est une menace, ou quoi ? Est-ce qu'il veut m'entendre crier ? Ce type serait-il un tueur en série ? Mon cerveau part dans tous les sens tandis que ma gorge se serre.

Il se met à sourire, et je suis tellement soulagée que mes jambes manquent de céder sous mon poids.

— Mais je comprends, ajoute-t-il. Moi, je prends les escaliers pour rester en forme.

— Ah oui ! Ça aussi, dis-je d'une voix légèrement essoufflée et frénétique. Bon, je ferais mieux d'y aller ! Il est tard.

Je lui passe devant à toute allure et descends les marches quatre à quatre.

Je le sens me suivre du regard durant quelques instants, mais je ne tourne pas la tête vers lui. Je descends les huit étages restants jusqu'au rez-de-chaussée. J'ouvre la porte du hall à la volée et prends une grande inspiration. Le gardien me jette un regard étonné.

— D'où arrivez-vous ? Il y a le feu ?

Je me force à rire.

— Non, pas d'incendie en vue. J'ai descendu les marches en courant pour, euh, faire de l'exercice. À demain !

Je quitte les lieux à grands pas.

Merde, merde, merde. Ce n'est pas passé loin.

Alors que je me rue vers la bouche de métro, je prends de grandes bouffées de l'air frais et printanier.

J'ai traversé la moitié de la rue lorsque je commence à glousser. Puis mon gloussement se transforme en éclats de rire. Je me marre toujours comme une folle lorsque je monte dans la rame qui me conduira à Brooklyn.

J'ai réussi. Ma première mission d'espionne industrielle est accomplie.

J'espère que les informations que j'ai dégotées en valaient la chandelle.

# Chapitre Deux

Billy

J'ai les yeux rivés sur la page Instagram. Une sirène sous forme humaine me rend mon regard avec un rictus, debout devant une fresque gigantesque. J'ai déjà vu cette fresque en personne. Elle n'est pas trop mal. Contrairement à l'artiste. Elle, c'est un danger public.

Pour la centième fois, j'examine sa peau noire et soyeuse. Ses pommettes hautes et ses lèvres pulpeuses. Ses cheveux noirs tressés aux pointes blondes et écarlates qui lui tombent dans le dos. Ils n'étaient pas comme ça la dernière fois que je l'ai vue, à la fête de fiançailles de Brick et Madi.

Quand elle m'a traité avec insolence et m'a fait un doigt d'honneur.

Mon envie de la corriger pour cette impertinence me donne une érection, là aussi pour la centième fois. J'adorerais la pencher sur le comptoir du café bohème où elle travaille et entendre ma paume claquer sur ses fesses.

Le fait que je me surprenne à désirer une humaine est insensé. Plus révoltant encore, je n'ai pas touché à la moindre femme – louve ou humaine – depuis la fameuse fête de fiançailles.

— M. White ? m'interrompt Annabeth, mon assistante de direction, par l'interphone.

Il s'agit d'une louve extrêmement compétente, raison pour laquelle je l'emploie.

D'habitude, elle sait qu'il ne faut pas me déranger.

— Quoi ? lancé-je d'un ton sec en éteignant aussitôt mon écran.

— Votre, euh... M. White senior est là, il souhaite vous voir.

Senior.

*Mon père.*

Qu'est-ce qu'il veut, bon sang ?

Je me lève, trop conditionné à le respecter pour lui refuser cet honneur. Même s'il ne le mérite pas du tout.

— Faites-le entrer, dis-je.

Mon père pénètre dans le bureau à grands pas.

Le simple fait de le voir m'emplit de colère et de haine de moi. C'est le salaud qui m'a enfanté. Je porte son ADN répugnant.

William Bill White II est un loup de grande taille, près d'un mètre quatre-vingt-dix, et malgré ses tempes grisonnantes, il a toujours tout de l'alpha qu'il est pour sa meute. Il pue l'autorité. La cruauté. Il croit que tout lui est dû.

Moi, j'atteins à peine le mètre quatre-vingts, malgré les hormones de croissance synthétiques qu'il me faisait avaler quand j'étais jeune. Mais je suis devenu fort. Et pas à cause des raclées et des épreuves qu'il infligeait à mon loup, plutôt malgré cela. Ma sœur m'a aidé à survivre à mon père, et j'ai choisi de prospérer. De m'échapper.

Je reste derrière mon bureau au lieu d'aller le saluer.

Dans mon bureau plein de baies vitrées, je me sens en position de pouvoir.

*Eh ouais, connard, le fils que tu as jeté est un milliardaire de Wall Street, maintenant.* Bras droit de la meute la plus grande et la plus puissante de New York. À des années-lumière de ta meute dans ton trou paumé du Maine.

Je travaille chez Moon Co. depuis que j'ai aidé Brick à fonder l'entreprise, lorsque nous étudiions toujours à Yale, mais mon père n'était encore jamais venu me voir à Manhattan.

Jusqu'à aujourd'hui. *Qu'est-ce qu'il veut ?*

Il contemple mon bureau et ma position de pouvoir avec un rictus.

Je décide de faire l'impasse sur les politesses :

— Qu'est-ce que tu fais là ?

— Ta mère voulait que je passe te dire bonjour.

Ma mère. La petite souris apeurée avec laquelle il s'est accouplé afin de s'assurer le rôle d'alpha. Mon grand-père maternel était le précédent alpha. Encore un meneur cruel, si mes souvenirs sont bons.

Ils n'étaient pas compagnons destinés, en tout cas. Il s'agissait d'une union arrangée, stratégique pour mon père comme pour mon grand-père. Ma mère n'a pas eu son mot à dire.

Moyenâgeux, hein ?

— Que fais-tu à New York ?

— J'avais des affaires en ville.

Son explication est tellement vague que des alarmes se mettent à retentir dans ma tête. De quelles affaires peut-il bien parler ? Des affaires à mener en personne ?

Je hume son odeur, conscient que cela déclenchera une réaction traumatique.

Et en effet, mon corps se retrouve en état de choc, prêt à se battre ou à être battu.

Mais ça fait des années que j'ai appris à maîtriser mes réactions. J'examine son odeur pour voir si j'y repère celle de quelqu'un d'autre. Je perçois la puanteur de New York, un mélange de gaz d'échappement et de hall d'hôtel. De passants humains.

Rien d'autre.

Très bien, je me lance :

— Quelles affaires ?

Mon père m'adresse un sourire cruel.

— Tu as perdu le droit de te renseigner sur mes affaires le jour où tu as abandonné ta meute.

— J'en ai trouvé une meilleure, dis-je d'un ton mort, avec un regard mort. Je n'ai pas eu l'impression de te manquer.

Il retrousse les lèvres avec dédain.

— Je n'ai que faire d'un traître. Mais ça pourrait changer.

Bordel, je rêve. J'espère qu'il plaisante.

— Quoi, maintenant que j'ai du fric, je vaux quelque chose à tes yeux ?

Je fais le tour de mon bureau d'un pas vif et m'assois dessus, les jambes croisées.

— À moins que tu comptes te servir du pouvoir de Brick ?

— Brick n'est pas aussi puissant que tu le crois, raille mon père. Son humaine causera sa perte. Tu ferais mieux de quitter le navire tant qu'il en est encore temps.

Mon père déteste les humains. Il s'est taillé une place de choix en jouant sur la haine des humains. J'étais complètement coupé de leur monde, quand j'étais petit. Je ne les avais jamais fréquentés avant d'être inscrit au même pensionnat que Brick, Nickel et Jake au lycée, puis de poursuivre mes études à Yale.

Mon père m'a enseigné très jeune à me battre pour ma survie, et c'est ce que j'ai fait. Je me suis jeté sur le loup le plus noble du campus et je me suis rendu indispensable. Lors de notre première année de fac, la mère de Brick a empoisonné son père, et les Adalwulf ont pillé ses richesses. Il avait besoin d'un bras droit pour accomplir sa vengeance et reprendre tout ce que les Adalwulf lui avaient volé. La force de mon ressentiment aurait pu alimenter tout Manhattan en électricité.

Je sais que nous nous sommes tous liés à cause de nos traumatismes respectifs. Nickel – un loup de l'aristocratie anglaise – fuyait lui aussi des difficultés familiales et des manœuvres politiques. Jake était un solitaire discret qui n'avait jamais pu compter sur une meute avant que Brick l'intègre. Tous les quatre, nous sommes devenus une famille, unis autour d'une seule cause : enrichir et redorer la réputation de la meute des Blackthroat afin que Brick reste à sa tête.

— La meute a accepté sa luna, dis-je d'un ton raide.

Je dois bien admettre que je n'étais pas vraiment dans le camp de Madi, et que j'ai lutté bec et ongles contre la décision de Brick de s'accoupler à une humaine, mais ça, je n'ai pas l'intention de le dire à mon père. Je ne lui dévoilerai jamais la moindre faille chez ma meute ou chez mon alpha.

Il me scrute.

— Il paraît que c'était un bain de sang. Qu'il a dû tuer des centaines de membres de sa meute pour garder le pouvoir. Que le prochain coup d'État contre lui sera mieux organisé.

Ses mots me glacent. Si j'étais sous forme de loup, mes poils se dresseraient sur mon dos, mais je prends garde à ne rien laisser paraître. Le fait qu'il ait songé à ce point à la vulnérabilité de notre meute ne me plaît pas du tout. Je n'aime pas qu'il tourne ses yeux cruels sur nous. Mon père est dangereux et imprévisible. J'ai passé toute ma vie à apprendre à me maîtriser et à protéger ce qui m'entoure pour lutter contre ses instincts destructeurs.

— J'aurai certainement l'occasion d'évaluer la situation par moi-même avant le mariage.

*Quoi ?*

— Tu n'es pas invité.

— Pas encore, réplique-t-il en triturant ses boutons de manchettes. Mais je suis sûr que tu en toucheras un mot à ton alpha pour y remédier. J'ai un lien de sang avec son second, après tout.

Mon père commence par cracher sur ma meute avant de tenter de décrocher une invitation pour ce qu'il perçoit comme l'événement le plus prestigieux de l'histoire de notre meute. Son hypocrisie ne devrait pas me surprendre. À ses yeux, les Blackthroat sont l'une des familles métamorphes les plus riches et les plus nobles, et il veut toucher du doigt leur fortune et leur pouvoir.

Je hausse un sourcil d'un air nonchalant.

— Je suis surpris que tu veuilles y assister, vu qu'il épouse une humaine. Je sais bien ce que tu penses de ces gens-là.

Il m'a transmis sa haine dès le plus jeune âge.

L'espace d'un instant, je me revois dans le Maine, sur nos terres, avec la meute. J'entends encore mon père hurler :

— C'est l'heure de chasser l'humain.

Je me souviens que ma sœur me serrait contre elle, comme pour me protéger des loups qui nous entouraient et de la violence qu'ils allaient semer.

Mes canines s'aiguisent. L'idée qu'il approche ma luna me glace le sang.

Mais je reste impassible. *Ne jamais faire preuve de faiblesse.*

— C'est le mariage du siècle, dit mon père. Il y a bien une invitation qui traîne...

Et puis merde. Il faut que je coupe court à tout ça.

— Ne retiens pas ton souffle, dis-je d'un ton tout aussi dédaigneux que le sien. Je peux t'assurer qu'il n'y aura pas d'autre coup d'État. Madison Evans n'est pas une simple compagne humaine. C'est une véritable luna. Elle exerce un pouvoir reconnu par la meute. Ta haine ne peut rien contre la loi de la nature.

C'est la vérité. Même moi, j'ai accepté le pouvoir de Madi et son rôle aux côtés de mon alpha.

J'ai accepté ma punition pour avoir tenté de les séparer. Une punition qui fait désormais de moi un putain d'ambassadeur auprès des humains.

Ça me rappelle que je devrais rendre visite à la serveuse pour parler nos attributions.

Bill White II lâche un soupir moqueur.

— Mon propre fils, un amoureux des humains.

Ses mots me tordent l'estomac. Une part de moi craque et gronde face à la faiblesse dont il m'accuse. Une autre a honte d'admettre que c'est peut-être vrai.

Je refuse de penser à la serveuse et à son odeur de muscade et de miel. À la façon dont ses cheveux s'enrouleraient autour de ma queue. Aux sons qu'elle pousserait si je la baisais par-derrière.

— Ton propre fils ne veut rien avoir à faire avec toi.

Cette fois encore, ma voix et mon regard sont morts. Je ne dévoile aucune émotion et je dégage de la force, comme il me l'a appris.

— Dis à ma mère que je préférerais recevoir une visite d'elle, plutôt que de son messager.

Les narines de mon père se dilatent de colère. J'ignore ce qu'il croyait accomplir en me rendant visite, mais il n'a pas obtenu ce qu'il souhaitait.

Tant mieux.

— Tu me déçois.

Ni ses mots ni son ton amer ne sont nouveaux.

— Je suis tout le contraire de toi, répliqué-je.

J'ai mis du temps à réaliser qu'il s'agissait d'une victoire. J'ai dû me montrer impitoyable et me tuer au travail, mais Brick Blackthroat, l'alpha le plus puissant du pays, me trouve indispensable. J'ai ma place auprès du roi. Mon père ne représente plus rien pour moi, désormais.

— Ça, c'est sûr, raille mon père en tournant les talons avant de sortir.

Je ramasse l'agrafeuse sur mon bureau et serre le poing dessus, avant de la jeter contre la porte fermée. Elle se plante dans le panneau de bois et y reste suspendue.

# Chapitre Trois

ubrey
Je travaille toute la journée du samedi à La Résistance, qui est en quelque sorte mon deuxième foyer depuis que j'ai seize ans. Bosser ici, ce n'est pas vraiment du travail. Je traîne plutôt dans un café branché avec des gens que j'aime.

Il est tard, et je suis appuyée au comptoir avec une tasse de thé. Tout est calme, et dans ma tête, j'imagine la chanson idéale pour ce moment. Une reprise bossa-nova de « Take on Me ». Cela me rappelle ma soirée années 80 avec Madi de la semaine prochaine. J'ai hâte.

Elle me manque. Les soirs comme celui-ci, elle passait souvent au café, et nous papotions entre deux clients. Désormais, si je la vois une fois par semaine, c'est déjà un miracle.

Je ne veux pas éprouver de ressentiment contre sa nouvelle relation, mais elle a tout changé. Je devrais être contente pour elle... et je le suis. Elle est amoureuse, et je ne l'avais jamais vue aussi rayonnante. C'est fantastique. Mais je me sens mise à l'écart. Au moins au début de sa relation, elle me racontait tous les détails croustillants. À présent, je ne sais plus rien.

— Salut, chica, me lance Caroline, ma patronne.

Elle me fait signe de venir dans le bureau, où nous attend Jan, son épouse. Je les salue toutes les deux. Caroline est blanche, menue – elle dépasse à peine le mètre cinquante –, et c'est une vraie pile électrique. C'est la femme la plus aimante et la plus passionnée que j'aie jamais connue. Jan est noire, grande et mince, avec une coupe afro très courte.

Elles sont un peu comme une deuxième et une troisième mères pour moi. Elles sont copropriétaires du café. Jan est avocate de l'aide juridique, et Caroline fait tourner La Résistance à plein temps. Elles ont lancé plusieurs révolutions depuis cet endroit au cours des trente dernières années.

— On a rendez-vous avec Jamie, non ? m'enquiers-je.

Jamie est la lanceuse d'alerte de Sentience.

— Oui, elle a du retard, répond Jan.

J'éprouve un léger malaise ; Jamie n'est pas du genre à arriver en retard. Elle est plutôt du genre à porter des chemises amidonnées. Mais je me fais sûrement du souci pour rien. J'ai le trac, voilà tout. La clé USB se trouve dans mon sac.

— En attendant, j'ai quelque chose pour toi, annonce Caroline en fouillant dans le placard à manteaux. Enfin, pour toi et pour Madi.

Mon cœur se serre légèrement à la mention du nom de ma meilleure amie. Cette douleur me surprend. Elle n'est pas morte, après tout. Elle est simplement occupée. Trop occupée pour me voir.

— Tadam ! s'exclame Caroline en pivotant, une superbe veste turquoise dans les bras.

— Tu es sérieuse ?

Je m'approche pour examiner la veste de plus près. Elle est en cuir, courte, mais un peu rétro, avec de larges revers.

— Elle est géniale. On dirait la veste de...

— Janet Jackson à l'époque de « Rythm Nation » ? conclut Caroline en faisant danser la veste tout en fredonnant une partie du refrain.

— Oui !

Elle me tend la veste, que je soulève pour l'admirer. Elle est en bon état, mais de toute évidence, elle a déjà été portée.

— Elle est... vintage ?

Caroline et Jan tressaillent.

— Je déteste ce mot, indique Caroline. Un jour, tes fringues aussi seront considérées comme vintage, et toi aussi, tu seras gênée en y repensant. Elle est de seconde main. Et elle est pour Madi et toi ! Pour votre prochain concert à l'All Night.

Je serre la veste contre ma poitrine.

— Oh là là, je l'adore.

— « Rythm Nation » est sortie en 1989, fait remarquer Jan, qui ne laisse jamais passer le moindre détail. Alors culturellement parlant, on entre presque dans les années 90.

— Ça compte quand même, rétorque Caroline en agitant la main. Et ça fait Janet Jackson.

— *Miss Jackson if you're nasty*, chantonne Jan.

L'espace d'un instant, je l'imagine sans sa tenue d'avocate et avec un chapeau en cuir. Une fois, elle est venue au karaoké habillée en Grace Jones, comme sur la couverture de « Nightclubbing », alors je suis sûre qu'elle doit posséder toute une panoplie de tenues de fête.

— J'ai aussi ça, dit Caroline en sortant une paire de bottes gogo blanches.

— Si Madi et toi voulez jouer les Nancy Sinatra sur scène.

— Oh, ouah, dis-je en riant. Pourquoi pas ? Tu me les prêtes ?

— Tu peux les garder, dit Caroline alors que Jan lance « elles sont à toi ».

— Tu es sûre ? Elles ne te manqueront pas ? Tu sais, si tu as envie d'une folle soirée en ville ?

J'agite les sourcils en direction de Caroline, qui sourit. Jan rit.

— Cette époque est finie.

— Bon, si tu veux les récupérer le temps d'un karaoké, tu n'as qu'un mot à dire.

Je range la superbe veste et les bottes en songeant déjà à mes futures tenues de scène. Je montrerai mon butin à Madi jeudi.

Jamie finit par arriver, et nous reprenons notre sérieux. Elle semble plus échevelée que quand je l'ai rencontrée, et elle a de gros cernes. Ses vêtements sont chiffonnés. La vie de lanceuse d'alerte n'est pas facile, et en plus, elle n'a toujours pas trouvé de nouveau travail. Sentience a beau ne pas avoir engagé de poursuites contre elle, Jamie doit tout de même avoir du mal à fermer l'œil en se demandant ce que l'avenir lui réserve.

— Voilà la clé USB, dis-je.

Je la sors de mon sac et la pose au centre de la table ronde. C'est dans ce bureau que Jan travaille le soir et le week-end, et des centaines de manifestations avaient déjà été planifiées autour de cette table bien avant que je saisisse un marqueur pour créer ma première pancarte.

— Qu'est-ce que c'est ? demande Jan.

Jamie prend la clé.

— C'est une copie du disque dur de mon ordinateur de travail. Grâce à ça, j'aurai les preuves dont j'ai besoin.

Jan nous regarde tour à tour.

— Mais comment avez-vous mis la main dessus ?

Je hausse les épaules.

— Il se peut que je sois passée à son ancien bureau pendant que je peignais une fresque pour Sentience.

Jan écarquille les yeux.

— Tu sais bien que l'on ne peut pas se servir de preuves obtenues illégalement au tribunal, n'est-ce pas ?

— Dans ce cas, on pourra les envoyer au *New York Times,* dis-je.

— On ne pourra pas s'en servir lors du procès ?

Jan secoue la tête.

— Les informations que tu nous fourniras pourront nous aider à obtenir des citations à comparaître pour les dirigeants de l'entreprise, mais nous ne pourrons pas nous en servir comme preuve contre eux. Sauf si tu trouves un moyen d'entrer en possession de ces informations de manière légale. Si tu avais déjà un exemplaire de certaines choses que tu trouveras sur la clé, par exemple, explique Jan en agitant les sourcils.

Jamie hoche la tête.

— Message reçu, dit-elle avant de me jeter un regard reconnaissant. Merci infiniment d'être allée chercher ces données. Tu risquais gros.

— J'espère que ça donnera quelque chose.

Je n'ai pas du tout envie de reprendre un tel risque, mais si c'est nécessaire, je le ferai. Il faut faire preuve de courage pour lutter contre ces géants.

Quelqu'un fait sonner la clochette du comptoir, et je bondis.

— J'y vais.

Je regagne le café et ralentis aussitôt le pas en voyant de qui il s'agit.

Pas question de me presser pour cet homme.

Jamais.

— Tu t'es perdu ? demandé-je à cet alpha-bruti arrogant, comme lors de sa première visite ici ; la fois où il a volé une photo de Madi et moi sur le panneau d'affichage derrière le comptoir pour faire virer mon amie.

Une expression irritée – la routine, chez ce chacal – traverse le visage de William White III.

Il me toise. Il n'est pas aussi grand que Brick, son meilleur ami, mais il environne tout de même le mètre quatre-vingts. Il a les épaules larges. Un costume de milliardaire. Le genre de mec qui fait mouiller les femmes, mais sa personnalité infecte gâche son physique.

Au lieu de me rendre derrière le comptoir pour le servir, je me dirige vers lui d'un pas tranquille. Les clients comme lui, je n'en veux pas ici.

Tandis que je m'approche, il m'observe, grimaçant comme si je sentais mauvais.

— Qu'est-ce que tu veux ? demandé-je d'un ton impérieux, puisqu'il n'a pas répondu à ma première question.

Son air acerbe entache son beau visage.

— Il faut qu'on parle.

Je suis surprise. Je ne vois pas de quoi nous pourrions discuter. Brick et Madi sont fiancés et heureux ensemble. Il n'a pas besoin de me proposer un demi-million de dollars pour convaincre mon amie de le voir comme il l'a fait la dernière fois qu'il est venu à La Résistance.

— Oh, vraiment ? répliqué-je d'un ton froid.

Quelque chose dans sa carrure imposante et dans la

force qu'il dégage me pousse à me demander ce que ça ferait d'être sous son corps. Serait-il sauvage ? Clinique ? Préférerait-il que sa partenaire le chevauche et fasse tout le boulot ?

Ou est-ce plutôt le genre de type qui paye pour des pipes afin de ne créer aucun lien émotionnel ?

Je suis curieuse de savoir quel est son genre. Quand il séduit une femme – et je suis convaincue qu'il n'aurait aucun mal à séduire n'importe quelle new-norkaise –, jette-t-il son dévolu sur des mannequins insipides ? Genre blonde avec des jambes interminables, zéro neurone et une addiction au shopping ? Ou plutôt le genre aristocrate avec un diplôme prestigieux, un physique banal et un pedigree aussi impressionnant que le sien ?

— Toi et moi, nous sommes...

Il laisse sa phrase en suspens, et je penche la tête sur le côté.

Je suis impatiente d'entendre la suite. Je n'en reviens pas qu'il ait commencé une phrase par « toi et moi ».

— Responsables de l'organisation. Pour le mariage. Tu es témoin de la mariée, et moi du marié.

Je fronce les sourcils. Je m'attendais à tout sauf à ça.

Il agite une main impatiente. Il a les poignets larges. J'ignore pourquoi je les trouve sexy.

— Je ne sais pas quelles sont nos attributions, ajoute-t-il. C'est la première fois que je fais ça.

— Tu crois que j'en sais plus, moi ?

— Eh bien, tu es...

Il s'interrompt.

— Une femme ? complétai-je, tentant de suivre son raisonnement. Humaine ?

Il hausse les sourcils comme si ce mot le choquait profondément.

— Une personne avec un cœur qui bat ? Qui se soucie de ses amis ?

Il se détend.

— Oui. Voilà, dit-il.

Il jette un regard au panneau d'affichage couvert de photos, comme si elles pouvaient lui apprendre ce qu'était l'amitié.

— Tu as toujours ma photo, dis-je.

Je m'attends à ce qu'il fasse une remarque méprisante, mais il hoche la tête.

— Je te la rapporterai.

— Tu as déjà dit ça la dernière fois.

Il serre les mâchoires.

— Écoute... je peux t'inviter à boire un café ? Ou à dîner, ou un truc dans le genre ? Pour qu'on puisse parler ?

Décidément, cet homme est plein de surprises.

— Tu veux m'inviter à boire un *café*, ou à *dîner* ou un truc dans le genre ?

J'hallucine ou quoi ? Qu'est-ce qui lui prend ?

— Non, ajouté-je. On n'est pas potes. On ne le sera jamais. Je ne sais pas pourquoi Brick t'a demandé d'être son témoin alors que c'est toi qui les as fait rompre la première fois.

Son expression amère réapparaît.

— C'est ma... punition.

Il a bredouillé ce dernier mot. J'éclate de rire.

— Ta *punition* ?

Il semble on ne peut plus sérieux, pourtant. Comme si Brick le châtiait réellement en l'obligeant à... Oh la vache, je crois qu'il est bel et bien sérieux !

C'est une torture pour lui de jouer les organisateurs de mariage. D'être un témoin correct et de soutenir le marié.

Un petit sourire apparaît sur mon visage.

— Bon sang, c'est trop drôle !

Il prend l'air agacé et me regarde en fronçant les sourcils.

— Ça marche, ajouté-je.

Je suis enchantée. Si Brick veut le punir en l'obligeant à s'impliquer dans les festivités, je me ferai une joie d'en rajouter. Et si une partie de sa punition consiste à se montrer sympathique avec moi, c'est encore mieux. Je vais m'en délecter !

Il hausse un sourcil.

— Ça marche ? Comment ça, *ça marche* ?

Je lui adresse un sourire suffisant.

— Je suis partante pour te punir, Costard. En fait, ça risque de devenir mon passe-temps favori.

Billy ne s'amuse pas autant que moi. D'ailleurs, son expression devient carrément orageuse. Une expression que je risque d'adorer.

— Tu as raison, commençons par un dîner, dis-je d'un ton joyeux. Je connais un super japonais au bout de la rue.

Il plisse les yeux, mais ne proteste pas.

Je regagne le bureau pour prévenir Caroline et dire au revoir à Jan et Jamie, puis je récupère ma veste et mon sac et j'émerge à nouveau.

Billy me prend ma veste des mains avec son irritation habituelle, et l'espace d'un instant, je m'attends à ce qu'il la jette par terre, mais il l'ouvre et la tend pour que je l'enfile.

Je le regarde d'un air abasourdi. J'ai vingt-trois ans. J'ai grandi dans le New Jersey et je vis à Brooklyn. Je suis sortie avec des musiciens et des artistes. Des activistes. Des mecs bien aux grands cœurs. Mais jamais un homme ne m'avait ouvert ma veste.

La féministe en moi voudrait lui demander s'il me croit incapable de mettre ma veste toute seule, mais ce serait idiot.

Aucun homme n'ouvre la veste d'une femme pour cette raison. Tout comme aucun homme n'ouvre la porte à une femme parce qu'elle serait trop faible pour pousser la poignée. Il s'agit de courtoisie. De bonnes manières. De galanterie.

Et ça ne me déplaît pas tant que ça.

Surtout de la part d'un mec qui semble plus enclin à sucer un citron qu'à montrer de la déférence envers qui que ce soit. J'aime bien être témoin de la politesse que lui ont inculquée ses écoles privées et ses études à Yale. Cela ressemble à quelque chose qu'il fait par obligation et non par *envie*. Comme pour le mariage.

Alors j'accepte son geste, glisse les bras dans les manches et laisse Billy la remonter sur mes épaules.

Il inspire profondément, puis retient son souffle.

Non mais je rêve ! Il doit être habitué à sentir des grandes dames au parfum chic, dans son univers de privilégié.

Je me retourne pour le regarder.

— Je pue, ou quoi ?

Il se frotte le nez et secoue rapidement la tête.

— Tu sens la noix de muscade, marmonne-t-il.

Il place une main dans le creux de mes reins et me pousse vers la porte.

La noix de muscade ?

— Et le miel, ajoute-t-il.

— Alors... pas mauvais ?

Je m'arrête sur le seuil pour l'observer à nouveau. Nous sommes proches, nos corps se touchent quand il tend un long bras pour m'ouvrir la porte.

Il doit s'agir d'une réaction biologique face à sa taille et la puissance qu'il dégage, car soudain, je suis excitée. Mes tétons se mettent à pointer, et une chaleur se répand entre mes jambes.

Il se rembrunit théâtralement. Je parie que quand il prend cet air-là au bureau, ses employés s'enfuient sur son passage.

Je ne bouge pas, coincée entre lui et la porte, son bras au-dessus de mon épaule. J'esquisse un sourire ; ma réponse à son air renfrogné.

L'agacer est ma nouvelle passion.

* * *

*Billy*

La noix de muscade et le miel. L'odeur de la serveuse n'est pas moins puissante aujourd'hui que lors de notre première rencontre. La façon dont elle me percute en pleine poitrine puis voyage jusqu'à mon aine est une expérience à la fois douloureuse et extatique.

J'ai envie de planter mes canines dans sa peau et de...

Non, je divague.

Je n'ai certainement pas envie de la marquer. Est-ce ce que j'imaginais ?

Pas question, putain. Jamais je ne marquerais une humaine. Surtout cette moins que rien. Qu'est-ce qui m'a pris de penser à un truc pareil ?

C'est... *contre nature.*

Chez elle, rien ne me correspond. À commencer par son tempérament fougueux. Elle ne peut pas s'empêcher de tenir tête aux autres. Je doute qu'elle se soumette à qui que

27

ce soit, même aux gens plus puissants qu'elle. Elle est téméraire et n'hésite pas à se mettre en danger quand la cause lui tient à cœur. Dans mon univers sans pitié, ce serait suicidaire.

Mais ça m'excite également. Ça me donne envie de lui sauter sauvagement dessus. De la plaquer contre cette porte et de saisir son long cou gracile. De l'embrasser violemment avant de pénétrer sa bouche avec ma langue.

J'ai envie de lui apprendre à se mettre à genoux devant moi. À me faire plaisir.

Meeerde. L'imaginer se soumettre, ma queue entre ses lèvres pulpeuses, me fait presque jouir dans mon pantalon.

Non.

On efface, on efface, on efface.

Bon sang. Je n'arrive pas à m'ôter cette image du crâne.

À ma grande surprise, elle se met à lisser les revers de ma veste de costume.

— Ça va être marrant, déclare-t-elle avec un sourire radieux et hypocrite.

Quelque chose me tord l'estomac. Mes doutes concernant la signification de son sourire se mêlent à quelque chose de plus sinistre.

Quelque chose d'impensable.

L'envie de faire apparaître un sourire sincère sur ses lèvres boudeuses. L'envie qu'elle me touche pour une tout autre raison.

Je voudrais lui donner une fessée pour la punir de me perturber ainsi.

Dans ma tête, je lui ordonne de bouger son cul et de se dépêcher de sortir, mais je parviens seulement à dire d'une voix étranglée :

— Tu crois ?

Son sourire s'élargit. L'anneau en argent qu'elle porte au nez scintille. S'il touchait ma peau, il me brûlerait.

— Oui, très marrant. Allez, Costard. On y va.

Elle relâche enfin l'emprise invisible qu'elle a sur moi en sortant du café. Je prends une grande bouffée d'air qui ne porte pas son odeur afin de retrouver une partie de mes facultés ; elle me passe devant, chaloupant dans ses sempiternelles Doc Martens comme s'il s'agissait de talons de douze. J'en profite pour admirer son cul.

Fessable.

Très fessable.

Absolument superbe. J'ai hâte de le voir nu.

Non, une seconde. Cela n'arrivera pas. Je ne coucherai pas avec cette humaine. Elle n'est pas digne de mes attentions. Elle n'est pas digne de mon temps.

En plus, ça compliquerait les choses. J'ai envie de lui faire des choses inavouables, et elle irait pleurnicher auprès de Madi, qui répéterait tout à Brick. Et avec lui, je suis déjà en sursis.

Je veux redevenir l'ami et le conseiller à qui il accorde toute sa confiance. J'ai fait une grave erreur de calcul en essayant de me débarrasser de Madi. Une erreur qui m'empêche toujours de dormir.

Je déteste les erreurs.

Aubrey me mène au restaurant japonais au bout de la rue. Je jette un regard dubitatif alentour. Le restaurant est propre, mais minuscule et bon marché.

— Tu as déjà mangé ici ? demandé-je d'un ton hésitant.

Les métamorphes ne souffrent pas d'intoxications alimentaires, en général, mais l'idée que le poisson cru puisse la rendre malade me met à cran.

Elle lève les yeux au ciel.

— Quoi ? Tu crois que seuls les sushis à cent dollars pièce sont délicieux ? On mange très bien ici.

Je hausse les épaules.

— Comme tu veux.

Je dois simplement serrer les dents et tenir jusqu'à la fin du repas. Découvrir ce que je suis censé organiser et en finir. Venir la trouver en personne était une bêtise.

Et pourtant, je suis déjà persuadé que c'est une bêtise que je renouvellerai.

Nous commandons à un guichet et allons nous asseoir munis d'un numéro. Je me mets à dévisager ouvertement l'humaine.

Elle hausse un sourcil interrogateur pour me montrer que je ne suis pas discret.

J'écarte les mains.

— Bon, dis-moi. Qu'est-ce que j'ai besoin de savoir sur ce mariage ?

— Eh bien, en tant que témoin et garçon d'honneur, tu es tenu d'organiser une *shower* pour le marié et un enterrement de vie de garçon.

Je fronce les sourcils.

— Une shower ?

Les enterrements de vie de garçon, je connais, et j'ai déjà entendu parler de *baby showers*, mais j'ignorais que le même concept existait pour les fiancés. Je ne fréquente pas les humains, cependant, alors c'est peut-être une nouvelle tradition.

Elle hoche la tête.

— Oui. Tu organises un brunch avec des mimosas et tu invites tous les proches masculins de Brick et de Madi, qui apporteront des cadeaux et joueront à des jeux.

Je grimace.

— *Quoi ?*

— Quoi ? répète-t-elle d'un ton trop innocent.

— Tu te fous de ma gueule.

Elle m'adresse un sourire qui fonce droit entre mes jambes. Ses lèvres ont un sous-ton un peu mauve qui me pousse à me demander de quelle couleur sont ses tétons. De quelle couleur deviennent ses petites lèvres lorsqu'elles s'engorgent à cause de l'excitation.

— Oui, Costard. Je me fous de ta gueule. C'est trop facile.

Je bande comme un fou. J'écarte les jambes pour faire de la place à mon érection. Je ne comprends pas pourquoi le fait qu'elle me provoque semble me *plaire*. Heureusement que nous sommes assis, sinon elle verrait mon pantalon se tendre.

— Alors il n'y a pas de *shower* pour le marié ?

Son rire est grave et rauque. Ce son conjure de nouveau l'image d'elle à genoux. Cette fois, elle est nue. Les mains liées derrière le dos afin de soulever et d'écarter ses seins généreux.

— Non, il n'y a pas de *shower*. Mais tu ne couperas pas à l'enterrement de vie de garçon.

Elle me regarde les yeux plissés et demande :

— Brick est du genre à aimer les clubs de strip-tease ?

À présent, j'imagine Aubrey tourner autour d'une barre de pole dance, seins nus. Cela ravit mon érection, mais mon loup est furieux à l'idée que plein d'hommes voient sa poitrine. Un grondement de jalousie monte dans ma gorge.

Je ne tiendrai pas tout le dîner. Je m'efforce de hausser les épaules.

— Non, réponds-je. Pas vraiment. Et encore moins depuis Madi. Il ne regarderait jamais une autre femme.

Aubrey se détend. Je ne comprends pas pourquoi cette

nouvelle la surprend. Mais après tout, elle ignore que Brick est un loup accouplé. Elle n'appartient pas à notre monde.

— Bon, on pourrait peut-être organiser une fête mixte. Je sais que Brick est jaloux, du coup il n'apprécierait pas beaucoup que j'emmène Madi voir des Chippendales, hein ?

— Une fête mixte ?

Je ne peux pas m'empêcher de prendre un ton sceptique. Tout cela me paraît abominable.

— Oui, avec les invitées de la mariée et ceux du marié. On pourrait même le faire à Las Vegas.

— Ça marche, dis-je. Je vais te proposer un truc : tu organises tout, et c'est moi qui paye.

Quand un problème se présente, j'ai l'habitude de sortir le chéquier. C'est le point positif, quand on est milliardaire. Je délègue les tâches que je ne veux pas réaliser. Mais je suis idiot. J'ai oublié à quel point cette humaine déteste l'argent. J'ai déjà commis cette erreur avec elle une fois, lorsque je tentais de sauver Brick de la folie lunaire. Lui proposer de l'argent la met en rage.

Ses yeux couleur cannelle lancent des éclairs.

— Je ne crois pas, non. C'est ta punition, Costard. Ça veut dire que tu dois jouer le jeu.

Quelque chose m'excite dans ses mots. Oh, oui. Je sais quels termes m'interpellent. *Punition. Jouer.*

Comment réagirait-elle si je la punissais ? Putain, j'adorerais la pencher sur la table et la fesser jusqu'à ce qu'elle soit trempée.

Sauf que... quelque chose me dit qu'elle est plutôt excitée à l'idée de me punir moi.

Et bizarrement, ça ne me dérange pas non plus. Elle pourrait enfiler une combinaison en latex et pointer sa cravache sur mon torse. M'ordonner de la lécher jusqu'à ce qu'elle n'en puisse plus.

Serais-je prêt à ramper devant elle ? Jamais de la vie. Mais la lécher, ça oui.

Je n'en perdrais pas une goutte.

Je tire sur ma cravate pour la desserrer. J'ai beaucoup trop chaud au niveau du col.

— Très bien, dis-je. Tu veux jouer avec moi ? Jouons.

Ses pupilles se dilatent, et son odeur devient plus entêtante. Oh, oui. Elle est excitée aussi, ça ne fait aucun doute.

Bon sang. Cette idée fait tourner mon cerveau à plein régime.

Cette petite capricieuse veut jouter avec moi. Je suis partant.

Elle fait légèrement machine arrière :

— Je devrais vérifier avec Madi. Ce qui compte, c'est ce qui lui fait envie. Mais je ne la vois pas avant la semaine prochaine, et ces derniers temps, j'ai du mal à la joindre par téléphone.

Il y a une touche d'amertume dans sa voix. Plus troublant encore, son odeur contient une note chagrinée. Mon loup n'aime pas sentir un tel abattement chez l'humaine.

Je dégaine aussitôt mon téléphone.

— Je vais organiser une petite réunion. On pourra discuter de ça tous les quatre.

J'ai parlé sans réfléchir. Me torturer avec un nouveau tête-à-tête entre cette tigresse et moi ? Très mauvaise idée. Mais je tape déjà un message à Brick.

**Aubrey et moi voudrions te voir avec Madi au sujet de votre enterrement de vie de jeune fille/garçon. Demain soir, chez moi.**

Je suis outré d'avoir dû taper les mots « Aubrey et moi ». Il n'y a pas d'*Aubrey et moi*. C'est complètement absurde.

Mais l'idée qu'elle vienne chez moi ne me déplaît pas. Son odeur imprégnera mon canapé. Les tapis. Enfin, pour les tapis, il faudrait que je la mette à genoux dessus. Mieux encore, sur le ventre, les jambes écartées.

Putain, je bande tellement fort que ma queue risque de se casser.

— Demain soir, ça te va ? demandé-je trop tard, car j'ai déjà envoyé mon message.

Elle semble surprise.

— Euh... oui. Enfin, si Madi peut se libérer.

Je perçois de nouveau la note triste dans son odeur, et mon érection fout le camp.

Je me frotte le front et réfléchis à son souci. Résoudre les problèmes, c'est ma spécialité. C'est comme ça que je me suis rendu indispensable auprès de Brick dès le départ. Quelle que soit l'embûche, je trouve une stratégie pour m'en débarrasser. Et je n'ai pas peur de prendre des décisions difficiles ou dangereuses. De prendre des risques pour obtenir le résultat souhaité.

Ce qui est étrange, c'est que là, j'analyse un problème d'ordre émotionnel. Le problème d'une *humaine*.

Oui, ça, c'est une première pour moi.

Le serveur arrive avec nos assiettes de sushis et récupère notre numéro.

Je dois bien admettre que les plats ont l'air bons, mais je suis toujours en train de ressasser la situation d'Aubrey.

— Madi te manque, dis-je à voix haute.

Les baguettes d'Aubrey se figent à mi-chemin de sa bouche, et ses lèvres teintées de mauve s'entrouvrent.

Je perçois une vague de tristesse encore plus prononcée, ce qui me cause une drôle de sensation dans la poitrine.

— Euh...

Une expression vulnérable traverse son visage et me

fend le cœur, me faisant regretter d'avoir posé la question. Je n'aime pas la voir aussi démunie.

Pas dans ces circonstances.

Seulement nue et ligotée par mes soins.

Elle hausse les épaules.

— Oui, tu as raison. On ne se voyait déjà pas tant que ça quand on vivait ensemble, mais c'était sympa. Et on se téléphonait souvent. Mais maintenant... elle est encore plus surmenée chez Torrent que chez Moon Co., et le reste de son temps, elle le passe visiblement au lit avec Brick.

Elle m'adresse un sourire forcé pour essayer de détendre l'atmosphère.

Je saisis un maki avec mes baguettes et le fourre dans ma bouche.

— Tu as vu juste, dis-je en mâchant.

Elle a également vu juste concernant ce restaurant. Les sushis sont délicieux. Mais je n'ai pas l'intention de le lui dire.

— Ce sont de vrais cochons, ajouté-je.

Le petit rire d'Aubrey est sincère, et mon loup se détend quelque peu.

Nous mangeons en silence. Aubrey devait mourir de faim, car elle engloutit ses sushis. Je la laisse manger jusqu'à ce qu'elle n'en puisse plus, puis je finis le reste.

— Bon, une soirée mixte, alors, dis-je enfin. Et pas de *shower*. Autre chose ?

— Tu devras t'assurer que Brick soit à l'heure à la cérémonie et c'est toi qui apporteras les alliances. Et tu feras un discours à la réception.

— Je passe mon tour, dis-je aussitôt.

— C'est *obligatoire*.

Son ton est dur. J'ignore si elle se fout de nouveau de moi.

— Tu vas faire un discours, toi ?

— Oui. Je dirai que tout le monde s'est évertué à les séparer, mais qu'ils ont tenu bon, dit-elle en me jetant un regard entendu.

Je m'essuie la bouche avec une serviette en papier et m'enfonce dans mon siège.

— Dans ce cas, je dirai que j'étais prêt à dépenser un demi-million de dollars pour les réunir, mais que la *prétendue* demoiselle d'honneur m'a envoyé balader.

Elle plisse les yeux.

— Tu crois vraiment que le fric résout tout, hein ?

Je marque une hésitation, car honnêtement ? Oui. Dans ma vie, la plupart des problèmes se résolvent grâce au fric. Mais on parle d'une fille qui portait des tee-shirts « À Bas les Riches » quand elle était adolescente. Je le sais, parce que la photo que j'ai volée le prouve.

— Je pense que l'argent convainc la plupart des gens. Pas tous. Pas toi, comme j'ai pu le constater.

Sa posture se fait moins défensive. Les gens aiment qu'on les comprenne.

J'ignore pourquoi j'ai envie de la découvrir davantage. Elle me fascine et me dégoûte à la fois. Elle n'incarne rien de ce que j'estime. Et pourtant, j'ai envie d'aller fouiller dans ses placards. De regarder sous son lit pour dénicher ses secrets les plus honteux, les plus sombres. Pour savoir ce qui lui fait détester l'argent, étudier le féminisme et travailler dans un café de hippies.

— Et toi, qu'est-ce qui te convainc, Aubrey ?

Ma voix est douce, et prononcer son nom sur ce ton semble trop familier. Trop intime.

Le visage d'Aubrey prend une teinte rosée.

Elle se lève.

— Tu ne le découvriras jamais, Costard.

Elle jette sa serviette sur la table.

— Merci pour le dîner. C'était très instructif.

Je bloque sur le terme *instructif.* Que croit-elle avoir découvert à mon sujet ?

Rien. Je n'ai rien dévoilé. Je ne dévoile jamais rien. C'est comme ça que je parviens à rester impitoyable.

— Chez moi. Demain soir.

Elle fronce le nez, mais je jurerais sentir une légère odeur d'excitation féminine. Comme si mes instructions lui avaient fait imaginer un tout autre scénario qu'un rendez-vous avec nos amis fiancés.

Et mon loup adore ça.

— J'imagine que tu vis sur Billionaires' Row ? s'enquit-elle, une hanche levée.

— Dans le même immeuble que Brick et Madi. L'appartement 44. À dix-neuf heures.

— Brick t'a répondu ?

— Je ferai en sorte qu'ils soient présents. Il te suffit de venir.

Elle plisse les yeux tandis qu'elle réfléchit, puis elle tend la main.

— Donne-moi ton portable.

Mon sexe se contracte. J'aime bien quand elle me donne des ordres. Je l'imagine de nouveau en combinaison de latex. Fendue, bien sûr, pour que ma langue puisse atteindre les endroits nécessaires.

Je déverrouille mon écran et lui tends le téléphone, avant de la regarder impassiblement s'envoyer un message : WWIII.

Mes initiales. Ou bien World War III, Troisième Guerre mondiale, en fonction de l'interprétation. Je suis étonné qu'elle connaisse mon nom complet.

Ravi.

Elle me rend mon portable d'un geste brusque.

— C'est mon numéro, dit-elle. Envoie-moi un texto s'il y a du changement.

Aucune chance. Même si la Troisième Guerre mondiale se déclenche pour de vrai.

Demain soir, Aubrey Jane Cook sera chez moi.

Nue et attachée à mon plafond, de préférence.

# Chapitre Quatre

*Aubrey*

Je sors du métro sur la 57e rue, avec « Strut » de Sheena E dans les oreilles. Cette chanson me donne le coup de fouet qu'il me faut. J'ai eu une longue journée de cours. Dans quelques semaines seulement, j'aurai ma licence en études féminines. Au début, je prévoyais d'étudier le droit et de défendre les causes qui me tiennent à cœur en tant qu'avocate, comme Jan, mais c'est surtout parce que je ne voyais pas l'art comme une carrière viable. Et ça ne l'est sans doute pas, à moins d'être prête à me vendre à des entreprises comme Sentience, mais honnêtement, je n'ai pas envie de poursuivre avec un master. Les études, j'ai assez donné.

Je fredonne en rythme. Je mets mon addiction à la musique des années 80 sur le compte de mes parents, mais qui sait ? Dans une vie passée, j'étais peut-être la star d'un *girl band* morte trop jeune. Tout ce que je sais, c'est que ça me rend heureuse, et que cette chanson en particulier correspond bien à ce que je veux dégager une fois devant William White III.

Ce type est une vraie plaie ; il contribue à tout ce qui cloche dans ce monde. Raison pour laquelle je prends un malin plaisir à lui faire organiser l'enterrement de vie de jeune fille et de garçon. Je suis ravie que Brick le punisse. Bon, c'est également un peu bizarre ; ne sont-ils pas meilleurs amis ? Mais Brick est aussi son patron, donc il doit y avoir un rapport hiérarchique entre eux.

Alors que je marche, un message arrive dans le groupe que Jan a créé entre elle, Jamie, Caroline et moi au sujet de Sentience.

***Jamie, as-tu trouvé quelque chose d'intéressant sur la clé USB ?***

Le message de Jan a été lu par Jamie, mais elle ne répond pas.

Elle est peut-être occupée, mais un mauvais pressentiment m'assaille. Je dois être parano, mais je me demande si quelqu'un a mis la main sur elle. Ou sur son téléphone.

Elle craignait terriblement que l'entreprise, non contente de la renvoyer, cherche aussi à se venger.

Les boîtes comme Sentience sont sûrement assez ignobles pour engager quelqu'un afin de « régler » la situation.

Non. Je me fais des idées.

Je parcours les quelques pâtés de maisons qui me séparent de l'immeuble de Madi sur Billionaires' Row, la rue des milliardaires. Je n'y suis venue que deux fois jusqu'à présent, ce qui est étrange, vu qu'avant son déménagement, je la voyais tous les jours. Plus jeunes, nous vivions dans le même immeuble du New Jersey, et nous nous sommes installées ensemble à Brooklyn l'automne dernier. Nous avons beau n'avoir jamais été dans les mêmes écoles, j'avais l'habitude de la voir le soir et le week-end. À présent, je m'estime heureuse quand je la vois une fois toutes les trois semaines.

La porte d'entrée est fermée à clé, mais à travers la vitre fumée, j'aperçois un gardien ou un vigile ; un type gigantesque avec des muscles qui distendent son blazer. Il se lève de son bureau et vient m'ouvrir à grands pas.

— Je viens voir Madison Evans, dis-je.

J'ai envoyé un message à mon amie plus tôt dans la journée pour m'assurer que le rendez-vous tenait toujours, car je ne voulais pas faire le déplacement pour rien jusqu'à Central Park. Elle m'a assuré qu'elle serait présente.

— Vous êtes Mlle Cook ?

Je suis surprise.

— Euh, oui.

Madi doit avoir du retard et l'a sûrement appelé pour le prévenir. Merde. J'ai cinq minutes d'avance.

— M. White vous attend.

Sa voix est grave et rocailleuse. Plus celle d'un mafieux que celle d'un majordome.

M. White. Pas Madi. Et bon sang, que de formalités !

— William White III, raillé-je sur le même ton avec une pointe de sarcasme. Oui.

— Par ici.

Le gardien m'escorte jusqu'à un ascenseur et se sert de son badge pour presser le bouton du quarantième étage.

— C'est le numéro quarante-quatre, dit-il.

Il sort de l'ascenseur, et la porte se referme sur moi.

Je monte jusqu'à l'appartement de Billy. Dans la rue des milliardaires, appelle-t-on ce type de logement un appartement ? Le sien occupe-t-il tout l'étage, comme celui de Brick et Madi ?

J'aurais préféré me rendre d'abord chez mon amie. Être

dans son immeuble sans elle me donne l'impression d'être un peu à la dérive.

Un peu… abandonnée.

Mais c'est ridicule. Je suis une femme forte et indépendante. Je peux bien me rendre dans un appartement de milliardaire sans elle.

Ce n'est pas comme si j'avais peur de William White.

Sauf que mon cœur s'emballe à l'idée de me retrouver en sa présence. Sous son regard bleu-gris, dur et sévère. Je me souviens de la façon dont nous nous sommes rentrés dedans, sur le seuil de La Résistance. Parce qu'il m'ouvrait la porte.

Je ne veux pas de ce genre d'homme. Le genre d'homme qui tient la porte et qui résout tout avec des chèques comme si l'argent poussait sur les arbres et qu'il possédait vingt vergers. Billy White ne m'intéresse pas.

Sauf s'il s'agit de le torturer un peu.

Je rejette mes cheveux en arrière et lève le menton avant de sortir de l'ascenseur d'un pas décidé, à la recherche du numéro quarante-quatre.

La porte est entrouverte, comme s'il l'avait laissée ainsi pour moi, et ça me donne une drôle de sensation dans le ventre. Ce geste est familier. Comme si j'étais sa petite amie et que je rentrais le voir après une longue journée de travail.

Ou, dans le cas de Billy, il s'agirait plutôt d'une call-girl qui arriverait pour lui faire profiter de ses services.

Et cette idée provoque une contraction entre mes jambes. De la chaleur.

Je chasse l'attirance perverse que ce type m'inspire. Tout l'intérêt vient certainement de nos différences. Il se distingue des hommes qui me plaisent d'habitude. Cela a fait naître chez moi une curiosité morbide, voilà tout.

Je pousse la porte sans frapper. C'est lui qui l'a laissée ouverte, après tout.

— Chéri, je suis rentrée ! lancé-je.

Ce n'est pas si drôle que ça, mais c'est la première chose qui m'a traversé l'esprit.

Billy se tient derrière l'îlot central d'une superbe cuisine en marbre, en train de préparer un gin-tonic. Le regard horrifié qu'il me lance me dit que ma blague valait le coup.

Je claque la porte derrière moi pour l'agacer davantage, et je me réjouis quand il se crispe. Je suis persuadée de voir les muscles de ses mâchoires se serrer en temps réel.

Le simple fait de me recevoir chez lui doit le faire grincer des dents.

Je regarde autour de moi. Son appartement est différent de celui de Brick et Madi, qui est tout en briques nues et en style industriel. Les murs sont en plâtre et couverts de fenêtres, mais il n'y a que des nuances de gris.

Un gris morne.

Billy quitte la cuisine avec son verre, et j'ôte ma veste en jean courte et délavée d'un mouvement d'épaule. C'est ma pièce de style années 80 préférée, avec ses strass aux couleurs de l'arc-en-ciel autour des poches et des manches. Je la jette sur le canapé en cuir gris acier à l'instant même où Billy tend la main pour la saisir.

— Qui a décoré ton appart, un gardien de prison ?

Il retrousse les lèvres.

— Pourquoi tu dis ça ? demande-t-il en ramassant ma veste sur le canapé comme s'il s'agissait d'un torchon oublié par la bonne.

— Parce que tout est gris, dis-je. Comment ça se fait ? Tu es déprimé ? Tu devrais peut-être consulter.

Billy se rend dans l'entrée pour suspendre ma veste dans un placard, mais il ne répond pas.

— Tu as déjà entendu parler de la couleur ? De l'art ? insisté-je.

— C'est Lori Ann Beiber qui a décoré mon logement.

Je le regarde d'un air inexpressif.

— Je suis censée la connaître ? C'est qui, une ex ? Elle a très mauvais goût.

— Elle est à la tête de la meilleure boîte d'architecture intérieure de Manhattan, répond-il d'un ton ironique et condescendant, comme pour sous-entendre que je ne connais rien à l'art ou à la culture.

Je lui adresse un regard faussement compatissant.

— Quelques rendez-vous chez le psy, ça peut faire beaucoup de bien.

Les muscles de ses mâchoires se contractent à nouveau.

— Tu ne me proposes pas à boire ?

Comme j'ai l'intention de l'exaspérer – organiser ce mariage est sa punition, après tout –, je lui prends son verre des mains.

Ses yeux gris lancent des éclairs et l'espace d'un instant, ils semblent presque bleu clair. Son regard suit le verre jusqu'à mes lèvres tandis que je bois une grande gorgée.

— Mmm.

Je suis surprise que le cocktail soit aussi doux. J'imagine que je n'ai pas l'habitude de l'alcool de luxe. Combien faut-il payer pour avoir du gin qui glisse dans la gorge en réchauffant et en rafraîchissant à la fois ?

— C'est bon, dis-je.

— Garde-le.

Sa voix est brusque, ses yeux toujours rivés sur mes lèvres.

Quelque chose dans son regard fait fourmiller ma peau, mais je ne saurais dire quoi. Une note de danger ? D'attirance ? Ce n'est pas très clair.

J'observe les alentours pour dissiper l'atmosphère électrique.

— Où sont Madi et Brick ?

Billy regagne la cuisine.

— En train de baiser, sans doute, répond-il d'un ton dégoûté.

Je ne parviens pas vraiment à en rire, mais je pousse un soupir compréhensif. Mon ancienne colocataire semble passer son temps à faire l'amour, en ce moment, alors je suis sûre qu'il a vu juste.

Billy se sert un autre verre, et je le suis derrière l'îlot central pour l'embêter, ravie lorsqu'il me jette un regard en coin. Je vais plus loin et m'assois sur le plan de travail, à côté de sa planche à découper couverte de tranches de citron vert.

Le marbre de l'îlot est encore plus impressionnant de près. Il est gris, comme tout le reste, mais nervuré de blanc, d'argent et de violet, et au lieu d'être composé de plusieurs dalles, on dirait que tout a été taillé d'une seule pièce, longue et magnifique. Je passe le doigt sur une nervure violette.

Il se détourne de la machine à glaçons où il remplissait son verre, et il remarque ma nouvelle position. Ses yeux deviennent bleu-gris. Il s'approche à grands pas.

— Si tu t'assois sur le plan de travail de la cuisine, je partirai du principe que je peux te manger.

Son ton est tellement sec que je mets un moment à réaliser son sous-entendu sexuel.

*Oh la vache.*

Sa remarque enflamme mon entrejambe.

Je ne l'aurais pas imaginé du genre à lécher ses partenaires. Plutôt à engager des escorts et à leur faire signer un accord de confidentialité. Difficile d'imaginer ce connard froid et distant se montrer altruiste, même au lit.

Un frisson me parcourt les jambes à l'idée qu'il m'écarte les cuisses et plonge entre elles pour découvrir ce qui me plaît.

Et c'est là que je réalise quelque chose. Billy est doué dans tout ce qu'il entreprend. Il tient machinalement la porte aux femmes, même si cela ne semble pas l'enchanter. Il connaît les bonnes manières. Ce qui signifie qu'en matière de sexe aussi, il doit être courtois.

Peut-être bien que oui, peut-être bien que non. En tout cas, une part de moi meurt d'envie de le découvrir.

Je prends une tranche de citron vert et la porte à mes lèvres pour en sucer la chair.

— Dans tes rêves, dis-je.

* * *

*Billy*

Est-ce que j'en rêve ?

Ai-je envie de me servir de mon couteau pour réduire les vêtements de cette insolente en lambeaux et la faire taire avec ses propres gémissements de plaisir ?

Putain. Oui, oui, j'en rêve.

Je repose mon verre rempli de glaçons et me retourne lentement afin de la saisir par la taille, de la soulever et de la poser sur ses pieds.

J'ai agi si vite qu'elle n'a même pas eu le temps de réagir. J'espère qu'elle ne réalise pas la force dont j'ai fait preuve en la soulevant ainsi. Maintenant qu'elle est debout, je n'ai pas envie de la lâcher, cependant. J'aime sentir sa taille moelleuse sous mes mains. J'ai envie de toucher d'autres endroits tout aussi moelleux. Je veux la débarrasser de ses fringues. Son pull court a un large col carré qui m'offre une vue imprenable sur son décolleté, et le tricot épouse la forme de ses seins et de sa taille. Elle porte un jean large à la mode et une paire de bottes aux talons compensés. Je me demande à quoi elle ressemblerait en culotte, avec ces bottes.

Le désir me rend désagréable.

— T'assois pas sur mes meubles, grondé-je comme si j'avais affaire à un chien désobéissant.

Elle plisse les yeux et me repousse. L'anneau en argent qui orne son nez m'empêcherait de l'embrasser, même si je ne pensais absolument pas à m'emparer de ses lèvres boudeuses.

Je la libère à contrecœur, regrettant déjà d'avoir été aussi salaud. Je devrais m'excuser de l'avoir touchée sans sa permission.

Alors même que je songe à présenter mes excuses, j'ai envie de recommencer. De la soulever à nouveau. De l'asseoir sur ce plan de travail et de la lécher, comme je l'ai sous-entendu.

Elle s'empare d'un couteau d'office et le brandit en direction de ma gorge. C'est du flan ; sa main se trouve à une bonne trentaine de centimètres de moi. Je sais qu'elle ne cherche pas réellement à se défendre. De la colère émane d'elle, mais pas de la peur.

— Si tu me touches encore sans mon autorisation, tu me le payeras.

Mes lèvres frémissent. Je ne veux pas sourire. Je devrais lui montrer que je prends son reproche au sérieux. Mais ça me plaît de voir que j'ai réussi à la faire sortir de ses gonds. J'aime la voir s'empourprer, en colère, prête à se battre.

Je prends une expression sérieuse.

— C'est noté. Et...

Bon sang. Je n'en reviens pas. Vais-je vraiment m'excuser ? Je dois me faire violence pour prononcer ces mots.

— Désolé, dis-je d'un ton raide.

Cependant, j'ajoute aussitôt :

— La prochaine fois que je te toucherai, je demanderai d'abord.

Parce que j'ai bel et bien l'intention de recommencer.

J'en ai besoin.

Il faut que j'explore cette... *curiosité* – rien de plus –, afin de m'en défaire.

Elle hausse un sourcil et ses pupilles se dilatent. Non, elle n'a pas peur du tout. Elle est excitée. Le fait que je sous-entende que je pourrais la toucher à nouveau a fait de l'effet à son corps, même si son esprit ne l'admet pas. Comme moi, elle doit percevoir l'alchimie entre nous. Elle doit savoir que son côté primitif est attiré par le côté primitif de quelqu'un de totalement inadapté. Quelqu'un avec qui elle ne pourrait jamais être.

Mes mains brûlent de la saisir à nouveau. D'enrouler ses cuisses généreuses autour de ma taille et de la porter jusqu'à ma chambre, où je pourrai l'attacher à la tête de lit pour la faire pleurer de plaisir.

On frappe à la porte. Aubrey et moi nous regardons. Elle tient toujours le couteau de manière défensive.

Brick me coupera la queue et me la fera bouffer s'il croit que j'ai menacé l'amie humaine de sa compagne. Tous mes progrès des derniers mois seront effacés. Peut-être même pour de bon. S'il estime que je ne suis pas fiable en présence de la famille et des amis humains de Madi, il me chassera de son cercle intime.

Bon sang.

# Chapitre Cinq

**B**illy Aubrey penche la tête sur le côté, le couteau toujours pointé vers moi.

— Fais gaffe à toi, dit-elle d'un ton léger.

Elle a déjà repris ses esprits. Elle jette le couteau sur la planche à découper et se retourne lorsque Brick ouvre la porte et guide sa compagne à l'intérieur.

— Salut, meuf ! lance Madi.

Sans faire attention à moi, elle se dirige droit vers Aubrey, qui s'empare de mon verre et part à la rencontre de son amie.

Je prends mon premier verre, désormais abandonné, et me torture en posant mes lèvres là où les siennes ont laissé des marques de gloss pendant que les deux femmes se prennent dans les bras, puis j'ouvre une bouteille du prosecco préféré de Madi. C'est ma luna, désormais. Ça m'aurait tué de le dire l'année dernière, mais désormais, je la sers tout autant que mon alpha. Je prépare quatre verres au cas où tout le monde en voudrait.

Brick vient se planter de l'autre côté de l'îlot central, l'endroit où les invités normaux se placent.

Franchement, qu'est-ce qui a pris à l'humaine d'envahir mon espace et de faire comme chez elle ? D'entrer sans frapper ? De s'asseoir sur mon plan de travail comme si c'était ma copine, pas une quasi-inconnue qui ne m'a encore jamais adressé le moindre mot gentil ?

— Pour l'amour du Destin, vous ne pouviez pas prendre une douche avant de venir, tous les deux ? grommelé-je en sentant l'odeur du sexe sur Brick.

— Non.

Bien entendu. Il adore sentir l'odeur de son sperme sur sa compagne. Elle porte sa marque, mais il veille à ce qu'elle semble fraîchement accouplée en permanence.

Il prend un verre de prosecco et le vide cul sec. Tout en le reposant, il me dévisage.

— Tu prends ta mission au sérieux.

— Oui Al...

Je ravale le mot *alpha* avant de le prononcer devant l'humaine.

— Oui.

J'avais envie de répondre : « Je prends tous tes ordres au sérieux », mais je ne veux pas sembler étouffant. En plus, il le sait déjà. Je le lui ai prouvé cent fois. Il désire simplement que je lui en fasse la démonstration avec son mariage de la manière la plus humiliante qui soit.

Je jette un regard courroucé à Aubrey.

— Elle croit que vous voudrez une soirée mixte, dis-je.

Les femmes entrent dans la cuisine. Madi était une jeune adulte quand elle a pris son poste à Moon Co. l'automne dernier, mais maintenant qu'elle a endossé son rôle de luna, je ne la vois plus comme une gamine. J'ai toujours vu Aubrey comme une femme assurée, mais à présent que je les vois parler et rire ensemble dans leur espèce de dialecte féminin, leur différence d'âge avec Brick me donne l'impression d'être un vieux croulant.

Je me sens soudain un peu coupable de m'être comporté comme un con avec Aubrey.

Non qu'elle soit incapable de l'encaisser.

— Oooh, du prosecco. Tu sais ce qui me plaît, me dit Madi en prenant le verre que je lui tends. Merci.

Elle me regarde droit dans les yeux, et la sincérité dans son ton me donne la chair de poule.

Son pouvoir de luna de la meute irradie d'elle. Mon besoin de la protéger et de la servir est physique. J'ai eu beau souhaiter la séparer de mon alpha par le passé, désormais, je serais prêt à me battre à mort pour elle.

Pour ce qui est de son amie humaine, cependant, c'est une autre histoire. Je prends un autre verre et le tends à Aubrey, qui ignore ma main tendue et sirote mon cocktail tout en soutenant mon regard.

Ça ne me dérange pas qu'elle pose ses lèvres là où les miennes se sont trouvées.

La voir boire dans mon verre satisfait mon loup.

Je réalise qu'elle essaye de me provoquer. Elle est devenue radieuse en apprenant que collaborer avec elle était ma punition. C'est sans doute pour ça qu'elle s'est assise sur mon plan de travail et s'est moquée de ma déco.

— Comment ça, une soirée mixte ? demande Brick avec le même ton à moitié dégoûté dont j'ai fait preuve quand Aubrey m'en a parlé.

Cette dernière répond avant que Madi puisse le faire.

— Un enterrement de vie de garçon et de jeune fille commun. À Las Vegas, par exemple.

En voyant Brick froncer les sourcils, elle ajoute :

— Sauf si tu préfères que j'emmène Madi voir des Chippendales.

— *Quoi ?* gronde mon alpha d'une voix dure et menaçante. Pas question.

Aubrey croise les bras sur ses seins parfaits d'un air suffisant.

— C'est bien ce qui me semblait.

Brick jette un regard à Madi.

— Va pour une fête mixte, alors. Tout ce que voudra ma fiancée.

L'expression intelligente de Madi se radoucit à ces mots.

— Ça me semble fun. Mais... Las Vegas ?

— Pourquoi pas Monte-Carlo ? proposé-je.

Je suggère cela parce que Vegas, c'est vulgaire. Pas parce que j'ai envie de passer un vol long-courrier dans notre jet privé avec sa demoiselle d'honneur horripilante.

Mais je me vois aussitôt tendre une coupe de champagne à une Aubrey nue dans l'espace couchage, son corps pulpeux enroulé dans un drap et détendu après nos ébats sauvages.

J'avoue que ce scénario ne me déplaît pas. Cela n'arriverait qu'une seule fois, bien entendu.

Aubrey lève aussitôt les yeux au ciel.

— Oh, franchement. Pourquoi Monte-Carlo ? Parce que c'est cher ?

— C'est le meilleur endroit au monde pour faire la fête, réponds-je d'un ton égal.

Cette fois encore, Brick consulte Madi du regard. Elle dit :

— Ça me paraît génial. Je n'y suis jamais allée.

Tu m'étonnes. Je doute qu'elle ait quitté le pays avant de rencontrer Brick. Elle tente de cacher son manque de sophistication, et d'habitude, elle bluffe très bien, mais ça se voyait comme le nez au milieu de la figure quand il l'a ramenée au bal de la Fondation Blackthroat.

Comme je suis un connard de première, je penche la tête sur le côté et demande à Aubrey :

— Tu y es déjà allée, toi ?

* * *

*Aubrey*

Je prends une grande inspiration et fais tout pour ne rien montrer de la colère que m'inspire la question de Billy.

Je sens toujours sur ma taille l'endroit où il a posé ses mains pour me faire descendre du plan de travail. Il doit cacher des muscles conséquents sous sa chemise de créateur.

Quand trouve-t-il le temps de faire du sport, et où ? Il n'a pas le teint aussi pâle que les autres costards-cravates de Wall Street. Sur son visage, je vois des taches de rousseur et un léger hâle, comme s'il passait ses week-ends au grand air. Sûrement dans les Adirondacks avec Brick et Madi.

Je tente de réprimer ma vision de lui en tenue de sport pour revenir à notre joute verbale.

Il cherche à démontrer que je ne suis pas une femme du monde, c'est évident. Je me fiche de ce que cet abruti pense de moi. Tout le monde ne naît pas avec une cuillère en argent dans la bouche. Pourtant, son argument tient la route ; je ne peux pas rejeter Monte-Carlo en bloc si je n'y ai jamais mis les pieds. D'ailleurs, je ne suis jamais allée à Las Vegas non plus. Atlantic City, c'était mon voyage le plus lointain.

— Non, réponds-je en soutenant son regard, refusant de

me laisser impressionner. Je vais devoir te laisser prendre les rênes de l'organisation, du coup.

Je prends un air faussement désolé, puis ajoute d'un air radieux :

— Tu as déjà promis de tout payer en plus, non ?

Mauvaise tactique. J'ai oublié que mon but était de le forcer à organiser le moindre détail avec moi. Il agite une main dédaigneuse et répond :

— Ça marche. Donne-moi le nombre d'invités, je dirai à Annabeth de tout préparer.

Je me hérisse.

— Oh que non, Costard.

Comme j'ai sifflé la plupart de son verre et qu'il a déjà posé les mains sur moi, mes inhibitions habituelles se sont envolées. Je plante mon index dans sa poitrine.

— On en a déjà discuté. Tu ne peux pas te contenter de signer un chèque pour te soustraire à tes responsabilités. Et je ne suis pas ton assistante. Tu ne me donnes pas d'ordres. On organise cette fête ensemble, tu te souviens ?

Je ne lui rappelle pas qu'il s'agit de sa punition, car à mon avis, humilier Billy White devant Brick serait dangereux.

D'ailleurs, ses yeux prennent leur drôle de teinte grise, scintillante et glaciale. Il s'empare de mon index et le glisse dans sa bouche pour le mordre.

Je pousse un cri aigu. Il ne m'a pas mordue fort ; il m'a surprise, c'est tout.

Tout aussi vite qu'il s'est emparé de ma main, il la lâche. Je la replie contre ma poitrine et affronte son regard.

Il me contemple d'un air impassible. Je suis incapable de déchiffrer son expression. Cette morsure était-elle une provocation ? Une punition ? Une démonstration de force ?

Quoi qu'il en soit, ça m'a excitée. Mes tétons se dressent

sous mon soutien-gorge, et un fourmillement me monte entre les jambes.

Je sens que Brick et Madi nous observent, mais ils semblent incapables de trouver quoi dire ou quoi faire.

L'air insondable de Billy devient plein de mépris, comme si « connard » était une personnalité qu'il endossait comme un costume.

— Je m'en souviens, dit-il, comme si collaborer avec moi était révoltant.

Je suis mi-offensée, mi-ravie de le punir ainsi, en le forçant à passer du temps avec moi alors qu'il déteste ça. Même si je ne suis pas si convaincue qu'il déteste *vraiment* cela.

Je crois... même si c'est incroyable... que je l'attire peut-être.

Ça aussi, il doit détester.

Je lui adresse mon sourire le plus mielleux.

— Super. On en parle plus en détail ?

Billy me prend mon verre vide des mains et le remplace par une flûte de champagne remplie d'un liquide pétillant. Du *prosecco*, a dit mon amie. Je n'en ai jamais bu. Pour moi, ça ressemble à du champagne.

Comme lorsqu'il a tenu ma veste ouverte à La Résistance, je trouve que les petites attentions de Billy contrastent avec sa personnalité désagréable. C'est perturbant.

Je n'ai aucune envie d'être l'objet de ses attentions, et pourtant... peut-être un peu.

Il indique le salon d'un signe de la main, comme un hôte bien élevé.

— Allons en discuter.

J'emboîte le pas à Madi et Brick, plus que consciente de

la présence de Billy dans mon dos. Brick s'assoit dans un gros fauteuil et installe sa fiancée sur ses genoux.

Une vague de chagrin familière m'envahit à nouveau. Du chagrin pour les changements dans ma relation avec Madi. J'avais hâte de venir ici ce soir pour la voir avant jeudi prochain. Mais nous avons beau nous trouver dans la même pièce, elle n'a d'yeux que pour Brick.

Pour la quatre cent cinquantième fois, je m'en veux de ne pas être capable de me réjouir pour elle. De me reprendre. D'oublier mon sentiment d'abandon.

Je me laisse tomber sur le canapé voisin et bois une petite gorgée du prosecco. C'est bon, léger et rafraîchissant. Je vide mon verre et le pose sur la table basse en chrome.

Billy ne s'est pas encore assis. Il nous regarde tour à tour.

— Aubrey dit qu'on dirait que mon appart a été décoré par un gardien de prison.

L'alcool doit m'être monté à la tête, car je mets une seconde à réaliser à quel point il est étrange que Billy choisisse d'entamer la discussion ainsi.

Madi rit.

— T'as vu ça ? me lance-t-elle en croisant mon regard.

Je suis soulagée que notre vieille complicité soit intacte. Rassurée que nous partagions toujours les mêmes valeurs malgré son changement de statut social et financier. Que nous ayons toujours des points communs.

— Il est dénué de couleurs, renchérit-elle en jetant un regard à Billy. Il faut que tu installes des œuvres d'art. Tu devrais acheter l'un des tableaux d'Aubrey.

— Je ne suis pas sûr qu'une fresque à la gloire d'Occupy Wall Street soit mon style.

Son ton est ironique, mais j'éprouve une pointe de plaisir à l'idée qu'il connaisse mon travail. Ça devrait me faire ni chaud ni froid ; je n'ai pas besoin d'être reconnue par Billy. Mais je ne peux pas nier que cela me fait chaud au cœur.

— En parlant de fresques, reprend Madi, il faut que tu me racontes ce qui se passe avec celle que tu réalises pour Sentience.

— Ah, oui.

Je jette un regard par-dessus mon épaule à notre hôte, qui est toujours debout, bizarrement. J'imagine qu'il aime jouer les maîtres des lieux.

— Je, euh... reparlons-en la semaine prochaine. Je te raconterai tout.

— Tu peins une fresque pour Sentience ? s'enquiert Billy, incrédule.

Cette fois encore, je suis un tout petit peu flattée qu'il me connaisse assez bien – ou qu'il croie me connaître assez bien – pour savoir que cela ne me ressemble pas.

J'agite la main d'un air nonchalant.

— Je l'ai déjà terminée.

— Pour *Sentience*.

— Ils payent bien.

Billy s'installe soudain à côté de moi sur le canapé. Et comme le mec qu'il est, il prend toute la place. Il s'agit d'un beau canapé en cuir, alors le rembourrage ne s'enfonce pas outre mesure, mais chaque cellule de mon corps perçoit sa présence imposante. Il s'installe confortablement, une cheville croisée sur son genou, les bras écartés de chaque côté du dossier, dont un derrière mes épaules.

— Bien à quel point ? demande-t-il.

Nom de Dieu. Je ne m'attendais pas à ce qu'il pose autant de questions. Je l'ai peut-être sous-estimé. Je le prenais pour un connard égocentrique. Et pourtant, voilà qu'il fourre le nez dans mes affaires comme s'il sentait mes magouilles. Pour cela, il faut un certain degré d'empathie et d'intelligence émotionnelle.

C'est peut-être comme ça qu'il s'est hissé au sommet de l'entreprise de Brick. Oui, c'est un connard égocentrique, mais assez malin pour manipuler ses proches. C'est ma nouvelle théorie à son sujet.

— Vingt mille, réponds-je.

Évidemment, je ne l'ai pas fait pour le fric. Madi le sait. Et il semblerait que Billy le sache aussi, mais je n'ai pas l'intention de lui révéler quelles étaient mes véritables intentions. Ça ne le regarde pas, et il n'y comprendrait rien.

— Moi qui croyais que l'argent ne t'intéressait pas.

C'est une pique, mais je le sens me dévisager, comme s'il voulait réellement percer le mystère.

Merde.

Ça pourrait poser problème.

— J'ai un prêt étudiant à rembourser, rétorqué-je, ce qui n'est pas un mensonge.

Les doigts de Brick parcourent les cuisses de Madi, et elle se tortille sur ses genoux. Ils ne tiendront sûrement pas plus de cinq minutes avant de repartir baiser.

— Cinquante mille, lâche soudain Billy.

Je me tourne lentement vers lui pour le fusiller du regard.

— Quoi ?

— Je te donnerai cinquante mille dollars si tu peins une fresque chez moi.

Le champagne – pardon, le prosecco – m'est bel et bien monté à la tête. Je lâche un son mi-rire, mi-grognement.

— Pourquoi ?

Ses yeux bleu-gris sont insondables tandis qu'il m'observe froidement.

— Je ne comprends pas, dis-je sincèrement.

Il détesterait mes œuvres. Ça n'a aucun sens.

— Aubrey est une artiste exceptionnelle, dit Madi comme pour faire monter les enchères, bien que mes services ne soient pas à vendre. Elle pourrait transformer ton intérieur.

Je jette un regard dubitatif alentour. Ce que je peins serait du plus mauvais effet ici. J'utilise des couleurs vives, il s'agit presque d'art protestataire. Ce qui m'intéresse, c'est la société, pas les milliardaires arrogants. Mais ce serait amusant de passer du temps chez lui, de pouvoir le tourmenter quotidiennement. Je pourrais insister pour travailler le soir, quand il sera présent.

Et je verrais de nouveau Madi tous les jours. Ce serait sympa.

— Mais rien de coloré, précise Billy.

Je fais claquer mes lèvres.

— Alors non merci.

Sauf que cette idée me plaît déjà. À peine ai-je refusé que je regrette de m'être précipitée.

Je lui coule un regard. Il est trop proche pour que je puisse lui faire face, et je suis soudain pleinement consciente des quinze centimètres qui séparent nos jambes sur le canapé.

Billy semble détendu. Il a une expression suffisante. Qu'est-ce qui lui fait croire qu'il vient de remporter une victoire ? Je viens de dire *non merci*.

— Mettre de la couleur partout, c'est trop facile, dit-il. Il faut de la nuance et de la subtilité pour insuffler de la vie à une zone grise.

Je commets l'erreur de le regarder à nouveau. Je suis soudain prisonnière de ses yeux bleu-gris.

— C'est ça ton territoire ? La zone grise ?

Je me demande à quel point cela est vrai. Quelles règles repousse-t-il ? Et dans quels domaines de sa vie ?

Il hoche presque imperceptiblement la tête.

— Oui, répond-il.

Sa voix a une qualité ronronnante qui me trouble. J'ignore comment il a fait pour reprendre la main, mais nous sommes passés de mes provocations aux siennes. Il me met au défi, et ses yeux pétillent, comme s'il savait que j'allais accepter.

Sauf que je n'en ai pas l'intention. C'est de la folie. Pourquoi ferais-je une chose pareille ?

Je jette un regard à Madi, et elle m'adresse un haussement de sourcils encourageant. Comme si elle voulait que je négocie avec lui. Et j'ai beau ne pas me sentir à ma place dans le nouveau monde de Madi, l'idée de m'y frayer un chemin de cette façon me séduit. Nous partagerons de nouveau des choses. Un même territoire.

— Cent mille dollars pour *deux* fresques, dis-je à brûle-pourpoint, car il s'agit du montant pour lequel je me sens capable de céder.

Je ne cours pas après l'argent, mais je ne peux pas nier que je me serre la ceinture. Si j'ai mis cinq ans à faire ma licence, c'est parce que je travaille presque à plein temps en plus de mes cours. La fresque pour Sentience m'a permis de lâcher un peu de lest, mais il s'agit d'argent sale. En plus, Madi continue de payer sa part du loyer pour l'appartement, et j'ai beau adorer me servir de son ancienne chambre comme d'un studio de peinture, je n'aime pas accepter sa charité.

— Elle les vaut, assure mon amie.

— Je n'ai pas besoin de deux fresques, réplique Billy.

— Une grise, et une en couleur, dis-je en lui montrant le

mur derrière le canapé, puis celui d'en face. C'est ma seule offre. À prendre ou à laisser.

Billy me regarde d'un air songeur.

— J'ai un droit de veto sur le projet avant que tu commences.

Ouah. Il accepte mes termes ? Surprenant. Je m'attendais à ce qu'il négocie sec. Je rejette sa condition.

— Pas question.

— Un droit de regard, alors, propose-t-il aussitôt.

Des étincelles volent dans tout mon corps. Ces négociations m'enflamment ; je suis à la fois physiquement excitée et mentalement ravie.

Je réfléchis à sa contre-offre. Il me laisse plus de marge de manœuvre.

— Ça marche, dis-je.

Il prend un air plus suffisant. J'ignore pourquoi il croit avoir gagné. Je lui fais payer une fortune, et j'ai l'intention de lui pourrir la vie.

— Tu payeras aussi pour le matériel, dis-je après réflexion.

— Marché conclu.

Un frisson d'enthousiasme me traverse, bien qu'une part de moi ait envie d'écraser les freins. Mais je n'ai rien à craindre. Si ça ne fonctionne pas, je pourrai toujours renoncer. Billy est autoritaire et se sert de son pouvoir, de son statut et de son argent pour faire plier les gens.

Je suis immunisée contre tout ça. Il n'aura aucune emprise sur moi. Je préfère ma dignité à son fric.

William White III va bientôt réaliser que je n'ai pas peur du Grand Méchant Tyran.

# Chapitre Six

**B**illy

Mais qu'est-ce que je fous ? Je dois avoir perdu la tête.

Je déteste avoir des gens chez moi. Ça m'empêche d'avoir une maîtrise parfaite sur mon environnement. Même ma femme de ménage et mon cuisinier me gênent, alors que ce sont des métamorphes de la meute Blackthroat. Ils sont respectueux et profondément loyaux.

Qu'est-ce qui m'a pris de convier une *humaine* chez moi ? Peindre une fresque doit prendre des semaines. Peut-être même plus. Et elle veut en réaliser *deux*.

Deux fresques. Dont une en couleur. Argh. Ça promet d'être affreux. Tant pis. La recouvrir ne prendrait qu'une journée.

Le vrai souci, c'est qu'Aubrey Cook va passer des mois sous mon toit.

Ça va me rendre cinglé.

Pourtant, mon loup est ravi à l'idée qu'elle revienne. Je suis sûr que c'est lui qui a manigancé tout ça. Il veut que je couche avec la petite humaine. Drôle de pulsion, pour un loup pur-sang descendu d'une lignée alpha. Je ne *peux pas* imiter Brick en m'accouplant à une humaine.

Même si l'humaine en question sent aussi bon qu'Aubrey.

Pas question, putain. Les humains sont faibles. Sans importance.

On me l'a inculqué avant même que je sache marcher. Même quand je n'étais qu'un avorton que mon père, honteux, cachait à la meute.

J'ai passé toute ma vie à me battre pour atteindre les sommets. D'abord pour prouver que j'étais digne du nom White, que je rejette désormais. Puis pour prouver que j'étais digne d'être le second de Brick.

Quand j'étais louveteau, je suis né et suis resté chétif. Ma transition s'est faite tard. J'ai dû attendre mes quinze ans avant de grandir d'un coup et de me métamorphoser pour la première fois ; bien après que mon père m'avait abandonné dans un pensionnat.

Mais avant cela, je savais déjà me battre avec férocité, et j'avais le dessus sur des gamins deux fois plus grands que moi. Je savais déjà qu'il fallait être impitoyable.

Et quand j'ai enfin pu me transformer, j'ai *forcé* mon corps à devenir aussi imposant.

Alors je peux me taper cette humaine ridicule qui sent la muscade et le miel, mais ensuite, je devrai l'oublier. Mon histoire ne se conclut pas avec une humaine à mes côtés. Jamais de la vie.

Madi applaudit, folle de joie, et va chercher la bouteille de prosecco pour nous resservir.

Aubrey boit son verre. Les loups ont du mal à s'enivrer car nos corps métabolisent l'alcool trop vite, mais je vois bien que la serveuse a un peu trop bu. Ses mouvements sont de plus en plus saccadés, ses réflexes de plus en plus lents. Une part de moi se fiche qu'elle ait moins d'inhibitions. Mais mon loup est paniqué, comme si elle courait un quelconque danger ici.

*À cause de moi, peut-être.*

Certainement pas à cause de Madi ou de Brick.

— Vous vouliez nous consulter sur autre chose, demande Brick.

Il n'arrête pas de tripoter Madi. J'imagine qu'il a envie de se retrouver seul avec elle au plus vite. Vu le temps qu'ils y passent, c'est un miracle qu'elle ne soit pas encore enceinte.

— La liste des invités, répond Aubrey. Et il faut qu'on arrête une date. Vous voulez faire ça juste avant le mariage ?

Madi réfléchit.

— Oui. Faisons ça la semaine du mariage, en veillant à rentrer au moins deux jours avant la cérémonie. Je ferai une liste cette semaine et je te l'enverrai, mais je crois qu'il n'y aura que toi et les deux sœurs de Brick.

Ce dernier glisse les doigts à l'intérieur de la cuisse de sa fiancée, sous sa robe moulante. Elle lâche un petit gémissement, et Aubrey se couvre les yeux.

— Vous êtes incorrigibles. Si vous ne voulez pas que ça se finisse en plan à quatre, je vous conseille de rentrer chez vous.

Mon loup se hérisse. L'idée que la serveuse participe à une orgie, même en ma présence, semble l'enrager.

Brick soulève Madi et se met debout.

— Billy. Aubrey.

Il m'adresse un signe de tête solennel. Il est content de moi. Il ne le dit pas, mais mon corps reconnaît tout aussi bien la satisfaction de mon alpha que ses ordres. Je meurs d'envie de revenir dans ses bonnes grâces.

Ce sentiment de victoire me donne envie de me jeter sur l'humaine sans défense. De la baiser pour fêter ça, vite et fort. Juste le temps de me défouler, avant de la jeter.

Aubrey se lève à son tour.

— Très bien. On reste en contact. Madi, je te dis à jeudi soir.

Elle prend son amie dans ses bras, et l'espace d'un instant, quelque chose de sombre sinue dans mon ventre. Une impression qui m'était familière dans l'enfance. Celle de vouloir une chose accordée à quelqu'un d'autre.

— Tony peut reconduire Aubrey ? demande Madi à Brick.

— Bien sûr, répond-il en sortant son téléphone.

— Ce n'est pas la peine, intervient aussitôt l'humaine. Les limousines, ce n'est pas mon style.

— Tu as bu, dis-je dans un grondement sévère.

Elle me jette un regard offensé et rétorque en fronçant les sourcils :

— Je n'ai pas *conduit* jusqu'ici.

Elle croit que je la soupçonne de boire au volant.

Madi la tire en direction de la porte.

— Ils croient que le métro est dangereux. Prends un taxi, sinon ils te forceront à prendre la limousine, conseille ma luna à son amie.

Je rêve. Dans quel univers rentrer à Brooklyn en limousine est-il une épreuve ? Dans l'univers tordu d'artiste-activiste d'Aubrey Cook, apparemment.

— Très bien, je vais prendre un taxi, dit-elle aussitôt. Merci pour les bulles, Costard !

Elle sort devant Brick et Madi.

Je les suis, sans savoir ce qui m'irrite à ce point. Cette

humaine ridicule semble très douée pour m'agacer en permanence, cependant.

Après avoir traversé le seuil, elle me jette enfin un regard.

— Je te contacterai, dit-elle en mimant un téléphone.

— Je suis impatient, marmonné-je.

# Chapitre Sept

*ubrey*

Ils voulaient me renvoyer chez moi en limousine.

Rien que ça, ça devrait me convaincre que Madi et moi vivons dans deux mondes qui n'ont rien à voir, désormais. Et elle ne reviendra plus jamais dans le mien. Même si son couple ne tient pas – et ça me semble inimaginable –, elle a récemment découvert que sa grand-mère paternelle est elle aussi une milliardaire qui veut qu'elle reprenne son entreprise de cosmétiques après sa mort. Alors Madi ne sera plus jamais comme moi.

Je devrais peut-être me contenter de pleurer la fin de notre relation et passer à autre chose.

Accepter de peindre des fresques pour un abruti qui me tape sur le système rien que pour rester proche d'elle me paraît absurde, maintenant que je suis dehors.

Au diable le taxi.

Ils croient que le métro est dangereux ?

Je le prends depuis que j'ai douze ans. J'ai grandi dans

le New Jersey. Pourquoi devrais-je avoir peur des transports en commun ?

Je pénètre dans la station et embarque.

Je trouve une place alors que mon téléphone se met à sonner. C'est Jamie.

J'ignore pourquoi elle m'appelle moi et pas Jan, mais je décroche.

— Salut Jamie.

— Ne prononce pas mon nom, dit-elle d'un ton frénétique.

Je suis obligée de coller mon portable à mon oreille à cause du bruit de la rame.

— Que se passe-t-il ?

— On ne peut plus s'envoyer de messages. Je crois que je suis sous surveillance.

Des alarmes se mettent à résonner dans ma tête. Je comprends mieux mon mauvais pressentiment.

— Merde, grommelé-je. Qu'est-ce qui te fait croire ça ?

— J'ai vu un type assis dans sa voiture sans rien faire en face de chez moi. On ne peut plus se voir en personne. Écoute, j'ai passé en revue le contenu de la clé USB, et il y a toujours des dossiers avec toutes les œuvres piratées, mais les mails que nous recevions pour nous ordonner de piller le travail des artistes n'y sont pas.

Je regrette que Jan ne participe pas à la conversation.

— Bon... mais ça reste suffisant, non ? Tu as parlé à Jan ?

— Non. Je sais où trouver ces mails. J'ai un ami pirate informatique. S'il parvient à accéder à leur serveur, il pourra m'installer une porte dérobée pour que je puisse y accéder.

— Une quoi ?

J'imagine une porte sculptée à l'arrière du siège de Sentience.

— C'est… un chemin d'accès vers leurs serveurs, répond Jamie, visiblement trop impatiente pour m'expliquer les détails techniques de son plan. Mon ami est prêt à se rendre dans la salle des serveurs pour le faire, mais elle se trouve au troisième sous-sol, et il aura besoin d'un badge d'accès.

— Tu m'as donné le tien…

— Il ne marchera plus. Il m'en faut un nouveau.

Un nouveau badge. Ça se complique. Ça ne me plaît pas qu'elle ait mêlé une autre personne à notre complot, même s'il s'agit d'un pirate prêt à nous aider. Et maintenant, il faut que je vole un badge ?

— J'ai déjà fini la fresque. Il reste encore le gala d'ouverture, mais je ne pourrai plus accéder au bâtiment après la fermeture.

— Tu ne peux pas leur dire que tu as oublié ton manteau ou un truc comme ça ?

Je déglutis. Mon cœur s'emballe comme si c'était moi que l'on surveillait.

— Euh, peut-être. Mais même si ça marche, où est-ce que je le trouve, ce fameux badge ?

— Je ne sais pas. Mais sans ces mails, ils pourront dire que c'est moi qui ai pillé ces œuvres. Les risques que tu as pris n'auront servi à rien. Si tu arrives à trouver un badge, je m'occuperai du reste.

Merde.

— D'accord, dis-je. Je vais me débrouiller pour y retourner cette semaine.

Sauf que j'ai des examens, et que je viens d'accepter de peindre deux fresques dans l'appartement d'un milliardaire.

Eh bien, Billy White n'aura qu'à attendre. Je joue les justicières, là.

Lorsque je descends à mon arrêt une heure plus tard et que je prends le chemin de chez moi, une Porsche électrique bleu cobalt est garée de l'autre côté de la rue. Elle bloque la circulation et d'autres voitures la klaxonnent.

— Bouge, connard ! lance un chauffeur de taxi par sa fenêtre.

Le type derrière le volant regarde dans ma direction. Je me remémore ce qu'a dit Jamie ; quelqu'un la surveillait depuis un véhicule.

Suis-je moi aussi sous surveillance ? Mon cœur se remet à tambouriner.

Je m'arrête pour lui rendre son regard, et la voiture démarre en trombe, me donnant la chair de poule.

Ce type ressemblait à... Nan.

Impossible.

Quelqu'un me rentre dedans, et je me remets à marcher en direction de notre... je veux dire *mon* appartement, en secouant la tête.

Bien sûr que ce n'était pas Billy. J'ai cru le voir parce que j'avais toujours ce tyran milliardaire en tête. Un instant on ne connaît pas le moindre milliardaire, et le suivant on en voit partout.

Ce n'est sans doute pas la première fois qu'une voiture de luxe se gare dans mon quartier, je ne l'avais tout simplement jamais remarqué.

Je parcours les quelques rues qui me séparent de mon domicile et arrive devant mon immeuble en tâchant de ne pas penser à Billy White III.

*La prochaine fois que je te toucherai, je demanderai d'abord.*

Ses mots tournent en boucle dans ma tête et font pointer mes tétons.

Sérieusement ?

Qui dit qu'il y aura une prochaine fois ?

Alors que j'entre dans mon immeuble, je me remémore

la sensation de ses doigts sur ma taille lorsqu'il m'a soulevée. Brûlants. Longs. Incroyablement puissants.

En général, je vois plutôt les types de Wall Street comme des mecs maigrelets, pâlichons et beaucoup trop sophistiqués pour être virils, mais sous son costume à cinq mille dollars, il se pourrait bien que Billy White soit une vraie bête.

Non, je ne devrais pas penser à ça.

Comment cette idée peut-elle m'exciter ? Ça ne va pas du tout.

Sauf que soudain, j'imagine le business man sans pitié se jeter sur moi. M'arracher mes vêtements. Me jeter sur son lit. Me prendre sauvagement.

Alors que j'arrive devant ma porte, je suis en feu, et pas seulement à cause des marches que j'ai montées. J'entre dans l'appartement et sors des glaçons du congélateur. Je me rends à la fenêtre tout en appliquant la glace sur mon front et mon cou afin de me rafraîchir.

Là, de l'autre côté de la rue, se trouve la même Porsche criarde. La vitre côté conducteur est baissée, et son visage est tourné vers ma fenêtre.

Ce n'est pas un homme de main de Sentience.

Enfin, sauf s'ils ont engagé William White III, grand ponte de Wall Street, pour faire leur sale boulot.

*J'hallucine !*

L'adrénaline qui m'a envahie à l'idée d'être traquée se transforme en colère, et je tourne les talons avant de redescendre comme un ouragan. Je sors de l'immeuble quand la voiture démarre.

— Hé ! lancé-je. Attends.

Une voiture de mon côté de la rue freine et me klaxonne lorsque je me jette sous ses roues. Billy écrase lui aussi ses freins, et derrière lui, un conducteur proteste.

Billy regagne en vitesse la place de parking qu'il vient de quitter, et je me penche sur sa fenêtre.

— Qu'est-ce que tu fous là ?

Par la vitre baissée, il me regarde en plissant les yeux, une moue renfrognée aux lèvres.

— Tu avais dit que tu prendrais un taxi, grogne-t-il.

Tu parles d'une explication !

— Et alors ?

Ses narines se dilatent, et une lueur gris clair passe dans ses yeux à la lumière du réverbère. Il jette un rapide regard alentour, comme un type des services secrets à la recherche de tireurs embusqués.

— Qu'est-ce qui te fait peur ? me demande-t-il.

Je scrute les parages à mon tour. Ai-je l'air effrayée ? J'étais persuadée d'avoir oublié ma peur à l'instant où j'ai réalisé que mon harceleur était cet abruti de milliardaire.

— Je ne suis pas effrayée, réponds-je d'une voix un peu étranglée qui donne l'impression que je mens.

— C'est *moi* qui t'ai fait peur ?

Il semble furieux.

— J'ai vu qu'une voiture me suivait. Donc oui. C'était bien plus effrayant qu'un trajet en métro.

Billy secoue la tête et presse un bouton pour remonter sa vitre.

Je m'agrippe à son sommet à deux mains pour l'empêcher de se fermer.

— Attends une seconde.

Il rouvre la vitre.

— Tu cherches à casser ma fenêtre ?

— Je suis sérieuse. Qu'est-ce que tu fais ici ?

Son expression est insondable. Il me rend mon regard un moment, puis d'un air entendu, il pose les yeux sur mes doigts qui retiennent toujours la vitre.

J'insiste :

— Tu m'as vraiment suivie pour t'assurer que je rentre en toute sécurité ?

Ça semble fou, dit comme ça.

Le regard de Billy devient comme mort.

— Tu es ma pire punition.

Un petit sourire apparaît sur mon visage. Je suis sa punition. Ouah. J'adore ça.

Torturer Billy White risque d'être encore plus facile et satisfaisant que je l'imaginais.

# Chapitre Huit

**B**illy
— Analyse les finances de ces trois nouveaux venus sur le marché des supraconducteurs et des batteries, pour une éventuelle acquisition, dis-je à Noah, l'un de nos meilleurs analystes, en lui tendant une liste manuscrite. Apporte tout ce que tu auras trouvé à la prochaine réunion de direction.

— Très bien.

Noah est un loup, mais pas un membre de notre meute. Il s'est fait embaucher chez Moon Co. de façon traditionnelle : grâce à ses études brillantes et ses références en or. Une fois en poste, nous l'avons tout de suite reconnu comme l'un des nôtres grâce à son odeur. Sully, notre chef de la sécurité, a enquêté sur lui en profondeur pour s'assurer qu'il ne s'agissait pas d'un espion des Adalwulf, mais n'a trouvé aucun lien entre lui et la meute ennemie. Ensuite, Noah a rapidement gravi les échelons. Cette entreprise adore par-dessus tous les jeunes employés compétents qui se trouvent également être des loups.

C'est pour cela que je ne coucherais jamais avec Anna-beth, mon assistante, bien qu'elle soit sublime. Elle nous est trop précieuse.

Noah s'est davantage attiré les faveurs de Brick cet hiver en lisant sur les lèvres d'Aiden Adalwulf et de Madi pour lui prouver que je me trompais sur la raison de leur rencontre, une erreur que je paye toujours.

Toutefois, Noah ne fait pas partie de notre cercle intime. Brick ne lui a même pas demandé d'intégrer la meute, car il lui en veut toujours de n'avoir pas cherché à rejoindre nos rangs dès son arrivée à New York. Brick a pris cela comme un manque de respect, ou comme la preuve que Noah était prêt à rejoindre les Adalwulf s'ils lui proposaient un poste.

Au début, je le soupçonnais, mais maintenant que je le connais, je pense qu'il n'a pas cherché à rejoindre la meute tout de suite à cause de son intégrité. Il ne voulait pas se servir de son statut de métamorphe pour obtenir un poste à Wall Street. Il devait être déterminé à faire ses preuves, après avoir été victime de discriminations à cause de sa surdité.

Maintenant que je sais qu'il est fiable, je me repose souvent sur lui, car il est plus intelligent que la plupart des autres employés, et super observateur. J'ai ordonné aux membres de mon équipe d'apprendre la langue des signes. J'ai moi-même suivi des leçons jusqu'à la maîtriser parfaitement.

Je suis tenté d'œuvrer pour qu'il intègre notre meute, mais nous traversons une période troublée. La meute se remet toujours de la révolte contre notre alpha.

— Ce sera tout, merci, dis-je en langue des signes avant de suivre Noah hors de mon bureau pour me planter devant celui d'Annabeth.

— Je veux que vous organisiez l'enterrement de vie de garçon de M. Blackthroat à Monte-Carlo.

Annabeth lève les yeux vers moi, surprise. Son odeur contient une note apeurée. Elle aime la compétition, comme moi, alors elle n'aime pas se retrouver hors de son élément.

— Je sais que vous ne connaissez rien aux rituels des humains, ajouté-je.

Elle s'est déjà remise de ses émotions et s'empare d'un stylo et de son bloc-notes.

— Je peux me renseigner, bien sûr, dit-elle en écrivant « Enterrement de vie de garçon » en haut de la page.

— Il s'agira aussi de l'enterrement de vie de jeune fille de Mlle Evans. Sa demoiselle d'honneur aura le dernier mot.

Annabeth hoche la tête.

— Voulez-vous que je la contacte dès maintenant afin de lancer l'organisation ?

J'hésite. Je devrais dire oui et m'en laver les mains. Mais je sais qu'Aubrey ne me laissera pas me défiler aussi facilement. Elle ne veut pas que je délègue et que je me contente de sortir le chéquier.

J'ai été idiot de lui révéler qu'il s'agissait d'une punition pour moi. Cette idée lui plaît beaucoup trop.

Mais d'un autre côté, j'adore la voir s'enthousiasmer, même si c'est à mes dépens.

Bien entendu, j'ai l'intention de la torturer en retour.

Au point où nous en sommes, le simple fait de devoir nous fréquenter est une torture suffisante pour nous deux.

— Non, dis-je dans un soupir. Je servirai d'intermédiaire pour l'instant.

Annabeth ne parvient pas à cacher sa surprise.

— Je suis le témoin et le garçon d'honneur, précisé-je, comme si cela expliquait tout.

Bien entendu, Annabeth n'est pas mieux renseignée que moi au sujet de ces rituels humains.

— M. Blackthroat tient à ce que je collabore avec les convives humains.

Annabeth laisse éclater son incrédulité :

— *Vous*, Monsieur ?

Elle sait que j'ai cherché à faire renvoyer Madi, car c'est elle qui m'a aidé à commanditer une enquête sur elle. Elle sait que je ne m'entoure que de loups. Je ne travaille jamais avec des humains, à moins d'y être obligé. Et aucun membre de leur espèce ne travaille à mon étage ou dans mon service.

— Oui, moi. Pour faire honneur à notre luna.

Si j'admets cela face à une deuxième personne, c'est uniquement parce que je fais assez confiance à Annabeth pour qu'elle veille à mes intérêts.

— Oh. Bien sûr.

— Toutes les dépenses devront être payées avec ma carte gold personnelle. La fête aura lieu la semaine du mariage.

Mon assistante hoche la tête.

— Vous prendrez le jet de l'entreprise ?

— Oui.

Le jet avec couchettes.

Je ne connais rien aux enterrements de vie de garçon, mais soudain, je me dis que la fête devrait commencer dans les airs. Champagne qui coule à flots. Musique à fond. Aubrey qui sort d'un gâteau et entame un strip-tease.

Non. Non, non, non. C'est indécent. Aubrey ne sera pas là pour nous divertir. Et personne ne la verra se déshabiller.

Sauf moi, peut-être. Dans l'une des couchettes privées.

— Combien de temps resterez-vous ?

— À vous de voir la durée idéale.

À présent, j'imagine Aubrey en bikini blanc, sa peau embrassée par le soleil. Son odeur de muscade et de miel légèrement salée. J'ai une érection.

Je m'éclaircis la gorge et chasse cette image de mon esprit.

— Nous aurons besoin de plusieurs jours afin de profiter de la plage ainsi que de la vie nocturne.

— Entendu. Nombre de convives ?

— Mlle Evans nous fournira une liste.

Je m'en vais avant qu'Annabeth me voie tirer sur ma cravate.

Alors que je regagne mon bureau, l'irritation s'empare de moi.

J'ai envie de me venger de cette humaine si haute en couleur. Si vivante. Si... si. Ça me bouffe.

Je sors mon téléphone et compose son numéro.

— William White III, répond-elle d'un faux ton distingué dégoulinant de sarcasme.

Je me mets à bander lorsque je l'imagine agiter ses cheveux avec un sourire suffisant aux lèvres, comme si prononcer mon nom complet était une insulte.

— La serveuse.

— C'est comme ça que tu m'appelles ?

— Je ne t'appelle rien du tout. Mais toi, tu peux m'appeler *patron*.

J'emploie ses services pour les fresques, après tout.

Elle ricane.

— Tu n'es pas mon patron. Je suis à mon compte. Et je n'ai même pas posé le premier coup de pinceau.

— C'est pour ça que je t'appelle. Je voulais savoir quand tu commençais.

Elle marque une hésitation.

— Il faut que je retourne chez Sentience ce soir.

Je ne comprends pas la pointe de tension dans sa voix. Mais je ne comprends pas non plus qu'elle ait peint une fresque pour eux. Cette entreprise, c'est tout ce qu'elle méprise.

— Je croyais que tu avais terminé.

— Il me reste seulement une couche de vernis à poser pour protéger la peinture.

— Le soir ?

Ça ne me paraît pas très net.

— Je suis étudiante à temps partiel. En plus, j'aime bien travailler quand il n'y a personne.

Ça, je veux bien le croire. Mais mon loup n'aime pas l'imaginer seule là-bas le soir. Sans parler du trajet en métro ensuite. Et de la marche jusqu'à son immeuble.

— Tard ? demandé-je.

— Quoi ?

— Tu y restes tard ? Ça te prendra combien de temps ?

— Pourquoi ?

Elle semble agacée, à présent.

— Je passerai te chercher.

— Non merci.

Je raccroche, trop exaspéré pour continuer les négociations. Je perds la main. D'habitude, je sais manipuler n'importe quelle situation à mon avantage. J'ignore pourquoi ma raison me trahit en présence de cette humaine ridicule.

Je lève le bras pour jeter mon téléphone contre le mur, puis je me ravise et me contente de serrer les dents.

Bien assez vite, cette petite tentatrice se mettra à genoux pour me supplier de lui donner ma queue. Je vais faire de cette vision mon objectif. Cela prendra peut-être du temps, mais je gagnerai.

Parce que remporter la manche au dernier moment, c'est ma spécialité.

Mon père n'a jamais vu venir mon succès.

Aubrey Cook se croit immunisée contre moi. Indifférente. Détachée.

Elle va bientôt découvrir qu'elle se trompe sur toute la ligne.

# Chapitre Neuf

*ubrey*

J'ignore combien de temps je vais devoir passer ici à faire semblant d'appliquer du vernis sur cette foutue fresque. De combien de couches pourrait-elle avoir besoin, franchement ?

C'est ce que Jack, le vigile, vient d'ailleurs de me demander.

— C'était la dernière couche, réponds-je en essuyant ma brosse sur le bord du pot de polyuréthane pour la nettoyer.

Je n'ai pas parlé de mon plan à Jan, car je pense qu'elle m'aurait dit de ne pas le faire. C'est déjà ce qu'elle m'avait dit quand j'ai proposé à Jamie d'aller copier les données de son ordinateur.

Ce que j'envisage d'accomplir ce soir est encore plus difficile. Voler un badge ? C'est de la folie. Mais c'est peut-être faisable. Surtout si Jack continue de me tourner autour.

Son badge dépasse de sa poche. Il me suffit de le distraire et de le subtiliser.

— Je vais nettoyer, et puis je vous laisse tranquille, dis-je.

— Oh non, votre présence ici ne me dérange pas, assure-t-il aussitôt. Je suis simplement fasciné par votre processus.

Ou par mon cul. Mais peu importe. Si je lui plais, tant mieux. Ça me sera très utile d'ici une petite minute.

Je pose ma brosse sur le bac de peinture, avec mon rouleau, et je ramasse le tout.

— Je vais nettoyer tout ça, et puis je file.

— D'accord. Je vous raccompagne.

Un vrai gentleman.

Alors que je passe devant lui, je fais tomber mon rouleau.

— Oups !

Il se penche immédiatement pour le ramasser. Je me penche en même temps que lui et lui rentre dedans. Dans la confusion, je glisse la main dans sa poche et m'empare de son badge.

— Je l'ai, dit-il, et nous nous redressons tous les deux en riant.

— Merci.

Je récupère mon matériel pour éviter de le regarder dans les yeux. La honte m'envahit.

J'espère qu'il n'aura pas d'ennuis pour avoir perdu son badge.

Et surtout, j'espère qu'il ne réalisera jamais que c'est moi qui l'ai volé.

Je me dépêche d'aller dans les toilettes pour femmes afin de nettoyer mon pinceau, mon rouleau et mon bac à peinture. Quand je reviens, Jack a soigneusement plié ma bâche et a rangé l'escabeau que j'ai emprunté dans un placard.

Il se tourne vers moi et prend une grande inspiration.

Merde.

Il va m'inviter à sortir.

Je me penche pour ramasser le pot de vernis et le pose sur mon bac.

Il est beau gosse, mais il ne m'intéresse pas. Et surtout, je ne peux pas sortir avec lui après avoir volé son badge. Il risquerait de se faire renvoyer, voire pire.

Je suis sauvée par son talkie-walkie :

— Jack ?

Il sort l'appareil et appuie sur un bouton.

— J'écoute.

— L'artiste est toujours là-haut ?

Nous nous regardons d'un air surpris. Il ne me quitte pas des yeux alors qu'il répond :

— Ouais, je suis avec elle, là. Qu'est-ce qu'il y a ?

— Il y a un type en bas qui dit qu'il est là pour la ramener.

Pour me ramener.

Billy ?

Ça va pas ou quoi ? Je ricane intérieurement à l'idée que Billy le Bourge joue les chauffeurs de taxi.

Au moins, son arrivée a créé la diversion idéale. J'ai un sourire radieux.

— C'est mon... petit ami.

Voilà qui devrait calmer les ardeurs de Jack. Toute note d'espoir quitte son expression.

— Oh, d'accord.

— Vous n'êtes pas obligé de me raccompagner.

— Mais si. Laissez-moi porter ça.

Il me prend le bac à peinture des mains et pose la bâche pliée dessus.

Quelle galanterie ! Même après s'être fait rembarrer.

La descente en ascenseur est courte, par bonheur, et j'en sors avant de reprendre mes affaires.

Billy se trouve devant la réception dans le hall plongé dans la pénombre, les sourcils froncés, une moue renfrognée aux lèvres. Comme si c'était moi qui lui avais demandé de venir me chercher et que j'étais en retard, ou un truc dans le genre.

Ce mec est vraiment un connard arrogant.

— Merci, Jack, dis-je en marchant à reculons tandis qu'il sort de l'ascenseur en observant Billy.

Une nouvelle vague de culpabilité me submerge, et je prends rapidement le vigile dans mes bras.

— Vous êtes super, lui dis-je.

Il semble un peu étourdi, mais il sourit.

Je jurerais entendre Billy grogner. Oui, comme un animal.

— Au revoir ! lancé-je aux deux agents de sécurité en leur faisant un signe de la main.

Je passe devant Billy sans lui prêter la moindre attention, et j'entends un nouveau grognement derrière moi.

Je ne me retourne pas et me contente de sortir sur le trottoir. Je devrais continuer à l'ignorer et marcher jusqu'à la bouche de métro.

M'en empêcherait-il ?

Que fait-il ici, de toute façon ? Je lui ai dit *non merci*.

Mais le laisser en plan serait impoli. Ma conscience m'en empêche. Je m'arrête et pivote, surprise de trouver Billy juste derrière moi. Il me prend le bac à peinture des mains, son air renfrogné fermement en place.

— Qu'est-ce que tu fais là ?

Il penche la tête sur le côté et répond simplement :

— Monte en voiture.

— Pourquoi je ferais une chose pareille ?

— Parce que je ne veux pas que tu marches seule le soir.

Je n'ai pas envie de me réjouir de ce qu'il a dit. Une chaleur monte de mes pieds à ma poitrine, et je déteste ça.

Bon sang.

C'est le genre de phrase que mon père pourrait sortir à ma mère. Mignon. Inutile, mais mignon.

Sauf que c'est impossible.

Billy White est tout sauf mignon.

À présent c'est lui qui m'ignore, et il porte mon matériel jusqu'à sa voiture. Il est garé illégalement juste devant le bâtiment. Ce type se croit tout permis.

Mais j'imagine qu'il a les moyens de payer des amandes.

Difficile de se représenter une fortune pareille. Le genre de fortune que possédera bientôt Madi. Il pourrait faire tellement de bien avec sa fortune. Créer des espaces verts un peu partout en ville. Financer des programmes pour aider les personnes sans domicile fixe. Soutenir un politique qui se soucie de ses électeurs.

Mais bon, j'aurai bientôt cent mille dollars à mettre à contribution.

Je n'imaginais pas me retrouver avec une telle somme. Je vais pouvoir rembourser mon prêt étudiant. Je pourrai payer mon loyer pour l'année et faire moins d'heures à La Résistance, même si j'adore y travailler. Après cette mission pour Billy, je pourrai me concentrer sur mon art. Ou réviser pour l'examen d'entrée des facultés de droit, les études que je visais, à la base.

Ce projet me fait toujours envie, mais je ne suis plus aussi enthousiaste qu'avant. L'art me nourrit plus. Pourtant, changer les choses en tant qu'avocate serait sûrement tout aussi épanouissant, quoique d'une façon différente.

Billy ouvre la portière passager d'un geste brusque, parvenant par miracle à tenir le bac de peinture surmonté d'un demi-pot de polyuréthane d'une seule main. Ce type doit avoir des poignets bioniques. Je m'apprête à le lui prendre des mains, m'attendant à ce que Billy fasse le tour de la voiture, mais il reste planté là comme un chauffeur. Il compte attendre que je m'assoie avant de fermer la portière pour moi ?

C'est absurde, mais mon corps s'enflamme, comme face à ses autres démonstrations de galanterie. Je m'arrête juste devant lui, trop près, et je lève le visage vers lui.

— Qu'est-ce que tu comptes faire, mon grand ? le provoqué-je.

Son regard se pose sur mes lèvres. Ses yeux gris prennent une teinte de glace.

— Monte, Aubrey.

— Je ne t'ai pas demandé de venir me chercher.

— Eh bien je l'ai fait quand même.

La commissure de mes lèvres frémit. Je lui présente ma main.

— C'est comme ça que ça marche ?

Il ne se laisse pas décontenancer. Sa paume se referme déjà sur mes doigts, ferme et rassurante, tandis que je me glisse sur le siège.

Lorsqu'il me lâche, je tends les bras pour prendre mon matériel sur mes genoux, mais Billy claque la portière et met le bac dans le coffre avant de s'asseoir derrière le volant.

Soudain, j'ai l'impression d'être en plein rencard. Que fabrique-t-il ici, au juste ? S'intéresse-t-il à moi ? Est-ce pour cela qu'il m'a engagée ?

Cette idée paraît insensée, mais je ne vois pas d'autre raison. Sauf si Brick lui a ordonné de me cirer les bottes en plus du reste.

Mais même si c'était le cas, il n'irait pas jusqu'à jouer les chauffeurs de taxi pour « la serveuse », comme il dit.

— C'était quoi ce cirque entre le vigile et toi ? demande-t-il d'un ton impérieux en démarrant.

Je pose la tête contre le dossier de mon siège et ris doucement.

Bon. Je crois que j'ai ma réponse. Je n'aurais jamais imaginé ça. William White III, intéressé par une femme.

Par *moi*.

Le dernier type que j'aurais espéré attirer dans mes filets. Tout le contraire de ce que je recherche chez un compagnon.

Mon entrejambe se met soudain à fourmiller.

Argh. L'idée de coucher avec mon contraire m'excite.

C'est le retournement de situation le plus étrange et le plus inattendu de toute ma vie.


* * *


*Billy*

— T'es jaloux ? me demande Aubrey.

— Non, réponds-je d'un ton dédaigneux, trop vite.

Dès que j'ai vu Aubrey se mettre sur la pointe des pieds pour étreindre ce vigile musclé, mon loup est devenu fou. Il continue de hurler en ce moment même, d'ailleurs, et m'ordonne de la prendre dans mes bras afin de remplacer l'odeur de l'inconnu par la mienne.

Mais c'est ridicule. Je n'ai aucune raison de me montrer possessif avec cette humaine. Je serre les dents, et le sang coule dans ma bouche lorsqu'un croc acéré me coupe l'intérieur de la joue. Mes canines me font mal, ce qui n'a aucun sens. Elles ne sortiraient que si je m'apprêtais à marquer ma compagne.

Et jamais je ne pourrais revendiquer cette humaine. J'ai seulement besoin de m'envoyer en l'air.

Et de laisser sortir mon loup. C'est pour ça que je suis aussi déchaîné. La pleine lune approche, et il a besoin de courir. Dans les bois, entouré par la meute et loin, très loin du moindre humain. Même des humaines qui sentent le miel, et la muscade. *Surtout* celles-là.

L'arôme délicieux d'Aubrey emplit l'habitacle, me faisant saliver. Elle a écarté les jambes, émettant un nuage olfactif dans la voiture. Je ravale un gémissement.

— Mmm, fredonne-t-elle en détournant la tête pour dissimuler un sourire.

Son mouvement fait miroiter son piercing en argent, et je meurs soudain d'envie de me pencher sur elle et de l'embrasser pour la goûter avec ma langue. L'argent me brûlerait, mais ça ferait partie du jeu.

Je secoue la tête comme si cela pouvait la chasser de mes pensées. L'embrasser représente une tentation interdite, et je suis toujours prêt à relever les défis.

J'ai une érection. Je dois me souvenir de quel est mon objectif pour que ce soit elle qui me supplie.

— Pourquoi serais-je jaloux ? répliqué-je en m'efforçant de détendre les épaules.

— Je ne sais pas.

Elle s'enfonce dans son siège, parfaitement à son aise. Ce mouvement m'envoie une nouvelle bouffée de son odeur, et je serre les doigts sur le volant comme pour reprendre le contrôle de moi-même.

— Tu sembles tout faire pour passer plus de temps avec moi, ajoute-t-elle.

— C'est toi qui as accepté de bosser chez moi.

— C'est toi qui me l'as proposé.

Elle se tourne vers moi pour me dévisager. Je garde les

yeux rivés sur la route, mais mon loup se pavane sous son attention.

— Ou alors tu étais déjà en quête d'une fresque avant que j'arrive ?

— Non, admets-je.

Il est rare que j'avoue ce que je ressens vraiment hors de mon cercle intime, mais avec elle, je n'ai pas l'impression de faire une concession. Je pourrais attirer l'humaine dans mon piège, une confession après l'autre.

— J'aime ton travail.

— Mais bien sûr, s'esclaffe-t-elle. Cite-moi une œuvre qui te plaît.

— La fresque à La Résistance, réponds-je, me surprenant moi-même. Pas celle qui est dehors, la petite près des toilettes. Avec le pont de Brooklyn en toile de fond. Elle est bien de toi, non ?

Je sens son étonnement.

— C'est une de mes premières œuvres publiques, oui.

— Elle me plaît.

Je parle avec réticence, mais c'est la vérité. Je préférerais n'aimer aucune œuvre d'art humaine, et surtout pas celles de *cette humaine* qui me rend complètement dingue, mais sa fresque est colorée et sauvage.

— Elle a... du cœur.

— Très bien, Costard. J'accepte ton compliment.

Elle tourne son sourire en direction de la fenêtre, et j'ai envie de l'appeler par son prénom. *Regarde-moi. Souris-moi.*

Pfft. Je suis meilleur en drague, d'habitude.

Son ventre gargouille, et elle ne semble pas le remarquer, mais moi, je suis en état d'alerte maximale. L'humaine a faim, et je dois la nourrir.

— Tu as dîné ?

— J'ai mangé une barre protéinée. Pourquoi ?

Je me faufile dans la circulation.

— Choisis un restaurant.

— Hein ?

— Tu m'as bien entendu.

Je la regarde et la vois réfléchir.

— Tu as faim. Alors on va manger.

— Tu es en train de m'inviter à sortir, Costard ? C'est un rendez-vous ?

— Ça nous permettrait d'aller dîner plus vite ?

— Qui te dit que je veux manger avec toi ?

Pourquoi faut-il qu'elle complique tout ?

— On peut prendre quelque chose à emporter. Ou manger chacun à une table différente.

Son ventre gargouille à nouveau, et je ravale la plainte de mon loup.

— J'essaye juste de te nourrir, insisté-je.

— Ça, j'ai compris. Je me demande simplement pourquoi.

Un connard me fait une queue de poisson avec son pick-up, et je donne un coup de klaxon, passant mes nerfs sur le chauffard. C'est peine perdue.

— Je n'ai pas le droit d'être sympa ? grommelé-je.

Aubrey glousse, et je réalise qu'elle me faisait marcher.

— Dîner, ce serait sympa, admet-elle.

Je décide de la faire marcher en retour.

— Seulement sympa ? La plupart des gens tueraient pour dîner avec un milliardaire.

— Un cryptomilliardaire, précise-t-elle avec un rictus. Et je ne suis pas comme la plupart des gens.

— Qu'est-ce que tu as contre la blockchain ?

— Oh, voyons voir... Le gâchis permanent de ressources qui exacerbent le réchauffement climatique.

— Ce n'est pas une technologie propre, concédé-je. C'est pour ça que Brick et moi nous assurons que toutes nos entreprises tournent aux énergies vertes. Notre bilan carbone est négatif. Mais il est important que toutes les entreprises prennent le réchauffement climatique au sérieux. En tant qu'espèce, nous n'en faisons pas suffisamment.

Elle me regarde d'un air hébété. Elle ne s'attendait pas à ça de ma part. Puis elle plisse les yeux, et je dissimule mon sourire en coin. Elle attendait une occasion de m'arracher la tête, et à présent, elle est agacée.

Ce dîner s'annonce charmant.

J'ouvre la bouche pour lui demander si elle préfère les sushis ou les tacos, quand l'écran de mon tableau de bord s'illumine avec un message. C'est Sully, l'un de mes frères de meute.

**Besoin de toi au QG tout de suite.**

J'appuie sur répondre et dicte dans un grondement :

**Je suis avec une cliente. Ça ne peut pas attendre ?**

**Non.**

Sully n'est pas très loquace, mais c'est lui qui s'occupe de la sécurité de la meute, donc quand il demande à me voir en personne, je sais que c'est important.

— Alors comme ça je suis une cliente, maintenant, commente Aubrey en haussant les sourcils.

Je pousse un juron et fais demi-tour en pleine rue pour ramener Aubrey chez elle.

— Seulement pour pouvoir facturer le temps qu'on passe ensemble, réponds-je.

Je conduis à toute vitesse, doublant les voitures les plus lentes et les camions de livraison, et j'arrive devant l'immeuble d'Aubrey en un temps record.

Je me gare n'importe comment et bondis hors de la voiture pour lui ouvrir, mais elle est déjà sortie.

— Je sors tes affaires.

— Pas la peine, dit-elle en agitant une main tachée de peinture. Tu peux les emporter chez toi, ça m'évitera de le faire.

La perspective de l'avoir sous mon toit bientôt m'apaise. Je devrais détester être en sa présence ; pourquoi suis-je si embêté à l'idée de la quitter ?

Je claque sa portière.

— Salut, merci de m'avoir ramenée même si je ne t'ai rien demandé, lance-t-elle par-dessus son épaule alors qu'elle s'éloigne en ondulant.

Son cul est une œuvre parfaite que je meurs d'envie de fesser.

Je ne prends pas la peine de lui répondre, mais à mon avis, dans mes yeux brille la lueur de mon loup. Il a envie de la suivre dans les escaliers et de se rouler toute la nuit dans son lit. Contre son corps nu. Dur comme du bois, j'imagine sa peau douce imprégnée de mon odeur.

Je passe un coup de fil au restaurant italien préféré de Madi et je passe une commande à livrer chez Aubrey. Après ça, mon loup se sent mieux.

Quand j'arrive au bureau de Sully, j'arrache pratiquement la porte de ses gonds.

— Qu'est-ce qu'il y a ? grogné-je.

Mon loup lui en veut de nous avoir arrachés à Aubrey.

Heureusement, Sully ne me fait pas perdre de temps. Il tourne dans son fauteuil sans se laisser impressionner.

— Je passais des images de vidéosurveillance en revue, et j'ai trouvé ça.

Il appuie sur un bouton, et une scène de rue s'affiche sur tous les écrans. Je reconnais le bâtiment. C'est le gratte-ciel des Adalwulf, juste en face de celui de Moon Co.

— Et ?

— Regarde.

La vidéo continue, montrant un flot constant de personnes quitter Adalwulf et associés. Quelques secondes plus tard, un visage familier apparaît. Sully appuie sur pause et agrandit l'image.

Il s'agit de mon père. La vidéo prouve qu'il est allé voir l'ennemi juré de ma meute.

Je ne devrais pas me sentir trahi à cause des actions de mon père, mais je ne peux pas m'en empêcher. Je savais qu'il était prêt à tout pour le pouvoir, mais de là à s'allier à nos ennemis ? Je déglutis, la gorge serrée.

— Cette vidéo a été prise quelques minutes avant qu'il entre dans notre bâtiment pour te rendre visite, poursuit Sully. Ton père aurait-il une raison de s'entretenir avec les Adalwulf ?

Je pousse un juron. Maudit soit mon père. Il ne peut pas s'empêcher de me pourrir la vie. Je laisse mon dégoût s'afficher sur mes traits.

— Le connaissant, il joue sur les deux tableaux. Il s'est pointé ici pour quémander une invitation au mariage de Brick. Il a aussi sous-entendu que le pouvoir de notre alpha au sein de la meute était précaire.

Sully se contente de me regarder.

— Tu crois que j'étais au courant ? demandé-je.

— Je ne crois rien du tout. Je te pose la question.

— Je n'ai aucune emprise sur les faits et gestes de mon père, protesté-je en rendant son regard insondable à Sully, qui me passe au grill et m'interroge comme si j'étais suspecté d'un crime. S'il est allé voir l'un de nos ennemis, je n'ai rien à voir avec ça. Le fait que tu me poses la question me pousse à me demander si ma loyauté est remise en cause.

Sully s'enfonce dans son fauteuil, une posture faussement nonchalante. Il pourrait facilement bondir de son siège pour m'attaquer.

— Tu t'es souvent opposé aux décisions de Brick, ces derniers temps.

— Tu parles de mon opposition à ce qu'il s'accouple à une humaine ? C'est du passé. Je veux le meilleur pour la meute. Maintenant que Madi est luna, je la soutiens, tout comme toi.

Des vagues de chaleur me parcourent, ma colère attend d'être libérée. Le fait que Sully m'associe à un chien comme mon père me donne envie d'exploser.

— Je soutiens notre meute.

— Ça fait plaisir à entendre, dit Sully.

Son ton est léger, comme si nous parlions de la pluie et du beau temps, alors qu'il m'accuse de trahison.

— Tu n'auras donc pas d'objection à découvrir ce que ton père mijotait lorsqu'il est allé voir les Adalwulf, j'imagine ?

— Je sais que tu as des espions au sein de leur meute, rétorqué-je.

— Mais pas dans celle de ton père. Tu es notre meilleur atout pour découvrir ce qu'il prépare.

Je serre les dents.

— Je me ferai une joie d'espionner mon père pour toi, pas de souci.

— Fantastique. Je vais dire à Brick que tu lui feras un rapport sous une semaine.

Merde. Je suis obligé d'aller parler à mon père, maintenant. Mon humeur est encore plus massacrante qu'avant.

Mes yeux doivent luire. Mon loup n'est pas sous l'autorité de Sully, raison pour laquelle il a précisé que je ferais mon rapport à Brick, pas à lui. Peu m'importe. La prochaine fois que nous courrons sous forme de loup, je lui ferai passer un sale quart d'heure. Il doit se souvenir que c'est moi le second de la meute, pas lui.

— Ne t'embête pas, dis-je. Je le lui dirai moi-même.

Je me dirige vers la porte d'un pas lourd avant de le défier dans son bureau. Les bagarres entre loups et les écrans de sécurité ne font pas bon ménage.

Je suis furieux de devoir gérer cette situation, mais Sully a raison. Les menaces contre notre meute doivent être neutralisées immédiatement. Je dois mettre la main sur mon père et régler ça.

Je sors mon téléphone et passe mon répertoire en revue jusqu'à mon deuxième contact préféré.

— Billy ? répond ma sœur Boudicca d'un ton étonné. Tout va bien ?

— Notre père est ici.

— Quoi ?

Elle met un moment à comprendre ce que j'entends par là.

— À Manhattan ?

— Oui, dis-je en serrant les dents.

Elle pousse un soupir.

— J'ai entendu dire qu'il comptait y aller. Je l'en aurais empêché, si je pouvais.

— Je sais.

Quand ma sœur a eu vingt ans, elle a été exilée de la meute pour s'être accouplée avec une louve. Parce qu'évidemment, en plus de détester les humains, mon père est aussi homophobe. Il ne supporte pas que les gens aiment librement ; tout ce qu'il aime répandre, c'est la haine.

À présent, elle vit dans le New Hampshire avec sa

compagne, mais elle se tient au courant de la vie de la meute. Elle a toujours été courageuse, forte et déterminée à protéger les autres. À me protéger moi. Quand elle a été exilée, elle a tenté de m'emmener avec elle, mais mon père et ses hommes de main ne l'ont pas laissée faire.

Entendre sa voix me ramène à une époque lointaine, plus sombre. L'espace d'un instant, je suis dans les bois du Maine, sur le territoire de mon père. J'entends les membres de la meute crier. J'avais cinq ans quand ils ont surpris un chasseur sur leurs terres. Je me rappelle toujours la puanteur de la sueur et de la peur, la lueur maléfique dans les yeux de mon père.

Il avait obligé la meute à se rassembler et à regarder ses hommes de main traîner l'humain devant eux.

— *Cet humain croit pouvoir chasser sur nos terres*, avait-il dit d'un ton moqueur. *On va lui apprendre qui est le chasseur, ici !*

Les acclamations déchaînées s'évanouissent alors que ma sœur appelle mon nom.

— Billy ? Tu es toujours là ?

Je secoue la tête pour m'éclaircir les idées.

— Oui. J'ai besoin de ton aide, il faut que je sache où il loge.

Je sais qu'elle est restée en contact avec les membres les plus raisonnables de la meute de mon père. Elle fait de son mieux pour les aider malgré la tyrannie de mon père.

— Je vais faire tout mon possible, me promet-elle.

Je lui dis que je l'aime, et nous raccrochons, mais je reste prisonnier de mes souvenirs.

Lorsque le chasseur a été jeté en pâture devant la meute, ma sœur me gardait. Elle me serrait contre moi pendant que mon père déblatérait sur les humains et leur faiblesse.

— Ils croient pouvoir conquérir toute la terre ! Mais ils sont faibles.

Le dégoût dans sa voix m'avait poussé à me recroqueviller. Si j'avais été sous forme de loup, j'aurais eu la queue entre les pattes.

Je sentais la colère et le triomphe de mon père, et ce n'était jamais bon signe. Tout petit déjà, j'étais souvent la cible préférée de sa haine.

Et il attisait la rage de la meute, les préparait pour la scène de violence qui allait suivre.

À un moment, j'avais gémi. Je n'avais pas l'intention d'émettre le moindre bruit, mais il était trop tard.

Mon père m'avait entendu.

— Amène-le ici, avait-il ordonné à ma sœur.

Elle avait secoué la tête. À douze ans seulement, elle avait déjà le courage de lui tenir tête, même s'il la battait. Elle cherchait à me protéger.

Je ne voulais pas qu'elle soit punie. Je l'avais repoussée et m'étais avancé, les jambes tremblantes.

— Regarde cet humain. Il se croit fort, mais il suffit de lui prendre son fusil pour que...

Mon père avait levé la main, et l'homme avait crié sous son bâillon. Inutile d'entendre ce qu'il disait pour savoir qu'il l'implorait de lui laisser la vie sauve.

Mon père et ses sous-fifres avaient ricané.

— Vous voyez ? avait lancé mon père. Un faible. Viens là, mon garçon.

Il m'avait pris par l'épaule, ses doigts enfoncés dans mes muscles et mes os. C'était douloureux. J'avais ravalé un cri.

— Tu es un loup, comme moi. Tu es mon fils. Tu ne veux pas être faible. Je me trompe ?

— N... non.

Il m'avait giflé.

— Plus fort.

— Non, père, avais-je crié.

Je pouvais sentir le désarroi de ma sœur derrière moi. Je devais me montrer fort. J'en étais capable.

— Bon garçon. Tu vas rester là, et tu vas regarder. Un jour, tout ça sera à toi. Et ce sera ton travail d'éliminer les menaces.

J'observais l'humain. Il tremblait, et des larmes coulaient sur ses joues, mouillant son bâillon. Il ne semblait pas menaçant.

— On est des loups, avais-je fait remarquer. On est forts.

— Exactement, avait lancé mon père en me donnant une tape dans le dos. Il a tout compris. Et maintenant... c'est l'heure de chasser l'humain !

Ils avaient libéré l'homme. Il s'était enfui, mais pas loin. Les membres de la meute s'étaient transformés pour le traquer et le ramener.

— Ne détourne pas les yeux, mon garçon, avait grogné mon père avant de se métamorphoser afin de le tuer.

J'avais obéi.

Parfaitement immobile, j'avais gardé les yeux ouverts, jusqu'à ce que le sang de l'humain asperge mon visage.

À présent, je suis devenu tout ce que mon père attendait de moi. Froid, calculateur, maître de moi-même. J'aide à diriger une meute puissante.

Mais je ne suis pas le fils de mon père. Je veux qu'il dégage de ma ville et de ma vie, mais surtout, je veux le tenir à l'écart des humains à qui il pourrait faire du mal.

Et c'est à moi de l'empêcher d'agir.

# Chapitre Dix

*ubrey*
Je me dirige vers le métro après mon service à La Résistance. Le samedi matin, c'est mon moment préféré au café. Il est bondé d'habitués qui se rendent visite. La Résistance n'est pas simplement un endroit où l'on vient grignoter et boire un expresso. Il y a de la musique, de la poésie. De la solidarité et de l'amour. J'ai grandi dans un foyer chaleureux avec des parents merveilleux, mais La Résistance est tout de même devenue ma deuxième maison depuis que j'y ai décroché un poste, adolescente.

J'appelle Madi tout en marchant.

— Je viens chez toi. Pitié, dis-moi que tu es là ce week-end ?

— Oh, non ! Pourquoi tu ne me l'as pas dit plus tôt ? On est déjà dans les Adirondacks. Tu vas chez Billy ?

— Oui. Il a insisté pour que je lui apporte mes concepts avant de commencer à peindre lundi.

— Ah bon ? Comme c'est bizarre. Il était avec nous hier soir. Il a dû prendre l'hélicoptère ce matin pour te rejoindre.

Je m'arrête net, et un passant me rentre dedans.

Je ne peux pas m'empêcher de passer la rue en revue, à la recherche d'une Porsche bleu cobalt.

— C'est vrai que c'est un peu bizarre, non ? dis-je en reprenant ma route, n'ayant rien remarqué d'inhabituel.

— Quoi ?

— Qu'il écourte son week-end pour venir me voir ? Au sujet d'une fresque dont il ne voulait même pas ?

Madi garde le silence, ce qui me perturbe. Je m'attendais à ce qu'elle renchérisse aussitôt.

— Quoi ? insisté-je.

— Oui, c'est étrange. J'essaye juste de comprendre ce qu'il peut bien mijoter.

Mes bras se couvrent de chair de poule.

— Tu penses qu'il mijote quelque chose ?

— Je ne sais pas. J'ai du mal à lui faire confiance, après tout ce qu'il a fait. Et il n'aime pas les...

Elle s'interrompt.

— Il n'aime pas les *quoi* ?

Elle hésite à nouveau.

— Euh... eh bien, je le trouve un peu... classiste.

Je tente de déterminer pourquoi elle prend autant de pincettes.

— Tu ne veux pas plutôt dire *raciste* ?

Est-ce parce que je suis noire ?

— Non, répond aussitôt Madi, et je suis convaincue qu'elle est sincère. Pas raciste. Mais il ne me trouvait pas assez bien pour Brick.

— Je m'en souviens. Parce que tu n'étais pas assez riche ? Ou de bonne famille ?

Je descends les marches du métro en courant.

— Plutôt la deuxième proposition. Mais tout bien réfléchi, je ne pense pas qu'il pourrait chercher à te nuire.

Il a beaucoup souffert, quand il a perdu les faveurs de Brick. On aurait carrément dit qu'il n'en dormait plus de la nuit.

Cette remarque me serre la gorge. Je ne veux pas voir Billy comme un homme au cœur tendre. Cela le rend moins *torturable*.

— Sauf s'il est vraiment tordu et qu'il cherche toujours à nous séparer, Brick et moi, ajoute Madi.

— En tout cas, il m'a dit que s'il était chargé d'organiser l'enterrement de vie de garçon, c'était parce qu'il était puni après avoir foutu votre relation en l'air.

Je trouve un banc sur le quai et me laisse tomber dessus en attendant mon métro. Après avoir passé toute la matinée à piétiner, je suis contente de me reposer.

Madi lâche un petit rire.

— Ah. Ça explique tout. Il tente toujours de se rattraper. Il doit jouer les lèche-culs.

— Il est passé me chercher chez Sentience, avant-hier soir.

Je laisse cette bombe exploser pour voir si cela change ses conclusions.

— *Hein ?*

Bien. Elle est surprise, comme il se doit. Je ne suis pas la seule à trouver ça bizarre.

— Ouais. Et ensuite, il cherchait à savoir s'il se passait un truc entre le vigile et moi.

Madi pousse une exclamation.

— Oh la vache. *Tu lui plais.*

— C'est l'impression que j'ai.

— Tu lui plais tellement qu'il t'a engagée pour que tu passes les deux prochains mois dans son loft.

Madi semble extatique.

Mon cœur s'emballe, même si j'ignore si c'est à cause de

ma joie à l'idée d'avoir un sujet de commérages avec Madi ou à l'idée de plaire à un financier de Wall Street.

— C'est vrai, dis-je. Il m'a envoyé un contrat et une avance dès le lendemain.

— Ce qui lui a permis de te forcer à venir chez lui ce week-end.

Voilà qui calme mon cœur aussi sec.

— Mmm. Tout l'or du monde ne lui permettrait pas de me forcer à quoi que ce soit, dis-je d'un ton ferme. Le week-end, ça m'arrange, avec mes études, sinon je n'aurais pas accepté.

— Tu as raison. Et ne montre jamais ta peur, avec Billy. Il arrive à la sentir, et il profitera de la moindre faille.

Je me souviens de sa grande main soutenant la mienne lorsqu'il m'a aidée à monter dans sa voiture. Me manipule-t-il ?

C'est possible. Mais à mon avis, son objectif est simplement de me mettre dans son lit. Comme l'a dit Madi, il est trop snob et coincé pour s'intéresser à quelque chose de plus profond.

Il doit se demander ce que ça fait de baiser une pauvre barista. Comment m'a-t-il appelée, déjà ? *La serveuse ?*

Peu importe. Je ne suis pas contre un round ou deux sous les draps avec lui.

Je dois être curieuse. Je veux peut-être simplement découvrir ce que ça fait de coucher avec un milliardaire.

Mon métro arrive, et j'enfonce mon écouteur dans mon oreille pour conclure la conversation tandis que je me lève.

— Il n'aura pas le dessus sur moi. J'ai l'intention de le faire souffrir.

Madi rit.

— Tant mieux. Comment ?

— Eh bien, je m'étais déjà dit que si organiser l'enterrement de vie de garçon est sa pénitence, je ne lui faciliterais pas la tâche.

— Et maintenant ?

— Maintenant, j'imagine que je ne suis pas contre jouer les allumeuses. S'il veut se glisser entre mes cuisses, il va devoir se décarcasser.

Madi lâche une exclamation scandalisée théâtrale.

— Il te plaît ?

— Mmm...

— Oui, il te plaît !

Elle semble ravie.

— Bien sûr que non, dis-je.

— Mais ?

Je ris.

— Tu as entendu un mais ?

— Tu as quand même sous-entendu qu'il se glisserait bel et bien entre tes cuisses.

— Bon, d'accord, il m'intéresse *un petit peu*, admets-je.

Je monte dans la rame et trouve une poignée pour m'accrocher. Le métro démarre, et mon poids me porte en arrière.

— Je ne sais pas trop, commente Madi. Quelque part, je pense que coucher avec Billy doit être horrible. Il ne penserait qu'à lui.

— Pourquoi tu parles de coucher avec *Billy*, bon sang ? demande Brick en arrière-plan, comme s'il venait d'entrer dans la pièce.

Madi glousse.

— Je parle à Aubrey, lui dit-elle avant de poursuivre. Mais il est aussi très doué pour deviner ce que veulent les gens. C'est ce qui en fait un stratège brillant. Alors ce n'est peut-être pas un si mauvais coup.

— Ça suffit, ce genre d'hypothèses, gronde Brick.

Madi pousse un cri aigu, comme s'il venait de la soulever ou de la chatouiller.

— Oh oh, Monsieur Possessif fait son jaloux.

Je ne voulais pas le dire d'un ton aussi critique. En vérité, c'est moi qui suis jalouse.

La honte me serre la poitrine. J'en veux à Brick de me voler les attentions de Madi. J'ai douze ans ou quoi ? Je devrais être capable de partager ma meilleure amie avec l'homme qui l'aime.

— Il sait bien que je ne veux pas de Billy, souffle Madi d'une voix grave.

Je suis sûre que ces mots sont destinés à Brick, pas à moi. Ils sont sûrement en train de se regarder dans les yeux, sur le point de se déshabiller à nouveau, s'ils ne sont pas déjà tout nus.

— Bon, je vous laisse à ce que vous vous apprêtez à faire, dis-je en essayant de prendre un ton léger, cette fois. J'ai hâte d'être à notre soirée jeudi !

— Moi aussi ! répond-elle d'une voix chantante avant de raccrocher.

À l'arrêt suivant, je me laisse tomber sur un siège qui vient de se libérer. Sans savoir pourquoi, je regrette soudain de ne pas avoir enfilé quelque chose de plus séduisant. Je porte ma tenue typique pour les premières vraies belles journées de printemps : un pull court et moulant, un short et des Doc Martens.

Mais je ne sais pas ce que j'aurais pu mettre pour torturer un mec comme Billy. Certainement pas des talons. Je l'attire déjà comme je suis. Inutile de me déguiser. Mais je pourrais quand même faire un effort.

Je me mets à imaginer toutes les façons dont je pourrais tenter Billy White.

*Eh oui, Grand Méchant Tyran.*

Je vais te faire regretter d'avoir fait du mal à ma meilleure copine. D'avoir pris de haut les jeunes femmes de la classe ouvrière du New Jersey.

Je vais mettre ton univers sens dessus dessous, et au final, on verra qui tyrannise qui.

* * *

*Billy*

J'ouvre la porte lorsque Grayson, l'un des agents de sécurité de notre meute, m'annonce qu'Aubrey est en train de monter. Puis je regagne ma petite table en verre qui se trouve devant les baies vitrées surplombant Central Park, et je me remets à lire le *Times*. Elle n'aura qu'à entrer toute seule. Ce n'est pas mon invitée. Elle est là pour bosser.

Mais je hume déjà l'air pour guetter son odeur de muscade et de miel. Une note de sucre et d'épices venue du café où elle travaille. Je ne m'attendais pas à ce que ça devienne l'un de mes arômes préférés. Après les embrouilles avec mon père, j'ai hâte de la voir.

Il la haïrait, c'est une humaine, fière de l'être.

*Parfait.* Contrevenir aux valeurs de mon père ressemble à une victoire, ces jours-ci. Et cela prouvera à Madi que je peux dépasser mes préjugés. En plus, en me rapprochant de sa meilleure amie, j'obtiendrai davantage d'influence sur notre luna. Et je pourrai jouer les chefs avec Aubrey. Je fais d'une pierre deux coups. Ou trois ou quatre.

Elle pénètre chez moi d'un pas chaloupé, dans un tourbillon de couleurs et de chaos. Elle met le bazar dans ma routine bien établie. Égaye ma vie monochrome.

Je jurerais qu'une brise chaude la suit partout ; le genre

de brise qui annonce du beau temps après le froid glacial de l'hiver.

Je retrousse la lèvre et jette un rapide regard à sa tenue par-dessus mon journal.

— Tu es...

Je m'interromps. Il fait vingt degrés maximum aujourd'hui. C'est une journée douce, mais pas chaude non plus. Que fait-elle en minishort ?

Et elle a le ventre à l'air. Par le Destin, est-ce qu'elle a un piercing au nombril ? Oui, un anneau en argent. Super sexy, mais il me brûlerait si je la baisais par devant. J'espère qu'elle n'a pas de piercing au clitoris.

— *Quoi* ? me lance-t-elle.

Sa posture et son regard me défient. Elle n'est pas du genre à faire des courbettes à ses clients.

Elle est là pour me faire chier.

Cette histoire de fresque, c'est sans doute la pire idée que j'ai eue de toute ma vie.

Il faut que je reprenne les rênes de la conversation. Je lui lance un regard sinistre et critique, et je remarque le carnet coincé sous son bras.

— Tu m'as apporté tes concepts ?

— Ben oui, de quoi j'ai l'air ?

Elle approche d'un pas lourd à cause de ses grosses bottines et s'arrête devant moi, en appui sur une hanche insolente.

J'ai envie de l'allonger sur la table pour lui apprendre à se soumettre. Je déboutonnerais son short en jean et le ferais glisser le long de ses cuisses. Je caresserais peut-être même son cul rebondi avant de le fesser.

— De l'été, marmonné-je.

Elle hausse les sourcils. Ils sont parfaitement sculptés.

J'éprouve soudain la pulsion d'en tracer le contour du bout des doigts, ce qui est... perturbant.

Mais j'ai envie de la toucher, n'importe où. De glisser les mains autour de sa taille nue pour sentir la texture de sa peau lisse. De la soulever à nouveau pour la soupeser. Qu'est-ce que ça ferait, de la sentir onduler sur moi ?

Ouah. Je vais trop loin. Mon sexe s'engorge.

— Assieds-toi, dis-je.

Pas question que je me lève et lui montre l'effet qu'elle a sur moi. Je ne comptais pas me lever, de toute façon. Aujourd'hui, il faut que je pose des limites avec elle.

Je suis le patron.

Elle bosse pour moi.

Elle s'installe sur la chaise face à la mienne avec plus de grâce que l'on en attendrait d'une fille qui porte des godillots militaires, et elle semble bien décidée à en découdre.

Et ce n'est qu'une gamine. Elle a vingt-trois ans. Une bonne décennie de moins que moi. J'ai affaire à une adolescente rebelle, en fait.

— Montre-moi tes dessins.

— Contente de te revoir, moi aussi, dit-elle avec un sourire qui m'apprend que mon impolitesse ne lui fait ni chaud ni froid. Merci pour la livraison, l'autre soir. J'ai des restes pour un mois au congélateur.

Je ne réponds pas. Je ne sais même pas pourquoi j'ai fait ça. Entendre son ventre gargouiller avait mis mon loup sur les nerfs, et il n'aurait pas supporté que je m'en aille sans m'assurer qu'elle ait assez à manger.

C'est idiot. Elle est adulte et s'en sortait très bien toute seule jusqu'à présent.

Elle ouvre son carnet sur la table et le pousse vers moi.

La page contient un rectangle bien net censé représenter les contours de la fresque. À l'intérieur, elle a esquissé une cacophonie fleurie. Il s'agit d'un gros plan, à la manière de Georgia O'Keeffe, mais toute la surface déborde de fleurs, comme si elles cherchaient à s'échapper de la page.

— Ça, c'est la fresque colorée, dis-je.

Aubrey a un sourire en coin.

— Non.

Cette simple syllabe contient une note insolente et suggestive. Elle me teste.

J'étudie de nouveau l'esquisse.

— Tu veux peindre des fleurs en noir et blanc, dis-je d'une voix monocorde plutôt qu'interrogative.

Elle hoche la tête.

— Et pour la fresque colorée, qu'est-ce que tu as prévu ?

Elle s'enfonce dans sa chaise.

— Je n'ai pas encore décidé. Je veux passer du temps chez toi pour trouver l'inspiration.

Oh, je vais lui en donner.

Je lui inspirerai l'idée de se déshabiller. D'écarter ses superbes cuisses et de crier mon nom à pleins poumons en jouissant.

Afin de chasser cette image de mon esprit, je fais mine d'examiner l'esquisse.

— Tu as déjà vu des fleurs grises ?

Sa moue boudeuse forme un grand sourire.

— Jamais, répond-elle d'un air de défi qui illumine son regard. Et toi ?

Elle tente de me prouver qu'une fresque dénuée de couleurs n'a aucun sens.

En présence de cette tigresse, cela me semble vrai. Avant qu'elle arrive, les nuances de gris m'apaisaient. Mais je trouve également Aubrey perturbante, chaotique et remuante.

Il faut *vraiment* que je couche avec cette humaine pour arrêter de faire une fixette sur elle.

— Sers-toi de ce concept pour l'autre fresque, ordonné-je.

— Non, c'est pour la fresque en noir et blanc, dit-elle d'un ton ferme.

Elle se fout de ma gueule. Elle me provoque. Elle cherche à me prouver que j'ai fait erreur.

Une part de moi, la part la plus familière, a envie de l'incendier. De lui passer un savon, de la virer et de la renvoyer à Brooklyn avec ses godillots.

Mais cela voudrait dire qu'elle ne reviendrait pas lundi.

En plus, je serais toujours obligé de la voir pour organiser l'enterrement de vie de garçon et de jeune fille. Et au mariage. Brick serait furieux que je cause le moindre ennui à ma luna.

Bon sang.

Une autre part de moi refuse que cette diablesse me donne une leçon. Elle veut me prouver que les nuances de gris, ce n'est pas bien ?

Je m'en fous. J'ai posé mes conditions pour cette fresque. C'est à elle d'exécuter une œuvre satisfaisante malgré ces restrictions.

— Validé, dis-je d'un ton monocorde. Tu commences lundi ?

Elle masque bien vite sa surprise.

— Oui. Je peux venir le matin. Comment je ferai pour rentrer ?

Il serait normal de lui donner une clé. Je serai au travail, après tout. Sinon, Grayson pourrait l'escorter chez moi.

— Je serai là, dis-je avant même d'avoir pris une décision.

Elle hausse les sourcils.

— Tu n'as pas assez confiance pour me laisser seule chez toi ? Quoi, tu crois que je vais piquer l'argenterie ?

— Je pense que tu as besoin d'être supervisée.

Elle entrouvre les lèvres avec indignation, puis laisse échapper un éclat de rire.

— Tu es un maniaque du contrôle.

Je plante mon regard dans le sien.

— Sans conteste.

Elle m'adresse un sourire suffisant.

— Bonne chance pour me superviser *moi*.

J'ai une érection. J'imagine déjà une demi-douzaine de façons de le faire. De punitions en cas de désobéissance :

Déshabillage.

Fessée.

Bâillon.

Refus de lui donner un orgasme.

Ligotage sur le lit.

— Bonne chance pour échapper à mon autorité, répliqué-je d'un ton plein de sous-entendus.

Elle pousse une exclamation surprise. Ses pupilles se dilatent comme si elle était excitée. Je perçois l'odeur de son désir derrière son arôme de muscade. Elle déglutit bruyamment.

C'est comme ça que je veux la voir. Déstabilisée. Émoustillée. Livrée à mon désir.

À présent, je peux jouer les hôtes.

— Je te sers quelque chose à boire ?

— Non merci.

Elle bondit de sa chaise, et je regrette aussitôt de lui avoir offert une porte de sortie.

— J'y vais. Il faut que j'aille acheter du matériel pour la fresque.

Je sors ma carte gold et la lui tends.

Ses cils épais se soulèvent brusquement lorsqu'elle se saisit de la carte. Je ne la lâche pas, et elle se retrouve prisonnière de mon regard.

— Pour tes dépenses. Concernant la fresque ou la fête de Brick et Madi.

— Je croyais que tu ne me faisais pas confiance avec tes affaires.

— Oh, je te fais confiance avec mon affaire.

Cette fois, le sous-entendu est on ne peut plus clair. Je lâche la carte, et elle l'agite entre nous.

— Fais gaffe, Costard. Tu n'as aucune idée de ce que tu viens de déchaîner.

# Chapitre Onze

**Billy**

Après le départ d'Aubrey, je suis à cran.

Je devrais retourner dans les Adirondacks pour me défouler. La présence de l'humaine chez moi, en tenue échancrée, m'a rendu hyper grognon. L'image de ses jambes et de son ventre nus ne cesse de me revenir en mémoire. Son odeur m'a mis dans tous mes états, et à présent, je n'ai qu'une envie, me masturber.

Mais je sais me maîtriser.

En plus, elle reviendra lundi. Je pourrai la punir d'avoir gâché mon week-end.

Pour l'instant, il faut que je m'occupe de mon cher père.

Il est toujours en ville, et Boudicca a réussi à découvrir l'endroit où il loge auprès d'un membre de la meute du Maine. Sa suite au Four Seasons est très chic, mais il n'a pas les moyens pour ça. Sa petite meute n'a pas les mêmes ressources que la nôtre. Alors soit il endette sa meute, soit c'est Aiden Adalwulf qui paye. Mon père est une merde, alors les deux propositions sont sans doute vraies.

Mais c'est terminé.

Je pénètre dans le hall du Four Seasons et me rends à l'accueil.

— J'ai une suite ici, mais j'ai laissé ma carte d'accès en haut. William White.

Je lui montre ma carte d'identité et joue de mon charme afin qu'elle ne remarque pas qu'il ne s'agit pas du William White qu'ils ont accueilli.

Armé d'un double de la carte d'accès, je traverse les couloirs du palace comme si j'étais le maître des lieux. Une fois devant la suite de mon père, je frappe à la porte, et quand quelqu'un commence à l'ouvrir, je donne un coup de pied dedans.

Le loup derrière la porte pousse un grognement, projeté en arrière lorsque je m'engouffre à l'intérieur. Il s'agit de l'un des hommes de main de mon père, sans doute ici pour jouer les gardes du corps.

— Salut, Clyde, dis-je en le frappant assez fort pour qu'il s'écrase au sol. Où est Bonnie ?

Bonnie arrive justement dans l'entrée, voit son partenaire à terre, et me saute dessus. D'un coup fluide en pleine gorge, je le fais tomber à son tour. Une trachée cassée ne peut pas tuer un métamorphe, mais suffit à le mettre hors d'état de nuire un bon moment.

Mon attaque était brutale et efficace, comme me l'a appris mon père.

Ce dernier jette un coup d'œil dans l'entrée et voit ses hommes de main grogner, effondrés au sol.

— C'est quoi ce cirque ?

Il ne s'attendait pas à une attaque surprise de la part de son fils.

— Tu es venu avec Bonnie et Clyde, dis-je en pointant du pouce les deux types à moitié inconscients.

— Ils ne s'appellent pas...

— Je m'en fiche. Pourquoi les as-tu emmenés ? Tu t'attendais à des ennuis ? De la part des Adalwulf, peut-être ? Je sais que tu essayes de faire affaire avec eux, mais ils sont connus pour poignarder leurs associés dans le dos.

Il a un mouvement de recul, et j'ajoute :

— Oh, oui. Je sais que tu t'es entretenu avec eux. Tu comptes me dire pourquoi ?

— Tu m'interroges ?

Ses narines se dilatent, et il se penche en avant, se métamorphosant sous mes yeux en père désapprobateur.

Mais ça fait belle lurette qu'il a perdu le droit de jouer les parents avec moi.

— En effet, dis-je. Pour le compte de ma meute. Dis-moi pourquoi tu es allé voir les Adalwulf.

Il hésite, et j'aboie :

— Tout de suite, bon sang.

— Je voulais passer un marché, répond-il les dents serrées, comme si mon ordre l'obligeait à parler. J'ai tenté d'échanger des informations sur toi.

Moi qui croyais avoir atteint les tréfonds de la déception avec mon père, je découvre qu'il restait de la marge.

— Contre quoi ?

— Un partenariat. Des investissements au sein de notre meute...

— Tu as cherché à vendre ma meute contre de l'argent. Laisse-moi deviner. Aiden a refusé le marché.

Mon père pince les lèvres et garde le silence, ce qui en dit long.

— Tu lui as balancé tout ce que tu savais, c'est à dire pas grand-chose, et il t'a répondu que ce n'était pas suffisant, qu'il lui en fallait plus. Il te fait miroiter des choses pour voir jusqu'où tu serais prêt à aller pour trahir ton propre fils.

C'est pour ça que tu es venu me demander une invitation au mariage.

Il n'a pas besoin de confirmer ou de nier. Je sais qu'Aiden procède ainsi. C'est ce que je ferais à sa place. Je n'en veux pas aux Adalwulf de se comporter comme des vipères. Le véritable traître, ici, c'est mon père.

Quand j'étais louveteau, j'ai failli me tuer en essayant d'obtenir son approbation. En essayant d'être aussi fort que lui. Mais désormais, je le vois pour ce qu'il est : un faible. C'est pour ça qu'il déteste autant les humains. Comme il n'est pas capable de se mesurer aux autres loups, il tire sur l'ambulance.

Étonnamment, le visage d'Aubrey me traverse l'esprit. L'idée qu'il puisse tourner ses attentions cruelles sur elle hérisse mon loup. Je ne veux même pas qu'il sache qu'elle existe.

— Tu me dégoûtes, dis-je.

Les yeux de mon père se mettent à luire. Son loup transparaît. Il a envie de se battre avec moi, mais il sait qu'il n'en est pas capable. Il n'aurait pas la force de gagner. Il est temps que je le garde en mémoire.

Il n'hésite cependant pas à tempêter :

— Tu oses te pointer ici...

— Non, c'est moi qui parle, là.

Mon père adorerait m'entendre raconter comment j'ai appris où se cachait mon adversaire, comment j'ai pris la main face à plus nombreux que moi, sauf que dans ce cas précis, c'est lui l'adversaire. Je me sers de ses propres tactiques contre lui. Et en plus, je le fais mieux que lui. L'élève a dépassé le maître, et il est temps que mon père retienne la leçon.

— Tu es venu sur mon territoire pour t'entretenir avec

les ennemis de ma meute avant même de frapper à ma porte. Tu es un alpha faible, à la tête d'une meute sans importance. Tu ne peux rien faire d'autre que demander des miettes, mais je n'apprécie pas du tout que tu tentes de forger une alliance avec les Adalwulf avant de venir quémander chez moi.

— Je n'en reviens pas, dit mon père en postillonnant. Tu ne peux pas me parler sur ce ton.

— Je viens de le faire.

Et il était temps. Je me sens super bien.

— À présent, je te dis de prendre tes cliques et tes claques et de retourner dans le Maine. Laisse les magouilles aux experts.

William White II bafouille. Ce charlatan se met à agiter le doigt comme s'il s'apprêtait à faire un grand discours. Je suis assez vieux pour le voir comme il est vraiment : un baratineur, jusqu'au bout. Il n'a rien : une meute qu'il a affaiblie à cause de sa propre tyrannie, des sous-fifres incapables de défendre une chambre d'hôtel. Il n'a que sa grande gueule.

— Un jour, tu vas devoir choisir ton camp, me lance-t-il.

— J'ai déjà choisi. C'est toi qui dois décider de quel côté tu es. Et je te déconseille de te tromper.

Je tourne les talons et regagne la porte à grands pas, enjambant au passage les corps qui se tordent sur le sol.

Mon père me suit, mais à bonne distance. Il n'ose pas m'approcher, et il ne lève pas le petit doigt pour aider ses subordonnés.

— Les liens du sang sont indestructibles, lance-t-il depuis le couloir.

Je m'arrête net à une trentaine de centimètres de la porte. Je ne supporte pas son côté donneur de leçons.

— La preuve que non, rétorqué-je.

— Tu choisis Brick plutôt que ton propre père ?

Je pose la main sur la poignée et réponds sans prendre la peine de me retourner.

— C'est ce que je viens de te dire. Si tu ne me crois pas, eh bien... je t'en prie, teste-moi.

# Chapitre Douze

*A*ubrey

Lundi matin, je débarque chez Billy dans une tenue que je qualifierais de fonctionnelle mais sexy, pratique à la fois pour peindre et pour torturer les hommes. Je porte une salopette violette avec un haut de bikini blanc en dessous, qui contraste superbement avec ma peau noire. Mes cheveux sont ramenés sur le sommet de mon crâne, lui offrant une vue imprenable sur ma nuque longue. J'ai pris le temps de me remettre du gloss dans l'ascenseur.

Hier, je me suis lâchée avec la carte gold de Billy, rien que pour l'emmerder. J'espère qu'il a reçu des notifications, car j'ai effectué cinq achats différents. J'ignore s'il est déjà au courant. Il n'a pas protesté, bien que j'aie acheté et lui aie fait livrer plein de nouveaux matériaux : bâches, pinceaux, bacs, des pots de peinture de toutes les couleurs alors que je commence par la fresque en noir et blanc... Ha ! Rien de tout ça n'était nécessaire. Ma bâche ainsi que mes outils se trouvent déjà chez lui. J'avais seulement besoin de peinture noire et blanche. Et peut-être d'un peu de gris avec un sous-ton chaud.

J'appuie sur la poignée sans frapper, et, comme samedi, je découvre que la porte est ouverte.

J'enlève mes écouteurs.

— Chéri, je suis rentrée !

C'était déjà une blague idiote la première fois, et elle est encore plus idiote maintenant, mais mon but est de le rendre chèvre.

Il a éloigné les meubles du mur où je suis censée peindre, et tout le matériel que j'ai commandé est soigneusement empilé à côté. Un escabeau est en appui contre le mur. Billy a même enlevé une applique. J'avais prévu de peindre autour. A-t-il engagé un bricoleur pour le faire ?

Je le repère à la petite table de la cuisine, en train de siroter un expresso tout en pianotant sur son ordinateur. Sa tasse semble minuscule dans sa grande main.

Bon sang, il a des mains canon, pour un milliardaire de Wall Street. Elles ne sont pas pâles et manucurées ; elles sont imposantes et ont l'air fortes. Je ne remarque jamais les mains des hommes d'habitude, mais je me demande ce que ça ferait de sentir celles de Billy sur mon corps. Je me souviens de leur force lorsqu'il m'a soulevée par la taille. S'ils se fermaient autour de mon cou, ses doigts pourraient sans doute m'étrangler. J'imagine l'une de ses larges paumes s'écraser sur mes fesses.

Il m'accorde à peine un regard.

Comme la dernière fois, le ton est donné. Le message est clair : nous ne sommes pas amis. Je bosse pour lui. Sous ses ordres.

Oups. Je ne devrais pas penser à ça, surtout après avoir bavé devant ses grosses mains. Mes tétons se dressent sous mon haut de bikini. Je me mets à mouiller.

Ses narines se dilatent, et il lève brusquement la tête derrière son écran. Il se dirige droit vers moi avant même que je puisse préparer une contre-attaque.

Ma stratégie, face à ses tentatives pour me remettre à ma place, est de me montrer trop familière. D'étaler mes affaires partout. De laisser ma marque dans son espace.

De l'en chasser.

Sauf que cette idée ne me plaît pas. Je ne veux pas le rendre dingue au point de le faire fuir. Je préfère l'avoir sous la main afin de le torturer.

L'idée de passer toute la journée à ses côtés me plaît.

Je devrais peut-être tenter quelque chose avec lui.

Il se plante devant moi, et j'ai le souffle coupé. Il est trop proche. Sa position est trop dominatrice. Son regard noir me pousse à lever le menton pour le défier. Je m'attends à ce qu'il me reproche d'avoir dépensé trop d'argent, mais au lieu de cela, il demande d'un ton bourru :

— De quoi as-tu besoin ?

*De ta main dans mes cheveux.*

*D'une bonne baise contre le mur.*

Oups. Je m'égare. Le moment est venu de le remettre à *sa* place.

Je remets mes écouteurs. Ma playlist années 80 du lundi est toujours en train de tourner.

— De rien, venant de toi, réponds-je d'un léger.

Sans lui prêter attention, j'étale ma bâche. Je sens son regard intense sur mes fesses lorsque je me penche pour étaler la toile de protection.

Il ne propose pas de m'aider.

— Tu as enlevé l'applique tout seul ?

Il plisse le front.

— Bien sûr.

— Ouah.

Il hausse les sourcils.

— Tu trouves ça impressionnant ?

— Eh bien, je ne te prenais pas pour un bricoleur.

Il hausse vaguement les épaules.

— Mon père est la personnification de la masculinité toxique, explique-t-il. À douze ans, j'avais déjà appris à effectuer toutes les tâches dites masculines.

Mmm. Voilà qui me surprend. Je pensais qu'il était né avec une cuillère en argent dans la bouche et qu'il n'avait jamais travaillé de ses mains. Je classe cette nouvelle information dans un coin de ma tête afin de l'examiner plus tard.

Je continue de préparer mon espace de travail jusqu'à ce qu'il se lasse d'être ignoré et s'éloigne, le long d'un couloir qui doit mener à sa chambre.

*Ne pense pas à son lit. Ni à ce que ça ferait d'y être attachée.*

Je me demande s'il est cochon comme ça. Il est plus qu'autoritaire, il est dominateur. Mais, comme Madi et moi l'imaginions, il pourrait ne penser qu'à lui. Alors qu'en m'attachant au lit, je serais au centre de ses attentions.

Seigneur. Il ne faut pas que je m'engage sur cette voie, car je suis de plus en plus excitée.

Je sors mon mètre et mesure le mur, puis je monte sur l'escabeau et trace une grille au crayon gris.

C'est la première chose que j'ai apprise lorsque j'ai commencé à réaliser des fresques. Il n'est pas facile d'avoir une vue d'ensemble de son œuvre lorsqu'on se tient aussi près, mais la fresque sera admirée de loin. En traçant une grille sur l'esquisse, puis en respectant les mêmes proportions sur le mur, il est plus facile d'adhérer à sa vision initiale. Un peu comme les pixels dans une image numérique.

Une fois mes grilles tracées, je prends mon fusain et me

mets à tracer les contours de la fleur la plus grosse sur le mur.

Les Boomtown Rats chantent « I Don't Like Mondays » dans mes oreilles, et, fredonnant d'un air absent, je trouve mon rythme.

Alors que les fleurs prennent forme, je me perds dans mon travail et oublie où je suis. J'oublie que je ne suis pas seule. Ce n'est que lorsque j'entends un grognement dans la chambre que je réalise que je me suis mise à chanter à tue-tête.

* * *

*Billy*
Elle est en train de *chanter*.

De chanter, putain.

Et bon sang, elle a une voix d'*ange*.

Sauf qu'au lieu de m'élever, de me transporter, la beauté de sa voix m'inspire une vague de désir féroce.

Sans parler du fait qu'elle porte un haut de bikini blanc, comme ce que je l'imaginais porter sur les plages de Monaco, et mon pantalon devient soudain trop serré à l'entrejambe.

Mes canines s'enfoncent dans ma lèvre inférieure lorsque je réprime un grognement.

Je n'aurais pas dû rester chez moi aujourd'hui. L'arôme de muscade d'Aubrey s'insinue aux quatre coins de l'appartement, et, pire encore, je suis persuadé d'avoir perçu l'odeur de son excitation à son arrivée.

Je me rends dans la salle de bains attenante à ma chambre et ouvre le robinet afin d'étouffer d'autres grognements. Je n'en peux plus. Si je n'évacue pas une partie de mon désir pour l'humaine, je risque de faire quelque chose d'idiot.

Comme réduire sa salopette en lambeaux pour repousser les triangles minuscules de son bikini et me jeter sur ses seins généreux.

J'ouvre ma braguette et fourre une main dans mon boxer pour saisir la base de mon sexe.

Elle était excitée dès son arrivée chez moi. J'avais prévu de l'ignorer, mais en sentant cette odeur, mon loup a bien failli lui sauter dessus.

C'est pour moi qu'elle a enfilé ce haut de bikini. Je me mets à me caresser plus vite. Bon sang, c'est sûr, elle a choisi sa tenue pour moi. Et ses tétons étaient durs quand je me suis approché.

Ça signifie que je l'attire autant qu'elle m'attire.

Ça ne devrait pas me surprendre. Elle m'envoie chier depuis que je la connais, mais il y a toujours eu une note sensuelle dans ses propos. Il ne s'agissait pas du dédain glacial auquel j'aurais pu m'attendre, étant donné que j'ai fait du mal à sa meilleure amie. Elle est tout feu tout flamme, mais pas à cause de la colère.

À cause du désir.

Comme si elle avait conscience de sa sensualité digne d'une déesse et qu'elle voulait que je le reconnaisse, tout en me remettant à ma place.

Je bande comme un fou, les bourses lourdes de sperme. Je continue de me masturber et recours à mes fantasmes les plus débridés.

Aubrey, nue et à genoux, ses lèvres pulpeuses étirées sur mon membre.

Moi en train de m'enfoncer dans sa bouche mouillée tandis qu'elle me caresse les couilles.

Putain. Oui... par le Destin. Putain.

Mes bourses se contractent. Je jouirais sur son visage. Non, sur ses seins qui me tentent depuis son arrivée.

L'intérieur de mes lèvres se met à saigner à cause de mes canines acérées, et je savoure la douleur. Cela m'aide à me concentrer sur...

Je vise le lavabo. Des giclées de sperme atteignent le meuble, le sol. Un hommage à la diablesse dans mon salon.

Non, pas une diablesse.

Après l'orgasme, j'ai un instant de clairvoyance. Mes barrières tombent.

Bien sûr qu'elle n'est pas convenable. Pas revendicable.

Elle est humaine. Elle me déteste.

Mais une part de moi estime déjà qu'elle est mienne. Elle est sous mon toit. Sous mes ordres.

Elle a beau jouer les rebelles, le fait est qu'elle est venue car elle en avait envie. Elle a senti l'alchimie entre nous, tout autant que moi.

Elle m'appartient.

# Chapitre Treize

*ubrey*

Je suis absorbée par mon travail lorsque quelqu'un frappe à la porte.

Surprise, je pousse un cri et vacille sur l'escabeau.

Des mains puissantes me rattrapent par les hanches, et soudain, je retrouve l'équilibre, soutenue par Billy.

— Ouah, dis-je en plaçant les mains sur les siennes. C'est bon. Je tiens toute seule, là.

Son visage est un masque insondable, mais il ne semble pas avoir envie de me lâcher.

Je ne peux pas dire que ça me dérange.

Il finit par me lâcher, et il se dirige vers la porte sans un mot.

Un livreur se tient dans l'entrée avec trois grands sacs. Sûrement le déjeuner. Ça sent divinement bon. De la cuisine thaïe, je pense. Billy prend le sac et donne un pourboire au livreur.

— Tu attends un régiment ?

Il se tourne vers moi, sourcils froncés.

— Pourquoi tu dis ça ?

— Tu comptes manger tout ça ?

— Je ne savais pas ce que tu voulais, alors j'ai pris un peu de tout.

Son ton est renfrogné, comme s'il était fâché d'avoir dû commander autant de choses pour moi.

Comme s'il ne pouvait pas me *demander* ce que je voulais.

Le soir où il m'a envoyé une livraison du restaurant italien aussi, il avait commandé un peu de tout.

— Qui va manger tout ça ? insisté-je.

Sans me répondre ou me prêter attention, il se rend dans la cuisine avec la nourriture.

Je réalise soudain que je meurs de faim, et je lui emboîte le pas. Je jette un regard à mon téléphone ; il est déjà treize heures trente. J'étais tellement captivée par mon travail que j'ai oublié mes horaires habituels.

— Merci, dis-je. Je n'avais pas réalisé que c'était l'heure de manger.

— J'entendais ton ventre gargouiller à l'autre bout de l'appartement.

Billy pose les sacs gigantesques sur le plan de travail et commence à sortir et ouvrir les boîtes qu'ils contiennent.

Sérieusement, il doit y avoir assez à manger pour dix, là-dedans.

— Je l'entendais gargouiller même quand tu chantais.

Oh non. Je chantais tout fort. Je me sens rougir, mais je ravale aussitôt ma gêne. Je lève le menton.

— Chanter, ça fait partie de mon processus. Si ça ne te plaît pas, tu n'as qu'à travailler ailleurs.

Ouais, j'ai dépassé les bornes, là.

Les yeux de Billy se mettent à luire. Il ne laisse transparaître aucun agacement, aucune émotion.

— Tu chantais chez Sentience ?

Je rougis de plus belle.

— Je n'en sais rien. Je n'avais pas réalisé que je chantais tout fort avant que tu me le fasses remarquer.

Il hausse un sourcil, comme s'il ne me croyait pas.

— Moi, je pense que tu aimes juste attirer l'attention.

Il penche la tête sur le côté. Avec ses mâchoires sculptées et ses yeux vifs, il est super sexy, et je regrette d'en avoir conscience. Les paupières mi-closes, la voix basse et rauque, il ajoute :

— Tu cherches à attirer mon attention, Aubrey ?

Quel connard !

J'ai envie de le gifler pour faire disparaître son expression suffisante, et pourtant, mes tétons se dressent.

— Oh, tu peux me croire, Costard. Quand je voudrai attirer ton attention, tu le sauras.

Son regard quitte mon visage pour descendre le long de ma gorge en feu. Il se penche pour jeter un œil au côté de mon sein, qui apparaît sous mon bleu de travail. J'ai fait exprès de porter un haut de bikini, car sous cet angle, cela met en valeur la courbe de ma poitrine.

Il laisse entendre qu'il l'a compris.

Il sait que je me suis habillée pour lui.

Et, argh, que je voulais attirer son attention.

Merde !

Il relève lentement et plante son regard dans le mien.

— Tu es sûre ? demande-t-il en agitant les sourcils.

Il passe le bout des doigts sur la boucle de ma salopette.

— Si je l'ouvrais, qu'est-ce que je trouverais en dessous, l'Argentée ?

— L'Argentée ?

Je ne le suis plus. D'abord il m'appelle la serveuse. Et maintenant, l'Argentée.

— Oui, l'Argentée. Comme l'anneau que tu as dans le

nez. Et dans le nombril. Tu m'appelles Costard. Je t'appelle l'Argentée.

Ses doigts effleurent la boucle de ma salopette. J'ai envie qu'il me touche *moi*. Ma peau. Mes tétons.

Il a remarqué mon piercing au nombril. Il m'a affublée d'un surnom. Je n'avais pas tort de croire que je lui plaisais.

— Tes tétons durcissent pour moi, Aubrey ?

Mon sexe se contracte.

— Non.

La commissure de ses lèvres esquisse un sourire.

— Menteuse.

Il porte son autre main à ma bretelle.

— Je vais ouvrir une seule bretelle de ta salopette pour vérifier. Si j'ai raison, tu devras la laisser ouverte le reste de la journée.

Je ne suis pas étonnée qu'un homme d'affaires aime passer des marchés. Seigneur, j'ai envie de lui. J'ai envie de passer à la vitesse supérieure. Quel mal y aurait-il à ça ?

Sauf que ma fierté est en jeu. Ça ne me plaît pas de le laisser gagner. C'est un mâle blanc cis milliardaire qui bosse à Wall Street. Il possède déjà le monde entier. Il peut avoir n'importe quelle femme.

Sauf que je ne suis pas n'importe quelle femme.

Et je ne le laisserai pas me séduire aussi facilement.

Je chasse sa main.

— Pas question.

Puis j'ai l'audace de pincer l'un de ses tétons. Sous sa chemise impeccable à mille dollars et son maillot de corps, je sens que son téton est aussi dur que les miens.

— On dirait que c'est toi qui es dur, le provoqué-je.

Il me saisit le poignet à la vitesse de la lumière.

— Qui touche l'autre sans son consentement, là ?

Sa voix est grave et menaçante.

Mes cheveux se dressent sur ma nuque, même si je suis sûre à quatre-vingt-dix-neuf pour cent que c'est purement sexuel.

*Mon Dieu.*

Il m'arrive une drôle de chose pendant qu'il me tient le poignet, la chair entre mes cuisses ne se contente pas de se contracter. Elle est prise de spasmes. Le simple fait que Billy le Bourge me touche le poignet me cause un mini orgasme.

Ses narines se dilatent, et il penche la tête en inspirant, comme pour me humer.

En un instant, je me retrouve le dos collé à l'un des placards de la cuisine.

— Tu aimes qu'on te domine, Aubrey ?

Sa voix est un pur péché. Je ne savais pas que l'on pouvait injecter autant de sexe, de désir et d'insinuations dans ces quelques mots.

Un autre orgasme monte en moi.

— N... non.

L'arrière de mes genoux se met à trembler. Une vague de chaleur descend dans mes bras et mes jambes. Entre mes seins.

J'ai du mal à reprendre mon souffle.

— Encore un mensonge. Je viens de te faire jouir en te prenant par le poignet. Et tu es sur le point d'avoir un autre orgasme, je me trompe ?

Oh, seigneur.

Il a raison.

Mes cuisses flageolent. Tout se tend en moi, comme un piège à souris prêt à se refermer sur sa proie.

Je suis furieuse contre moi-même lorsqu'un petit gémissement soumis s'échappe de ma gorge. Non. Je ne perdrai pas cette bataille. Je refuse de...

— Je ne bougerai pas un autre muscle, dit-il.

Il est si proche que son souffle me réchauffe le visage. Ses yeux bleus ont une drôle de teinte argentée.

— Mais je parie que si je glissais le genou entre tes jolies cuisses pour que tu puisses t'y frotter, tu jouirais à nouveau.

— Je... Non.

Ma voix est étranglée. Je suis trop captivée par la réaction de mon corps face à Billy pour trouver une réplique cinglante, ce qui est pourtant ma spécialité, d'habitude.

— Tu veux qu'on fasse le test ? murmure-t-il.

Je ne veux pas.

Enfin... si, c'est ce que je veux.

Vraiment ?

Je refuse de lui donner l'avantage, je sais au moins ça. Mais bon sang, je rêve d'aller plus loin. Je sais qu'il a vu juste. Si je me frottais à sa cuisse, j'aurais un orgasme. Époustouflant.

Plus fort que celui que je viens d'avoir.

Je tente de déglutir, sans succès. Puis je parviens à dire d'une voix éraillée :

— Agenouille-toi.

J'accepterai seulement de jouir à nouveau si j'ai le dessus sur lui et si c'est lui qui me donne du plaisir.

Il se met en mouvement, plus vite que je l'aurais cru possible. Comme un pistolet déjà chargé et armé, il tire sur ma salopette et la laisse tomber par terre. Son pouce se pose sur mon clitoris avant même qu'il pousse ma culotte sur le côté de son autre main.

Je m'accroche à ses épaules larges, le repoussant alors que j'ai envie qu'il s'approche davantage. À l'instant où il presse le pouce contre mon bouton de plaisir, je jouis, mais sans attendre, il se jette sur sa proie.

Sa langue glisse entre mes petites lèvres tandis qu'il me pénètre avec son majeur.

— Seigneur ! m'exclamé-je.

Mon orgasme pulse autour de son doigt, et sous ma taille, chacun de mes muscles tremble et se contracte.

Il repousse le capuchon de mon clitoris et place ses lèvres autour pour sucer le petit amas de nerfs. Il glisse un deuxième doigt en moi, avant de les plier pour caresser ma paroi interne.

Je pousse un cri et me contracte davantage.

Je n'en reviens pas. J'ai un nouvel orgasme. Et nous ne couchons même pas ensemble. Enfin si, j'imagine, mais en général, j'ai besoin d'être pénétrée pour jouir.

— Billy...

Il s'interrompt pour me regarder. Ses lèvres luisent de mes fluides, et ses yeux ont une étrange lueur argentée, comme ceux d'un chat lorsqu'on les éclaire la nuit.

Son expression est sauvage, mais s'adoucit lorsqu'il me regarde. Puis il prend un air suffisant.

Maudit soit-il.

Mon ventre se met à gargouiller.

Sourcils froncés, il ôte les doigts de mon canal trempé et les fourre dans sa bouche pour sucer mes fluides.

Je m'attendais à ce qu'il me porte dans sa chambre. Ce qu'il vient de faire, ce n'étaient que les préliminaires, après tout. Nous pouvons enfin satisfaire notre désir pour pouvoir passer à autre chose. Ensuite, nous pourrons peut-être même oublier la fresque. Même si vu que je me suis déjà servie des cinquante pour cent d'avance pour rembourser mon prêt étudiant, je n'insisterai sûrement pas là-dessus.

Mais manifestement, il croit que nous avons terminé. Il remonte ma culotte en dentelle blanche, choisie pour aller avec mon haut de bikini, puis il remet ma salopette en place.

Mon ventre frémit. Ça me fait bizarre de le laisser prendre soin de moi comme ça.

Pas bizarre parce que je ne laisse jamais les mecs prendre soin de moi, au contraire. Bizarre parce que je ne l'en aurais jamais cru capable.

Je ne pensais pas qu'il savait se montrer attentionné. Tendre.

Je me souviens de ce que m'a dit Madi : qu'il est doué pour deviner ce que veulent les autres.

Mais je n'ai jamais laissé entendre que j'attendais quelque chose de lui. Je l'incendie dès que je me retrouve dans la même pièce que lui.

Il replace une bretelle sur mon épaule, mais ouvre l'autre pour laisser tomber un pan de la partie avant pour dévoiler un sein. Puis il passe le dos des doigts sur mon téton dressé.

— J'avais raison, dit-il.

* * *

*Billy*

Aubrey a un goût de paradis. Un goût à la fois étranger et familier.

Un goût qui m'appartient.

J'ai bien fait de me masturber tout à l'heure, sinon je n'aurais pas été capable de me réfréner. Je l'aurais allongée par terre et je l'aurais baisée comme un fou.

Mais on peut dire que j'ai gagné ce round. Je lui ai fait entrevoir le plaisir qu'elle pourrait éprouver grâce à moi.

Elle en voudra plus.

*La première dose est gratuite.*

*La prochaine fois, il faudra payer, ma belle.*

Elle payera avec sa soumission. Je la désire corps et âme. Je veux qu'elle se rende pleinement à moi. Qu'elle me laisse la posséder sauvagement.

Pour le moment, elle ne sait même pas si elle est furieuse ou ravie. Elle se demande si j'ai pris l'ascendant.

Si elle doit répliquer.

Je la laisse regagner sa dignité en me tournant vers un placard pour en sortir deux assiettes.

— Qu'est-ce que tu aimerais manger ?

Ma voix est presque amicale. Mon loup se réjouit d'avoir mis la main sur cette humaine voluptueuse.

C'est satisfaisant, même si elle représente tout ce dont je ne veux pas dans ma vie. J'ai beau aimer sa saveur, je n'attends rien de plus d'elle. Ma vie est déjà complète sans cette artiste chaotique qui trouble mon sens de l'ordre et de la structure.

Qui envahit mon sanctuaire et en fait son terrain de jeu.

Je lui tends une assiette, et nos yeux se croisent un instant alors qu'elle s'en empare.

Je jurerais être témoin du moment où elle décide de se détendre et de me laisser prendre soin d'elle. L'ocytocine libérée par son orgasme doit avoir envahi son corps, provoquant une sensation de bonheur et d'attachement.

*C'est ça, l'Argentée. Inutile de lutter contre moi.*

*Je gagne toujours.*

*À toi de décider ce que tu veux ressentir lorsque tu baisseras les armes.*

Soit elle se régalera en prenant mon membre dans sa gorge. Soit elle s'étouffera avec. Quoi qu'il en soit, ça arrivera.

Ce n'est qu'une métaphore obscène, bien sûr. Je ne prends jamais une femme sans son consentement absolu.

Je la regarde charger son assiette de nourriture, et mon loup se pavane à l'idée d'avoir satisfait deux de ses besoins aujourd'hui.

*Mais moi, elle ne m'a pas encore satisfait,* proteste l'homme d'affaires sans foi ni loi qui sommeille en moi tout en tentant de décider si notre échange était équitable.

Mais c'est faux. Je suis satisfait. Aubrey se trouve exactement où je veux qu'elle soit. Dans mon appartement, redevable. À travailler pour moi. J'ai ses fluides sur ma langue, et elle vient de m'accorder deux de ses merveilleux orgasmes.

Mon loup est comblé.

Je suis comblé.

Putain, je suis impatient de voir à quoi elle ressemblera quand elle me suppliera de la baiser. Ou quand elle me chevauchera.

Soudain, je suis dur comme du marbre.

Bon sang. J'attends que mon érection se calme avant d'emporter mon assiette jusqu'à la table face aux baies vitrées où Aubrey s'est installée sans demander la permission.

Je n'ai pas l'intention de lui donner le moindre sentiment de pouvoir.

Mon but est de l'en priver totalement, de la laisser le souffle coupé, de la pousser à me supplier de lui en donner plus.

Elle l'ignore peut-être, mais je n'ai encore jamais perdu une négociation.

Elle met ses écouteurs quand je m'assois, sa version du doigt d'honneur. De la pop ringarde des années 80 en sort.

Elle mange rapidement, puis se lève et se rend en vitesse dans la cuisine pour rincer son assiette et la mettre dans le lave-vaisselle. Je m'attendais à moitié à ce qu'elle la laisse dans l'évier pour me faire passer un autre message, mais participer équitablement aux tâches ménagères doit être ancré en elle.

Elle n'est pas née dans l'aristocratie des métamorphes, comme Brick et moi. Elle bosse dur pour gagner sa vie.

En regagnant le salon, elle se met à chanter « Manic Monday » à tue-tête.

Elle me provoque, c'est sûr. Cette après-midi, j'ai des réunions virtuelles avec les membres de mon équipe. Je ne veux pas qu'ils entendent sa voix en fond sonore, même si elle est mélodieuse.

*Surtout* parce qu'elle est mélodieuse.

Les poils de mon loup se hérissent soudain avec possessivité. *Mienne*.

Personne d'autre n'a le droit de l'entendre.

De la voir.

De la toucher.

Comme je sens qu'il devient agressif, j'ordonne d'un ton sec :

— Interdiction de chanter.

Aubrey s'interrompt et se tourne lentement pour me regarder par-dessus son épaule.

— J'ai besoin de musique pour travailler.

— J'ai des réunions cette après-midi. J'ai besoin d'un silence total.

Elle baisse le menton, et un sourire s'épanouit sur son joli visage. Ce sourire est un avertissement. Si c'était une louve, elle serait prête à bondir.

Son obsession pour la musique des années 80 doit

déteindre sur moi, car les premières notes de « Runnin' with the Devil » me viennent en tête.

Merde. L'humaine ne réalise pas qu'elle a affaire à un grand méchant tyran.

Ça promet d'être amusant.

# Chapitre Quatorze

*ubrey*
À Penn Station, je trouve un banc et me laisse tomber dessus.

Cette après-midi, j'ai nettoyé mon matériel et je me suis éclipsée pendant que Billy était en visioconférence. La dernière chose que je voulais, c'était qu'il insiste pour me reconduire.

Ou pour me suivre.

Car j'ai rendez-vous ici avec Jamie et Jan pour voir où nous en sommes sur l'affaire Sentience.

Jamie est super parano. Je ne sais pas si elle a de bonnes raisons de l'être ou si elle a simplement peur, mais cette fois, elle ne voulait pas que l'on se retrouve à La Résistance.

Un type qui dégage quelque chose de bizarre s'assoit sur le même banc que moi, et je me décale pour laisser un espace entre nous. Il porte une casquette et un masque chirurgical, et il baisse la tête.

— C'est moi.

Je me redresse brusquement et reconnais Jamie sous le déguisement.

— Ne me regarde pas.

Je me penche sur le côté pour regarder derrière elle, comme si je consultais un tableau d'affichage.

— Tout va bien ? demandé-je.

— Non. Je suis toujours sous surveillance. Et toi ?

Des vrilles glacées s'enroulent autour de mon cœur. Mais non, personne ne me surveille, à part Billy White.

À qui je refuse de penser pour l'instant.

Je ne pense pas du tout à sa langue entre mes jambes.

— Non, réponds-je. Rien à signaler.

Jan arrive, l'air légèrement agacé à cause du point de rendez-vous.

— C'est là que vous vouliez qu'on se retrouve ? demande-t-elle d'un ton sec.

— Chut, lance Jamie en sautant sur ses pieds pour nous tourner le dos.

Jan se glisse à côté de moi sur le banc.

Jamie se tourne de nouveau dans notre direction, mais croise les bras et regarde au-dessus de nos têtes.

— Tu as récupéré le badge ?

— Quel badge ? me demande Jan en se renfrognant. Pourquoi elle avait besoin de ça ?

— La clé USB ne suffisait pas, expliqué-je en cherchant Jamie du regard pour qu'elle le confirme. On a besoin d'accéder aux serveurs.

Jan secoue déjà la tête.

— Ça va trop loin.

— Jan...

— Non, Aubrey, c'est trop grave. Trop risqué. Et je ne peux pas exploiter les preuves obtenues illégalement.

— Tu ne pourras pas exiger qu'ils remettent ces informations à la justice ? demandé-je, me rappelant notre dernière conversation.

— On n'a pas encore assez de matière pour leur faire un procès.

— Mais ça viendra, si on parvient à infiltrer le serveur avec leurs mails, murmure Jamie.

Jan perd patience, même si je comprends leurs deux points de vue.

— Je te le répète...

— Si on met la main sur tous les mails, l'interrompt Jamie, ils ne seraient pas recevables lors d'un procès, mais nous pourrions les faire fuiter au *New York Times*, comme tu l'as suggéré l'autre jour. Ensuite, le procureur général pourrait se saisir de l'affaire de lui-même et exiger la remise de tous les documents.

Jan prend une grande inspiration et soupire.

— Je ne peux pas cautionner un plan qui consiste à s'introduire illégalement chez Sentience.

— C'est déjà fait, dis-je. J'ai le badge. C'est bien ce qu'il te fallait, Jamie ?

— C'est la première étape. Il faudra aussi que tu te rendes dans la salle des serveurs.

— Quoi ? Jan et moi nous exclamons d'une seule voix.

— Je croyais tenir un volontaire. Mais il a changé d'avis.

Jan et moi échangeons un regard. Le fait que Jamie ait inclus un inconnu dans notre complot ne nous plaît pas.

Jamie ne semble pas remarquer nos visages inquiets.

— Ça ne peut pas être moi. Je ne peux pas y retourner. Mais toi, Aubrey...

— Pas question, interrompt Jan. Je ne veux pas que tu remettes les pieds là-bas.

Je me mordille la lèvre inférieure. Je n'ai pas envie d'y retourner non plus, mais qui d'autre pourrait le faire ? Jamie est déjà sous surveillance. Moi, j'ai plus ou moins une excuse pour retourner dans leur bâtiment. Ou en tout cas, je pourrais en trouver une.

— Je vais y aller, dis-je. Ma fresque sera dévoilée lors d'un gala, et je suis invitée. Si j'arrive à m'éclipser facilement de la fête, je le ferai. Sinon, je renoncerai.

— Je ne veux pas devoir expliquer à tes parents qu'il t'est arrivé malheur, dit Jan. Si tu fais ça, je refuserai de te défendre en cas d'arrestation.

Je la regarde d'un air surpris. *La vache.* Elle est dure.

Jamie me dévisage avec inquiétude. Elle compte sur moi pour tout arranger. Elle a perdu son travail pour ses idéaux. Des idéaux que je partage. Elle voudrait bien en faire plus, mais elle se croit surveillée.

Je me lève.

— Je vais voir ce que je peux faire. Je ne promets rien.

— Aubrey, dit Jan d'une voix bouleversée.

J'agite la main.

— Ne t'en fais pas. Je gère. Je ne prendrai pas de risques inconsidérés.

L'air renfrogné, elle secoue la tête.

— Je ne veux pas que tu y retournes.

— J'ai compris, dis-je en ponctuant ma voix ferme d'un haussement de sourcils.

Elle ne veut pas que je le fasse. Moi si. Je suis une adulte, capable de prendre des décisions.

Ses épaules s'affaissent.

— Nous en reparlerons plus tard, dit-elle avant de s'éloigner.

Je jette un regard à Jamie.

— Si j'arrive à quitter la fête, qu'est-ce que tu veux que je fasse ?

— Il y a une clé USB dans le café que je viens de finir, dit-elle en indiquant un gobelet vide que je n'avais pas remarqué sur le banc. Une fois dans la salle des serveurs, tu l'inséreras dans n'importe quel port. Ça me fournira une porte dérobée qui me permettra d'accéder à leur réseau tout entier.

Je réfléchis à ce qu'elle me dit, la bouche sèche. Je l'aide à pirater une entreprise qui vaut des milliards.

— Tu es sûre ?

— Tu en es capable, me dit-elle.

Je hoche la tête et prends le gobelet. Il fait un léger bruit. Il n'y a plus de liquide à l'intérieur, rien que la clé USB.

Ouais.

J'en suis capable.

Je le dois aux artistes du monde entier. Il n'est pas juste que des entreprises volent nos œuvres puis harcèlent leurs anciens employés pour les intimider et les empêcher de lancer l'alerte. C'est grave, et quelqu'un doit leur tenir tête.

J'ai un moyen d'y parvenir.

Il faut que ce soit moi.

# Chapitre Quinze

**B**illy

À dix-huit heures, je prends l'ascenseur jusqu'au toit, où se trouve l'héliport.

J'ai raté le départ d'Aubrey, mais j'ai installé un traceur sur mon téléphone.

Quoi ? Je ne suis pas obsédé. J'ai simplement du mal à faire confiance, et j'aime tout contrôler. Aubrey travaille pour moi, désormais, et donc je dois savoir ce qu'elle fait. Savoir si elle est digne de confiance.

Quand j'ai terminé mes visioconférences, elle se trouvait à Penn Station. Elle n'est montée dans aucun train, cependant. À en juger par l'absence de mouvement de son traceur pendant vingt minutes, elle y était pour voir quelqu'un.

Dans la gare la plus fréquentée du monde.

Si ça, ce n'est pas suspect, je ne sais pas quoi ajouter.

Je n'ai jamais cru à ses justifications au sujet de la fresque qu'elle a peinte pour Sentience. Une femme comme elle, justicière et artiste dans l'âme, aurait refusé de bosser pour eux par principe.

Pour les gauchistes, Sentience est le diable. L'entreprise recourt au travail des enfants dans les pays les moins favorisés pour trier et importer les informations qu'elle donne à son intelligence artificielle, et tout le monde sait que les créateurs de ces contenus ne sont pas indemnisés.

En tant qu'artiste, Aubrey devrait être scandalisée par ce vol éhonté.

Raison pour laquelle je pense qu'il y a anguille sous roche. Pendant qu'elle était aux toilettes ce matin, j'ai fouillé dans son sac et ai trouvé un objet très intéressant : un badge de chez Sentience avec la photo du salopard qu'elle a pris dans ses bras le soir où je suis allé la chercher.

J'ai toujours envie de lui casser la gueule, à ce type, mais mon loup a fait un salto arrière en réalisant qu'elle l'avait peut-être étreint pour lui voler son badge.

À moins qu'ils couchent ensemble et qu'il ait oublié son badge chez elle.

Si ça se trouve, elle s'est rendue à Penn Station pour le lui rendre.

Merde !

Si c'est le cas, je le jetterai du toit de Sentience et le regarderai hurler.

En tout cas, toutes ces tensions me rendent pratiquement sauvage, et je dois donc retrouver les bois. Mon loup a besoin de se défouler.

L'hélicoptère se pose sur le toit. Nous avons un héliport ici et un autre au sommet de Moon Co. Quand j'ai appelé le pilote de l'entreprise, John Acker, afin qu'il vienne me chercher, il m'a dit qu'il devait déjà se rendre dans les Adirondacks, mais qu'il restait une place.

Et en effet, Jake, Vance et Sully sont assis à l'arrière. Je grimpe sur le siège avant et mets mon casque.

Je me retourne pour les saluer.

— Vous allez courir ?

— Carrément, répond Jake en faisant rouler ses épaules musclées. Il y a des tensions qu'on ne peut pas évacuer à la salle de sport.

Sully hoche la tête.

— Où t'étais passé aujourd'hui ? me demande Vance.

— Je télétravaillais.

Je leur tourne le dos pour couper court à la conversation.

— Pourquoi ? insiste Vance.

Je ne réponds pas.

— Tu te la tapes ? s'enquiert Sully d'un ton nonchalant.

J'ai envie de l'assassiner. En tant qu'homme de main de la meute, il s'imagine que nos affaires le regardent. Ce n'est pas qu'une montagne de muscles, c'est une entreprise de sécurité incarnée par un seul homme.

— Tu es sûr de vouloir parler de ça ? Je pense que tu n'aimerais pas que je mette le nez dans ta vie sexuelle.

Sully est un sadique qui fréquente des clubs BDSM. S'il n'était pas à la tête de la sécurité de la meute, je le verrais comme une faille, vu le nombre de femmes avec qui il a couché ces dernières années. Mais il est prudent, et il sait que son boulot consiste à éliminer tout ce qui menace la meute et Moon Co.

Ma réplique le fait rire.

— Alors tu couches vraiment avec elle. Je l'ai vue dans l'ascenseur, et tu n'es pas venu au boulot, du coup j'ai décidé de prêcher le faux pour savoir le vrai.

Je me remémore le goût d'Aubrey sur ma langue. La façon dont elle a renversé la tête en arrière et a poussé une exclamation en jouissant. Si je suis obligé de me transformer ce soir, c'est à cause d'elle. Quelque chose de beaucoup trop puissant agite mes cellules. Je dois exploser d'une manière ou d'une autre. Courir jusqu'à avoir mal aux pattes. Bon sang.

Non, je n'ai pas encore couché avec elle, mais demain, elle sera de nouveau chez moi. Je suis impatient.

— Brick m'a ordonné de collaborer avec Madi pour le mariage. C'est ce que je fais.

— De quel genre de *collaboration* parle-t-on vraiment ? railla Jake.

— Je sers mon alpha, grondé-je.

Ils se mettent à rire, et j'ai envie de les jeter de l'hélicoptère chacun leur tour.

— Moi, j'ai plutôt l'impression que tu sers une humaine. À moins que ce soit elle qui te serve ? me taquine Vance.

Mon loup se taille un chemin à la surface. Je bondis par-dessus le dossier de mon siège pour donner un coup de poing dans le nez de Vance. Je suis trop rapide pour qu'il ait le temps de s'esquiver, et il pousse un rugissement de protestation lorsque ses os craquent.

— Hé ! lance le pilote.

Quelque chose dans mon expression doit lui faire comprendre que ce ne sont pas ses oignons, car il se concentre de nouveau sur sa route.

Vance redresse l'os de son nez. C'est un métamorphe en bonne santé ; il sera guéri demain matin. Je me suis fait comprendre, rien de plus.

— Putain, marmonne Jake. Il y a vraiment quelque chose entre vous.

J'ai envie de grogner « non, bien sûr que non ! », mais je sais que ça donnerait l'impression que je suis faible.

Que c'est la vérité.

Alors que c'est faux.

Évidemment que c'est faux, bon sang !

C'est une humaine. Une moins que rien. Elle déteste les

gens comme moi. Les gens comme elle ne me sont d'aucune utilité. Nous sommes incompatibles sur toute la ligne.

Bon, il faut que je mette les points sur les i une bonne fois pour toutes.

Je réalise soudain que j'ai très mal joué mon coup. J'aurais dû donner l'impression que je la voyais comme un passe-temps.

— Elle ne représente rien, grommelé-je en me retournant, parce que je sais que mes yeux ont toujours la lueur gris pâle de mon loup et que je tiens à ce qu'ils le voient. C'est juste un joli cul qui me permet de remplir mes obligations envers mon alpha.

— Mec, il y a rien de mal à coucher avec une humaine, assure Sully.

— Ouais, il arrête pas, lui, renchérit Jake en le pointant du doigt.

— Je sais que ton père est une sorte de nazi antihumains, mais il faut que tu surmontes tout ça. Surtout maintenant que Madi est notre luna, poursuit Sully.

Super. Ils font dans la psychologie de comptoir, maintenant. C'est la dernière chose qu'il me faut.

Mais je ne dois plus réagir. J'ai déjà dévoilé beaucoup trop de choses.

— Ce n'est pas ma première humaine, mens-je.

Je suis un bon menteur. Il le fallait, avec un père psychopathe. Les métamorphes savent sentir les mensonges, alors j'ai appris à réprimer toutes mes réactions émotionnelles lors des discussions délicates. C'est ça qui fait de moi un négociateur hors pair.

Étonnamment, j'ai perdu tout mon talent, ce soir.

Je crois quand même avoir réussi à les convaincre, jusqu'à ce que j'entende Vance marmonner un « mouais » dubitatif.

# Chapitre Seize

*ubrey*
Rien que pour emmerder Billy, j'achète mon café et mon scone du matin avec sa carte gold sur mon chemin pour Central Park. Je n'arrive pas à décider s'il est assez riche pour ne pas le remarquer, ou maniaque du contrôle au point de me botter le cul. Je marche d'un pas assuré sur le trottoir, vêtue d'un short en jean déchiré et maculé de peinture avec un collant résille en dessous et d'une brassière push-up sous une chemise ouverte, elle aussi couverte de peinture et choisie parmi les vieilleries de mon père il y a des années.

Ma mère garde tous leurs vêtements hors d'état pour que je m'en serve comme tenues de travail ou comme torchons.

J'arrive devant l'immeuble de Billy lorsqu'une Toyota bleue se rabat le long du trottoir. La porte de derrière s'ouvre et quelqu'un jette un carton par terre. La voiture redémarre.

Tous les passants se figent et jettent des regards

méfiants au carton. Ils doivent s'attendre à une bombe. Ou à un gaz toxique, peut-être. Mais un petit glapissement retentit dans le carton.

Eh merde.

— Hé ! lancé-je à la voiture qui s'éloigne en lui courant après.

Ces cons viennent d'abandonner leur chien.

— Quels salauds, grommelé-je.

J'ouvre les pans du carton. À l'intérieur se trouve un adorable petit chien poivre et sel. C'est un bâtard, je pense, avec de longs poils emmêlés qui tombent sur ses grands yeux bruns.

— Oh, bébé ! roucoulé-je en le prenant dans mes bras.

Il se met aussitôt à m'uriner dessus.

— Merde ! marmonné-je.

Je le tiens à distance, penchée en avant.

— Comment ça va, mon ange ?

Il me lèche le visage.

— Regarde-moi ces petites oreilles tombantes, comme elles sont mignonnes ! babillé-je. Quelqu'un t'a abandonné ?

Il remue tellement la queue que ses pattes arrière s'agitent.

— Tu es un amour. Qui voudrait se débarrasser de toi ?

Je jette un regard dans la rue. Ses maîtres ont disparu depuis longtemps, et ils ne méritaient pas d'avoir un animal de compagnie, de toute façon. Que vais-je faire ? Je ne veux pas l'envoyer dans un refuge, je dois lui trouver un bon foyer.

Les animaux ne sont pas acceptés dans mon appartement.

Et j'ai rendez-vous chez Billy dans deux minutes.

Un plan se met vaguement en place dans mon esprit, et je ne peux pas m'empêcher de sourire.

Oui. Débarquer avec un chien rendra Billy White III complètement furieux. Et j'ai très envie de voir sa réaction.

Je serre le chien contre une épaule, mon café dans mon autre main.

*Que le feu d'artifice commence.*

En me voyant approcher, le portier vient m'ouvrir.

— Bonjour, Grayson.

J'ai veillé à apprendre le nom du géant musclé, hier. Je lui ai demandé de m'appeler par mon prénom, mais il fait de la résistance.

— Mlle Cook, dit-il en jetant au chien un regard quelque peu alarmé. M. White sait-il que vous arrivez chez lui avec un chien ?

— Je n'avais pas le choix.

Je lui passe sous le nez et me dirige droit vers les ascenseurs, bien qu'il doive se servir de son badge pour me laisser accéder à l'étage de Billy.

Le chien aboie sur Grayson et se tortille dans mes bras pour que je le pose.

— Non non.

Je le tourne vers moi et lui jette un regard sévère. Il tente de me faire une léchouille.

Grayson monte dans l'ascenseur, applique son badge sur le détecteur, puis presse le bouton de l'étage de Billy.

Le chien lui aboie de nouveau dessus.

— Bonne chance avec ça, me dit-il d'un ton ironique, ce qui me fait penser que nous devenons enfin amis.

Je lui adresse un grand sourire.

— Je m'attends au pire.

Alors que les portes se ferment, je le vois hausser des sourcils surpris et je l'entends marmonner :

— Oh, misère.

Quand j'arrive à l'étage de Billy, sa porte est ouverte, et j'entre sans frapper, prête à le voir péter les plombs.

Il est en train de se préparer un expresso dans la cuisine. Ses cheveux sont toujours mouillés après sa douche, et le col de sa chemise à rayures fines est grand ouvert. Une cravate à rayures noires et grises est posée près de lui sur le plan de travail.

La vache. Je ne m'attendais pas à ce qu'il soit aussi canon, légèrement déshabillé. Je me demande ce que c'est quand il sort de la douche. Est-il poilu ? Ou est-il du genre à s'épiler le torse et le dos à la cire ?

Je me demande ce que ça ferait d'avoir les poings liés par sa cravate...

Tant de questions sans réponses.

La plus grande est : obtiendrai-je un jour des réponses à chacune de ces questions ? Je le pourrais, c'est sûr. Mais le devrais-je ?

Les narines de Billy se dilatent alors qu'il se tourne brusquement pour me regarder.

— Qu'est-ce que c'est que ce truc ? demande-t-il d'un ton sévère.

— Ce pauvre petit toutou vient d'être jeté d'une voiture.

Je lève la tête du chien vers la mienne pour l'embrasser.

— Et tu l'as ramené ici ? Pourquoi ?

*Pour te torturer.*

— Où est-ce que tu voulais que je l'emmène ? rétorqué-je d'un ton faussement innocent.

— À la fourrière. Avec les autres clébards abandonnés.

Comme s'il percevait sa désapprobation, le chien rentre la queue et se met à gémir.

Billy se dirige vers nous à grands pas, et le chien gémit de plus belle.

— Il t'a pissé dessus ?

— Quoi ? Tu l'as senti ?

J'éloigne le chien pour inspecter la zone. Il n'y avait que quelques gouttes. Je n'en reviens pas que Billy ait repéré l'odeur.

Il tend les mains vers le chien, que je tiens hors de sa portée pour le protéger.

Billy a son masque cruel habituel, mais il ne semble pas plus courroucé que la normale.

— Donne-moi le clebs. Il faut que tu te nettoies.

J'hésite. Je le crois sérieusement capable de jeter le chien du haut de son balcon.

Non, j'exagère un peu. Je lui tends le chien d'un air hésitant, et il le prend, avant de le regarder droit dans les yeux.

— Sois gentil avec Pepper.

— Tu lui as déjà donné un nom ?

Je hausse les épaules avec une désinvolture qui veut dire *ben oui, pourquoi pas ?*

Pepper gémit et tente de lécher Billy.

Ce dernier fixe longuement le chien du regard. J'ignore ce qu'il cherche à faire.

— Voilà, dit-il enfin, comme s'ils étaient parvenus à un accord.

Étant donné que j'avais décidé de jouer les filles sexy et que le pipi de chien gâche un peu l'effet, je suis le conseil de Billy et vais me nettoyer dans la salle de bains.

Lorsque je reviens, je trouve Billy les manches retroussées, sa montre posée sur le plan de travail à côté de sa cravate. Les muscles fins de ses bras se contactent tandis qu'il lave le chien dans l'évier.

Seigneur.

Je crois que je viens d'ovuler.

Cette scène ne devrait pas me paraître sensuelle, et pourtant, ça me fait de l'effet. J'ignore si c'est la vue de ses avant-bras, le fait qu'il effectue une tâche domestique, ou que cet homme d'ordinaire si froid et rigide se montre généreux envers un autre être vivant.

Même si l'être en question est un petit chien.

La créature, trempée, remue la queue et lui jette un regard adorateur avec ses grands yeux marron.

— Qu'est-ce que tu comptes faire de ce truc ? me demande Billy.

Je pose mon gobelet sur sa table basse en verre et j'enlève mes bottines.

— Honnêtement ? Je me suis dit que j'allais t'embêter en le ramenant ici. Je n'ai pas vu plus loin.

Comme souvent, ses yeux prennent une drôle de lueur bleu-argent.

— C'était aussi ton plan avec ma carte de crédit ?

En entendant ses reproches, je sens mes tétons se dresser. Comme si je voulais qu'il me punisse. Comme si je voulais découvrir ce qui se passe quand Billy le Bourge, le tout puissant, tente d'asseoir son pouvoir avec moi.

Ça ne tient pas debout, vu que je passe le plus clair de mon temps à manigancer pour garder le dessus sur lui.

Je prends appui sur une jambe, l'autre hanche levée.

— Ça fonctionne ?

— Non.

— Tant mieux. Parce que je compte m'en resservir afin d'acheter le nécessaire pour Pepper.

Il coupe l'eau et s'empare du torchon de cuisine pour sécher le chien. Quand il a fini, il pose Pepper par terre et approche à grands pas. Le petit ange le suit comme son ombre en agitant la queue tellement fort que son derrière se dandine.

— C'est bien, Pepper ! roucoulé-je. Tu es tout propre ?

Oui, je parle au chien pour oublier le danger imminent.

Je tente de ne pas regarder les avant-bras nus de Billy. Ils ne sont pas si sexy que ça. Pas sexy du tout. Bon sang, *pourquoi faut-il qu'ils soient aussi sexy ?*

Billy se plante devant moi, ne me laissant aucun espace.

— À quelle réaction tu t'attendais ? s'enquiert-il.

Si mon corps n'était pas aimanté par le sien, j'aurais pu le trouver intimidant. Je suis sûre que ses employés se ratatinent face à son air sévère.

Je pose une main sur son torse pour le pousser en arrière, et il me prend par le poignet, me faisant pivoter avant de me coincer le bras dans le dos. Ce n'est pas douloureux, mais son agilité me surprend. Ce type doit être champion de taekwondo.

Il se sert de sa prise pour me plaquer contre son corps.

— Tu attends que je te punisse ?

Sa voix est grave et rauque. Très sensuelle. Il est si proche que je sens l'odeur de son dentifrice à la menthe. Je ne suis que trop consciente que mon haleine à moi doit sentir le café. Je ferme la bouche.

Il suit mon geste des yeux.

— Je savais bien que c'était ton délire, l'accusé-je pour retourner la situation.

Je m'en veux d'avoir parlé d'un ton aussi essoufflé. Un sourire carnassier apparaît sur son visage. Je ne suis pas sûre de l'avoir déjà vu sourire. Son visage en est métamorphosé. Il est vingt fois plus beau.

— Oh oui, c'est mon délire.

Tout s'enflamme en moi, transformant mes entrailles en lave. Je suis mouillée – complètement trempée. Je suis assez proche pour admirer sa mâchoire carrée et parfaitement rasée. La fossette de son menton. Son nez aristocratique.

— J'avais deviné que tu aimais qu'on te maintienne.

Sa voix de velours semble caresser mon entrejambe. Sa remarque me donne le tournis. Je n'avais jamais remarqué ça chez moi, mais ses mots me frappent tellement fort que tous mes nerfs semblent réagir.

Je n'aime pas me sentir aussi impuissante. Aussi dévoilée.

— Dans tes rêves, dis-je de mon ton le plus dédaigneux.

L'ombre d'un sourire réapparaît au coin de ses lèvres. Je trouve cela terriblement séduisant.

— L'Argentée, dit-il d'une voix rocailleuse. Je t'ai vue jouir au milieu de ma cuisine simplement parce que je t'avais *prise par le poignet.*

Un petit soupir quitte mes lèvres. Il me déstabilise, et je déteste ça. Seigneur, je n'arrive pas à croire qu'il ait vu tout ça !

— Je pourrais te faire jouir en moins d'une minute, là. Tu n'as qu'un mot à dire.

Mon pouls s'emballe. *Oui ! Vas-y !* Sauf que non. Je ne peux pas lui faire ce plaisir.

Je m'enveloppe dans mon mépris.

— Ça va, les chevilles ?

Il me jette un regard froid. Je suis en feu, mais il est l'exemple même du calme et de la maîtrise de soi.

— Je ne fais qu'exposer un fait. Je pense que tu aimerais savoir comment c'est, de ne plus rien maîtriser.

Quelque chose se tortille dans mon ventre, un mélange d'excitation et de tension. Je nie en bloc :

— Tu ne sais rien de moi.

Il penche la tête sur le côté, toujours aussi froid qu'un sorbet en été.

— J'en sais un peu. Pour le reste, j'ai des hypothèses. Tu veux les entendre ?

Je suis toujours sa prisonnière, mon bras coincé dans le dos, mon ventre collé à son corps. Je lutterais bien pour retrouver ma liberté, mais il a raison ; j'adore sentir sa force et sa puissance. Je veux découvrir la suite.

Il lève sa main libre et agite les doigts comme pour me dire d'approcher, le geste que l'on voit dans les films d'arts martiaux. *Épate-moi, Costard.*

— Vas-y, dis-moi.

— Je t'attire, mais tu me détestes également. Raison pour laquelle tu ne veux rien me donner, y compris ton corps de rêve. Tu penses ne pas pouvoir me faire confiance. C'est compréhensible. Premièrement, j'ai pourri la vie de ta meilleure amie ; quelque chose que je regrette en partie.

J'ouvre la bouche pour demander pourquoi seulement en partie, mais il est lancé.

— Deuxièmement, tu n'aimes pas les types qui bossent à Wall Street. Ou les riches en général ? Tu t'imagines que je suis conservateur en matière de politique, parce que j'aime l'argent, alors que tu es tellement de gauche que tu risques de refermer le cercle et de finir à droite. Quoi qu'il en soit, je suis tout le contraire de ton genre.

Il penche la tête sur le côté, et ses yeux gris me pénètrent.

— C'est peut-être en partie ce qui t'attire, ajoute-t-il.

Là, je l'interromps, car je ne peux plus contenir ma colère.

— Pourquoi tu ne regrettes qu'*en partie* d'avoir pourri la vie de Madi ?

— Protéger Brick de tout ce qui menace son entreprise, c'est mon boulot. Surtout s'il oublie son bon sens parce qu'il pense avec sa bite... ou son cœur, comme il s'est avéré.

Ça me fait drôle d'entendre Billy le Milliardaire parler

du cœur de qui que ce soit. Je suis presque étonnée qu'il connaisse l'existence de cet organe.

— De ce fait, poursuit-il, je ne regrette pas d'avoir cherché à exposer cette menace. Mais je regrette de m'être trompé sur sa provenance et de les avoir fait souffrir tous les deux.

Mmm. Cela sous-entend qu'il se soucie des sentiments de Madi, désormais. Un changement de taille. Madi ne lui fait toujours pas confiance, mais je le crois.

— Revenons-en à toi, dit-il.

Il se met à masser la partie charnue de ma paume, celle qui est coincée dans mon dos. Son pouce pétrit mes muscles endoloris. Ouah. Je n'avais même pas remarqué que j'avais des courbatures après avoir peint hier.

— Continue.

J'ignore si je l'encourage à poursuivre ses observations ou son massage.

— Je pense que tu crois – et tu aurais raison –, dit-il en haussant un sourcil sexy, que je suis en mesure de réaliser tous tes fantasmes de perte de contrôle. Tu veux savoir ce que ça ferait d'être attachée par moi.

Il abandonne son massage et ses paumes glissent sur mes fesses. Je sens la chaleur de sa peau à travers mon short en jean et mes collants résille.

— Les yeux bandés dans mon lit, ajoute-t-il en malaxant ma chair. Menottée au plafond.

Ses doigts redeviennent délicats, et je les sens tracer la démarcation entre mes fesses. Il plie l'un d'entre eux pour le coller contre mon anus.

Les nerfs sensibles qui s'y trouvent répondent aussitôt. Mon centre se contracte.

— Tu veux que je t'allonge sur mes genoux et que je te

donne une fessée jusqu'à ce que ton cul superbe soit brûlant.

Oh, Seigneur. Je vais jouir à nouveau.

Il doit le sentir, car son expression devient suffisante. Il poursuit, impitoyable :

— Tu veux savoir ce que ça fait d'être maintenue pendant que je te baiserai sauvagement.

Le regard plongé dans ses yeux gris, j'ai le souffle coupé. Pour l'instant, il voit juste sur toute la ligne.

Il passe son autre main devant mon bassin, entre nos corps. Dès qu'il la plaque contre mon pubis pour stimuler mon clitoris en même temps que mon anus, je lâche prise.

Je me cambre dans un halètement. Je perds l'équilibre, sauf que je suis maintenue par ses bras puissants. Il ne fait presque rien, ses doigts ne bougent même pas. Il ne me caresse pas. Il se contente d'appliquer une pression qui me fait jouir comme jamais.

Il baisse la tête et me mord dans le cou, un peu trop fort.

Je sursaute.

La bosse de son sexe est pressée contre mon ventre. Je suis sur le point de m'en emparer pour lui donner du plaisir en retour, mais ce connard arrogant jubile :

— Il m'a fallu un peu plus d'une minute, mais j'y suis quand même arrivé, une fois de plus.

Je le repousserais bien, mais je ne veux pas que ça s'arrête.

À présent, il fait lentement glisser ses doigts de bas en haut entre mes jambes, par-dessus mes vêtements. Une onde de choc me traverse, comme une vague de plaisir sur la plage.

— Je pense que tu aimes être privée de contrôle pour ne pas avoir à tout gérer, pour une fois. Tu es une femme extrêmement compétente, intelligente et créative, capable de déplacer des montagnes toute seule, chose que tu fais certainement depuis très jeune. Tu veux que quelqu'un s'empare des rênes, pour changer.

Ces mots me piquent les yeux. Il me voit peut-être réellement pour qui je suis. Jusqu'à présent, je pensais qu'il ne voyait que ce que je voulais bien lui montrer. La meilleure amie dure à cuir de la femme dont il pourrissait la vie. Celle qui allait lui faire payer ses péchés.

À présent, je suis complètement exposée. Je me demande quand et comment il a percé mes défenses dignes d'une forteresse pour entrevoir la vraie personne, pas la caricature.

Le doigt entre mes fesses pousse doucement. Je me frotte à la main contre mon pubis.

— Tu veux jouer à être à ma merci, tout en ayant conscience que tu es en sécurité.

Il lève la tête et croise mon regard. Mes yeux doivent être flous, car j'ai du mal à voir son beau visage.

— Aubrey, tu peux me faire confiance. Si tu me dis non, n'importe quand, je le respecterai.

À présent, il n'observe plus, il me soumet quelque chose.

— Je te propose de passer un accord qui nous sera bénéfique à tous les deux. Tu pourras continuer de me dédaigner et de me maîtriser, à condition de te soumettre au plaisir de mes mains.

Il me donne une autre caresse délicieuse entre les cuisses, libérant une nouvelle vague de plaisir.

— Je promets de te satisfaire sexuellement, sans te mettre en péril physiquement ou émotionnellement, sans engagement, sans relation.

* * *

*Billy*

Quelque chose dans l'odeur d'Aubrey devient amer. Je distingue une pointe de colère dans ses yeux bruns.

Je la lâche aussitôt, et elle vacille en arrière.

Alors que je vois son visage se fermer, mon loup prend les rênes. Il est furieux que j'aie laissé filer une telle chance.

— Je sens que je suis passé à côté de quelque chose d'important pour toi, dis-je.

Plus nous jouons cartes sur table, mieux je pourrai négocier. Je dois savoir ce qui la fait souffrir. Ce qu'elle attend de moi. Ce qu'elle refuse catégoriquement.

Qu'ai-je négligé ? Elle ne peut pas vouloir d'une relation. Elle ne voudrait jamais être associée à un homme tel que moi. Tout comme je ne veux pas être associé à une femme comme elle. Une humaine. Une artiste tendance hippie qui sème le chaos où qu'elle passe.

Je hausse les épaules de la façon la plus nonchalante dont je sois capable.

— Il s'agit d'une négociation. Libre à toi de me faire une contre-offre.

Le sale cabot qu'elle a ramené pour m'énerver choisit ce moment pour aboyer. Il ressemble un peu à un Shih-Poo. C'est toujours un chiot. Sûrement l'avorton de sa portée. Nous avons cela en commun.

— Non non, dis-je d'un ton ferme.

Il réagit aussitôt, baissant la tête et roulant sur le dos pour me présenter son ventre. Il est futé, au moins.

Se faire obéir par les chiens, c'est un jeu d'enfant pour les métamorphes. Il perçoit mon autorité alpha, et en tant qu'animaux fonctionnant en meutes, nous partageons une sorte de légère télépathie.

Aubrey s'est empourprée, et sa peau rayonne glorieusement. Elle lève le menton et lance :

— C'est moi qui commande. Toi qui te soumets.

Ha. Trop mignonne. Cent fois plus que le chiot à tête de rat qui nous observe avec ses grands yeux marron. Aubrey veut avoir le dessus. J'adore.

Cela me rappelle Noël, quand la nièce de quatre ans de Brick, April, nous a tous mis en « prison » pour nous servir le thé avec sa nouvelle dînette. Elle était enivrée par le pouvoir que lui accordaient six grands métamorphes en faisant mine d'être à sa merci pendant une demi-heure.

Alors très bien. Comme avec la petite de Ruby ce jour-là, je jouerai le jeu. Si Aubrey veut être la cheffe au lit, je la laisserai me chevaucher. Ou s'asseoir sur mon visage. Ou tout ce que son imagination folle décidera. Je serai ravi de lui laisser croire qu'elle a le contrôle, du moment que mon loup peut la goûter. Même si je serais capable de la maîtriser d'un geste de l'index.

Elle pince ses lèvres pulpeuses. L'anneau d'argent de son nez me nargue. Je sais qu'elle s'attend à ce que je rejette sa proposition. En fait, elle est convaincue que je ne me soumettrais jamais à elle au lit.

Mais elle sous-estime l'assurance que j'ai en ma virilité. Elle ne peut pas se douter que j'ai été élevé par un alpha qui est l'exemple même de la masculinité toxique. Sa paranoïa face à ma petite taille quand j'étais plus jeune et sa peur que je ne puisse jamais devenir un alpha digne de le remplacer le poussaient à m'inculquer toutes les tâches qu'il jugeait viriles.

À l'âge de dix ans, j'étais capable de gagner un combat contre n'importe quel adolescent de la meute. Je sortais les griffes et les crocs pour gagner. J'étais féroce. Impitoyable. Et toujours dans l'attaque. Quand je suis entré dans l'adolescence, j'avais beau n'avoir toujours pas connu de poussée de croissance, j'étais plus malin, plus manipulateur et plus rapide que tous les adultes de la meute.

C'est seulement à la fac que j'ai enfin grandi, une fois que mon père me considérait définitivement comme un bon à rien et que je m'étais déjà taillé une place de second aux côtés de Brick. En moi, mon alpha avait trouvé un frère de meute d'une loyauté féroce. Et en plus, avec lui et mes nouveaux alliés, je n'avais rien à prouver.

Je ne cherche pas la gloire. Je n'ai pas besoin de sauver les apparences. Je suis prêt à tenir le mauvais rôle ou à me sacrifier pour mes frères.

J'écarte les bras et dis :

— Je suis à tes ordres.

* * *

*Aubrey*

Je regarde fixement Billy, sous le choc.

Je ne m'attendais vraiment pas à ça. Je ne le voyais pas comme un homme prêt à se... rabaisser. Surtout face à quelqu'un comme moi.

Après tout, Madi m'a bien dit que c'était un con classiste.

Pourquoi accepterait-il de se soumettre à moi ?

Son raisonnement m'échappe, mais peu importe.

Je me suis énervée quand il a proposé une liaison sans attaches ni relation parce que cela laissait entendre qu'il ne me jugeait pas digne d'être sa petite amie. Mais bon, tant pis. Lui non plus n'est pas digne d'être mon petit ami.

Ça ne doit pas nous empêcher de nous amuser un peu.

Pour l'instant, la seule chose à laquelle je pense, c'est qu'il est *à moi*. Ses avant-bras musclés sont sous mes ordres. Je pourrais le déshabiller et...

Billy enfreint son serment de se soumettre en prenant les devants. D'un geste si rapide que je ne peux même pas le suivre des yeux, il me prend par la taille et me hisse contre lui, les jambes autour de ses hanches.

Pepper pousse un jappement joyeux, croyant que c'est l'heure de jouer.

Un grondement de Billy le calme aussi sec.

— Euh... d'accord. Oui, soulève-moi.

Je ne peux pas m'empêcher de rire en faisant mine de lui avoir ordonné de le faire.

Le fait que *j'aime* que cet homme me porte prouve la véracité de tout ce dont il m'a accusée. Billy n'est pas un Hulk, comme Grayson, le portier. Il est musclé, mais plutôt sec. Pourtant, il me soulève avec tant de facilité que j'ai l'impression d'être légère comme une plume.

— Porte-moi dans ta chambre.

Sa réponse n'est qu'un grognement, mais il traverse le couloir à grands pas. Mes seins sont projetés contre son visage, et il mord l'un d'eux à travers le tissu fin de mon haut.

Je pousse un cri et serre les cuisses autour de sa taille lorsque mon sexe se contracte.

Soudain, je ne sais plus pourquoi je m'interdisais de coucher avec lui. Ah oui, parce que je ne voulais pas qu'il gagne. Mais de toute évidence, c'est moi qui remporte la victoire, là. Un grand milliardaire musclé me porte dans sa chambre, et il est prêt à m'obéir au lit.

Et sans attaches ni relation, en plus. Rien que du sexe.

Maintenant que je ne suis plus vexée, je réalise qu'il s'agit du scénario idéal. L'idée que les hommes ne veulent que du sexe et que les femmes doivent s'en servir comme d'une monnaie d'échange pour obtenir une relation est dépassée, vestige d'une époque où les femmes n'avaient ni libertés ni droit à la propriété. Comme si nous n'avions pas le droit d'aimer le sexe, nous aussi. Comme si nous ne pouvions pas chercher le plaisir, et rien d'autre.

Alors oui. Je fais flamber le patriarcat, là. En commençant par donner des ordres à Billy dans sa propre chambre.

La pièce ressemble à toutes les autres chez lui : pleine de verre et de métal et dénuée de couleurs autres que le noir, le blanc et le gris. Murs blancs. Tapis gris foncé. Un lit à baldaquin gigantesque en laque noire se trouve au centre de la pièce. Des baies vitrées surplombant Central Park couvrent un mur. À l'opposé sont accrochées trois photographies en noir et blanc représentant des montagnes et des paysages forestiers. On dirait les photos de Yosemite prises par Ansel Adams. Je me promets de les examiner plus tard.

Apparemment, Billy a déjà oublié de se soumettre, car il me laisse tomber au centre du lit et commence à déboutonner mon short.

— Hé, du calme, dis-je en levant la main. Déshabille-toi.

Voyons s'il est réellement capable de m'obéir.

Tout en soutenant mon regard, un petit sourire au coin des lèvres, il se met à déboutonner sa chemise. Je retiens mon souffle et attends qu'il enlève son maillot de corps. Je meurs d'envie de voir son torse pour découvrir si...

Poilu. Pas épilé.

Miam. J'adore les torses velus.

Je descends maladroitement du lit.

La main de Billy se pose sur la boucle de sa ceinture.

Je lève l'index.

— Attends !

J'improvise complètement. Billy se fige, les doigts toujours posés sur la boucle. Une image sensuelle. Sans savoir pourquoi, je l'imagine se servir de sa ceinture avec moi. Pour me lier les poignets. Les cuisses. Pour me fesser.

Je n'ai jamais fait de choses aussi coquines, mais ce que m'a dit Billy m'inspire des idées folles.

Je me place derrière lui pour prendre le relais, faisant lentement glisser sa ceinture hors des passants de son pantalon. Je la laisse tomber par terre puis passe la main sur sa braguette, durcie par son sexe. La vache, il est bien membré. Je déboutonne son pantalon et descends la fermeture éclair.

— Enlève tes chaussures.

Il ôte les pieds de ses mocassins italiens en cuir hors de prix.

— Assieds-toi au bord du lit.

Il se retourne et s'assoit. Il est détendu, les paupières mi-closes, comme enivré par son désir. Si j'étais vraiment diabolique, je lui ordonnerais de se déshabiller, je l'attacherais au lit, et je partirais peindre ma fresque.

Voilà qui lui donnerait une bonne leçon, mais je ne suis pas sûre d'être capable d'encaisser les répercussions. Je commence peut-être à accorder de l'importance à cette pseudo-relation naissante entre nous.

En plus, ce n'est pas ce que je veux. J'ai envie de le goûter, comme il m'a goûtée.

Je m'agenouille sur le tapis moelleux qui coûte sûrement plus cher que l'argent que j'ai gagné en une vie entière, et je libère son érection.

Il gémit, et ses poings se serrent de chaque côté de son corps, mais il ne bouge pas, comme s'il était dans un club de strip-tease et que je lui faisais une lap dance. Moi, je peux le toucher. Pas lui.

Je prends son sexe en main et décris un va-et-vient.

Un grondement sourd monte dans sa poitrine.

Ouah. Il est plus animal que je ne l'aurais cru. La semaine dernière, j'imaginais le sexe avec lui comme une affaire froide et minutieuse, mais il est déchaîné.

Je lui montre ma langue et me penche lentement, pour le faire trépigner d'impatience. Ses cuisses se contractent.

— Tu veux que je te suce ?

— Ne m'allume pas.

Sa voix est égale. Ses mots contiennent peut-être même une légère note de défi.

Message reçu cinq sur cinq. Il a beau obéir, il ne me suppliera pas.

Et mon illusion de contrôle s'envole. Il joue avec moi. Il me laisse avoir mon tour, en quelque sorte, avant de reprendre les choses en main.

Je fais glisser le bout de ma langue sur sa fente trempée.

— Sinon quoi ? répliqué-je.

Une lueur malicieuse passe dans ses yeux.

— Les allumeuses se font punir.

Un éclair fonce droit sur mon clitoris, et les parois internes de mon centre se contractent. Oui, il a lu en moi comme dans un livre ouvert. Apparemment, il me comprend mieux que je ne me comprends moi-même. Pendant tout ce temps, je le poussais peut-être subconsciemment à me punir.

Je souffle sur son gland, mais ne le prends toujours pas en bouche. Son érection se contracte dans ma main et prend des proportions alarmantes, toutes veines dehors.

— Demande gentiment, roucoulé-je.

— Montre-moi, l'Argentée.

Je lui souris. Je le tiens, c'est sûr.

— Te montrer quoi ?

— Le paradis.

Bon, très bien. Il ne m'a pas suppliée, mais il a bel et bien demandé gentiment. Je passe la langue sous son membre et l'engloutis.

Billy tressaille et retient son souffle. Je le prends profondément, lentement afin de détendre ma gorge.

— Oh putain, bredouille-t-il lorsque son gland atteint le fond de ma gorge, mais continue de s'enfoncer.

Je caresse ses bourses. Il lâche un soupir affligé.

— Aubrey...

J'aime entendre mon prénom de cette voix pleine de souffrance. J'aime savoir que j'ai fait perdre le contrôle à ce milliardaire propre sur lui.

Je creuse les joues pour le sucer avec force en remontant, et ses mains s'enfoncent dans mes cheveux. Il ferme les doigts et guide ma tête de bas en haut.

Je m'interromps et passe la langue sur mes lèvres.

— Je t'ai autorisé à me toucher ?

Il me lâche les cheveux, mais ses doigts s'égarent sur ma gorge. Il les passe autour de mon cou, mais sans m'étrangler.

— Je peux te toucher là ?

Sa voix est grave et rauque.

Je déglutis. Mon cerveau tourne à plein régime. Une part de moi a envie de répondre non. De reprendre les rênes. De refuser qu'il me domine. Mais son geste m'a aussitôt fait mouiller.

Alors je me contente d'une non-réponse et reprends son sexe en bouche. Il garde les doigts autour de ma gorge, mais son pouce me caresse sous le menton, comme s'il suivait l'emplacement de son membre.

Quand son excitation monte, ses doigts se ferment, mais

dès que je me raidis, il me lâche et se met à me masser la nuque, avant de remonter sur mes cheveux, dont il s'empare à nouveau. Il m'encourage à aller plus vite, et je le laisse faire un moment car je trouve cela très sensuel, puis je m'interromps à nouveau.

Cette fois, il me lâche immédiatement les cheveux.

Je caresse son sexe et penche la tête sur ses bourses, que je lèche, puis suce.

La respiration de Billy devient haletante. Quand mon nez effleure son membre, il pousse un son étouffé et se tend.

# Chapitre Dix-Sept

**B** *illy*

L'odeur de ma peau brûlée éclipse temporairement l'arôme délicieux de muscade et de miel d'Aubrey, et je me frotte les narines pour m'en débarrasser. Son anneau en argent continue de brûler mon sexe, mais pour rien au monde je ne lui dirais d'arrêter. Pour commencer, je suis immunisé contre la douleur ; j'ai été battu trop souvent, petit, pour y prêter attention.

Mais surtout, je suis au paradis.

Je me suis fait sucer au moins un millier de fois, mais je n'avais encore jamais ressenti ça. J'ignore si c'est son odeur ou la haine qu'elle me porte qui m'excite à ce point. À moins qu'il s'agisse de son insistance à asseoir son pouvoir d'alpha, même quand elle est à genoux et se consacre à mon plaisir.

Je n'ai encore jamais eu de femme comme elle. Je ne connaissais pas cette sensation qui va au-delà du désir physique, au plus profond de moi. Comme si mon *essence même* désirait Aubrey.

Ses cheveux incroyablement longs lui tombent sur les épaules et dans le dos.

Elle place mon membre de l'autre côté de son visage et continue de lécher mes bourses. La brûlure cesse. J'aurai des cloques, mais elles seront guéries demain.

Je regarde cette humaine charmante tendre la langue pour lécher mon sexe jusqu'au gland. Je la vois poser les yeux sur les cloques à la base de mon érection, et je me dépêche de la distraire.

Je saisis ses deux poignets et les joins au-dessus de sa tête tout en me levant, l'obligeant à se mettre debout.

— Tu veux ma langue ou ma queue dans ta petite chatte délicieuse ?

Ses pupilles se dilatent, et elle vacille. Une nouvelle vague d'excitation me submerge en sentant l'odeur de son désir.

— Les deux.

— Gourmande. Ça me plaît.

Je passe sans ménagement son tee-shirt au-dessus de sa tête. Elle porte un soutien-gorge en dentelle rose qui me fait saliver.

Elle fait glisser son short et son collant résille sur ses hanches.

— Ça ne m'étonne pas de toi, dit-elle.

Tout en soutenant son regard, je secoue lentement la tête.

— Revoilà ton insolence.

Elle affronte mon regard. Me met-elle au défi de la prendre en mains ? Vu l'odeur qu'elle dégage, je sais que cette idée l'excite, mais je ne veux pas me montrer présomptueux alors qu'elle n'y a pas consenti de vive voix. À mon avis, elle a envie que je la domine, tout en souhaitant garder la maîtrise de la situation. Ou bien elle veut que je la prenne en main, mais sans qu'elle perde la face. Je vais devoir marcher sur des œufs.

Si ça tourne mal et qu'elle en parle à Madi, Brick me coupera les couilles.

Je la retourne et couche son buste sur le bord du lit. Elle se crispe et retient son souffle, mais elle ne lutte pas, ne proteste pas. Je dégrafe son soutien-gorge. Tout mon corps est impatient. Je dois attiser ses flammes. Je veux la dominer sans entraves. Posséder son corps sensuel. Lui montrer tout ce qu'elle m'inspire.

Je veux la faire gémir. Crier. Supplier.

Je veux Aubrey Cook. Cette humaine chaotique, amoureuse des chiens et irrespectueuse qui, pour une raison mystérieuse, me fait bander comme un dingue.

Je donne une claque à l'une de ses fesses, puis fais glisser mes mains sur ses hanches et l'extérieur de ses cuisses pour finir de lui enlever son short et son collant résille.

Comme elle n'a pas protesté contre la fessée, je suis tiraillé entre l'envie de la punir bien comme il faut et celle de poser ma bouche sur son sexe trempé.

Oubliant de masquer l'étendue de ma force, je lui soulève le bassin et place ses genoux sur le matelas. Elle se retrouve à quatre pattes, mais j'appuie entre ses omoplates pour obliger ses seins magnifiques à se presser contre mes draps de soie grise.

De la rosée perle sur ses petites lèvres. Je donne une claque à son autre fesse, assez fort pour produire un bruit sonore. Je me penche sur elle et mords la chair de son derrière.

— Putain, tu es délicieuse.

Ça ne me ressemble pas de faire des compliments, même au lit, mais ces mots sincères quittent ma bouche de leur propre chef. Je lui écarte les fesses et lèche son sexe.

— Lève ton cul, aboyé-je.

Le son de ma voix fait gémir Pepper derrière la porte. Je

lui envoie une image mentale de lui en train d'attendre dans le couloir, et il obéit sagement.

Je glisse mon pouce dans le canal mouillé d'Aubrey, les autres doigts écartés sur son sacrum, et je me mets à aller et venir. Elle est encore plus juteuse qu'une pêche, prête à être croquée.

— Je vais te montrer ce qui se passe quand tu mérites une punition.

Ses parois se contractent sur mon pouce, me démontrant qu'elle *préfère* ce scénario.

Je me retire, et me sers de ses fluides pour caresser son anus.

Elle se crispe.

Je lui donne une claque sur les fesses, rien qu'une seule, mais comme elle gémit de plaisir, je décide que l'heure est venue de la punir pour de vrai.

Je lui assène plusieurs petites tapes, pour l'échauffer sans la braquer, puis je m'interromps afin de tracer des cercles sur sa chair avec ma paume, la massant et la pétrissant.

— Ne bouge pas, ordonné-je.

J'ignore si elle obéira.

Ou si elle s'exécutera en râlant.

Mais non. Elle est visiblement entrée dans un état d'esprit de totale soumission.

J'embrasse une fesse rougie avant d'aller chercher le flacon de lubrifiant dans la salle de bains attenante.

Pepper passe le nez par l'entrebâillement de la porte de la chambre et remue la queue, mais je l'ignore. Il bat en retraite.

Je reviens avec le flacon et fais couler une bonne dose de lubrifiant entre les fesses d'Aubrey.

Elle sursaute, et je lui maintiens les hanches pour la rassurer.

Comme le chiot qui avait simplement besoin d'un alpha, son corps se sent en sécurité lorsqu'il est possédé, lui permettant d'éprouver un profond plaisir. Si elle se sent en danger, son cerveau restera aux aguets pour analyser la situation, penser à la marche à suivre, à sa réaction. Elle serait soit dans la performance, soit dans l'envie de se protéger.

Je veux qu'elle soit d'humeur à recevoir. Je veux qu'elle perçoive profondément mon contrôle. Qu'elle sache que je suis aux commandes, désormais, qu'elle n'a pas besoin de se soucier d'autre chose que de m'obéir.

Un bandeau sur les yeux ne serait pas de trop. L'attacher amplifierait également l'expérience sensorielle.

Je dois ralentir le rythme et lui faire vivre un moment qu'elle souhaitera renouveler. Mon loup me met dans tous mes états. Il meurt d'envie que je la baise sauvagement, mais ce n'est pas le moment de prendre. C'est le moment de donner.

Je prends sur moi et je repousse mon loup. Je me dirige vers mon placard et en sors deux cravates. Lorsque je reviens, j'en glisse une autour de ses yeux. Elle tourne la tête pour me permettre de la nouer derrière son crâne, puis elle repose la joue sur les draps.

Je prends l'un de mes nombreux oreillers et le glisse sous sa poitrine afin que son poids ne repose pas sur sa nuque et qu'elle soit plus à l'aise quand elle aura les mains attachées dans le dos.

Je m'empare de l'un de ses poignets, puis de l'autre. Je prends le temps de faire glisser la cravate en soie sur sa peau, mais je la noue soigneusement. Si Aubrey veut que je la libère, elle devra demander. Je sens son impatience monter. Son odeur a quelque chose de chaud, comme si elle baignait déjà dans le plaisir.

— Comme ça tu vas pouvoir te concentrer, l'Argentée. Je vais te donner ma langue et ma queue, comme tu me l'as demandé. Mais d'abord, il faut que l'on revienne à ta punition.

Pour seule réponse, elle soupire.

Elle est d'attaque.

Afin de la déstabiliser, je ne la fesse pas tout de suite. Je lui écarte les cuisses avec les pouces et lui donne un coup de langue. Je lèche son clitoris gonflé, puis suce ses petites lèvres. Elle est bien épilée, devant comme derrière, et sa peau lisse est facile à dévorer.

Une drôle de sensation s'empare de moi pendant que je la déguste. Une vague de plaisir, mais pas physique. Plutôt éthérée. Métaphysique. J'agite la langue dans ses replis, lape ses fluides, et ce plaisir s'amplifie. Il me semble tout naturel, enthousiasmant, comme le frisson électrisant qu'éprouve mon loup lorsqu'il sent une proie toute proche et qu'il sait qu'il va bientôt tuer.

Je tente de me dire que c'est ma queue qui parle.

Cette humaine me fait bander depuis la fête de fiançailles de Brick et Madi. Depuis que je l'ai rencontrée à La Résistance, même. Ma queue est simplement contente de pouvoir enfin la baiser et passer à autre chose.

Ce n'est certainement pas le Destin qui s'exprime. Cela voudrait dire...

Non.

Pas question.

Ma compagne destinée n'est pas une humaine.

Cette idée m'agace assez pour que je me mette à fesser Aubrey tout en la léchant.

Elle gémit. Je lui donne une autre claque sur le derrière, sans cesser de faire bouger ma langue.

Jamais de la vie je ne m'accouplerais à une humaine.

Je change de main et frappe son autre fesse, lui assénant plusieurs claques cinglantes tout en lapant son sexe entier.

Mon pouce trouve son anus. Le lubrifiant que j'y ai fait couler tout à l'heure a pris la température de son corps, désormais, et je n'ai aucun mal à la pénétrer.

Son gémissement est plus guttural, cette fois.

Je ne fais pas de va-et-vient en elle, me contentant de laisser mon pouce immobile. Puis je relève la tête et lui donne une fessée dénuée de douceur, à la naissance de ses cuisses, d'abord d'un côté, puis de l'autre.

Elle pousse une plainte, mais tient le coup, sans bouger. Ses cuisses se mettent à trembler. Sa chatte dégouline sur mes draps.

D'habitude, je suis maniaque, mais je sais déjà qu'après ça je ne laverai rien. Je veux dormir avec son odeur ce soir.

*Tous les soirs*, insiste mon loup.

Je le fais taire en fessant Aubrey plus fort. Ses cris prennent une note plus aiguë et plus intense, alors je m'interromps et masse sa chair échauffée tout en allant et venant lentement entre ses fesses avec mon pouce.

Conscient qu'elle est sur le point de jouir, je caresse son clitoris avec les doigts de mon autre main.

— Oh mon Dieu ! s'écrie-t-elle.

— Ta fessée t'a fait de l'effet, Aubrey ? demandé-je d'une voix rocailleuse. Est-ce que tu vas jouir avant même que je te pénètre ?

Deux de mes doigts glissent en elle sans que je l'aie voulu, tant sa chair est gonflée, mouillée et ouverte.

— Oh putain, lâche-t-elle.

Je me mets à aller et venir avec mon pouce et mes doigts.

— Oh la vache. Putaaaain !

Elle se contracte aussitôt sur moi. Les fluides de son orgasme trempent mes doigts.

Mon loup hurle sa satisfaction.

La satisfaction métaphysique que j'ai ressentie plus tôt m'envahit également.

Je continue de caresser Aubrey jusqu'à ce qu'elle ait fini, puis je dis :

— Vilaine fille. Je ne t'ai pas autorisée à jouir.

* * *

*Aubrey*

Maintenant que j'ai eu ma *funition* – et effectivement, ça m'a fait de l'effet –, je tâche de reprendre les rênes.

— C'est moi qui donne les ordres, affirmé-je, même si en raison de mon souffle court et de mes bredouillements, ma déclaration ne doit pas être très convaincante.

Billy mord, puis embrasse mes fesses brûlantes avant de me détacher les poignets. Je gémis lorsque le sang remonte dans mes épaules, qui étaient devenues un peu raides.

Billy semble très bien comprendre ce que je ressens, car il se met à les masser pour les réveiller.

Bon, j'ai ma réponse. Billy est une *bête* de sexe. La supposition de Madi selon laquelle il ne serait pas mauvais parce qu'il devine les désirs des gens était correcte. Il est délicat. Expérimenté. Dominateur, de la manière la plus délicieuse qui soit.

J'en veux encore.

Il me pousse sur le dos et se couche sur moi. Son regard est braqué sur l'anneau en argent que j'ai au nombril. Il doit le trouver sexy.

Je le repousse, et il se laisse faire. Son visage d'ordinaire fermé est toujours insondable, mais j'y détecte une douceur inédite. De la compréhension ?

Je me serais attendue à ce qu'il souffre du manque à présent, vu que j'ai déjà joui deux fois et lui aucune, mais il semble patient.

Cet homme sait se maîtriser, je dois bien le reconnaître.

Je le chevauche, et ses paupières se ferment à moitié tandis que ses grandes mains agiles et masculines se posent sur mes hanches.

Un téléphone sonne, et ses yeux se tournent vers le sol, où gît son pantalon.

— Tu dois répondre ?

Il serre les dents.

— Merde.

Je prends ça pour un oui et descends.

Billy bondit du lit et sort son portable de sa poche.

— Brick.

Ah. Son patron et meilleur ami. Je me demande quel rôle prend le dessus. Quelque chose me dit que c'est le côté patron, vu que Brick le punit d'avoir mis en péril sa relation avec Madi. C'est étrange, cependant, car d'après Madi, ils étaient déjà amis à la fac, avant que leur relation devienne professionnelle.

— T'es où ?

La voix de Brick est tellement forte que je l'entends depuis le lit.

— Je travaille de chez moi aujourd'hui.

— Depuis quand tu *travailles de chez toi* ? Qu'est-ce que tu fous là-bas ?

Le visage de Billy devient aussi inexpressif qu'une dalle de marbre, non qu'il ait montré beaucoup d'émotion avant.

Oh oh. Je sens que la récré est finie. Je saute hors du lit et cherche mes vêtements.

— J'ai essayé d'organiser une réunion avec les cadres dirigeants, et on me dit que tu n'es pas là. Je te veux au bureau. Tout de suite.

— J'arrive dans une demi-heure.

La conversation prend fin sans au revoir. Quand Billy se tourne vers moi, je m'attends à ce qu'il conserve son regard professionnel, mais je lis autre chose dans ses yeux. Déception ? Désir ?

Entrevoir l'humain sous son apparence insondable a un drôle d'effet sur mon cœur.

Serais-je en train d'éprouver de la compassion ? Envers un milliardaire ?

C'est absurde. C'est lui qui a choisi cette vie faite de responsabilités. Qui a choisi Brick comme meilleur ami.

Il se dirige vers moi. Je suis debout, vêtue de ma culotte et de mon soutien-gorge assortis, choisis spécialement pour ce genre d'occasion.

— Je suis désolé, dit-il en me prenant par la nuque pour m'attirer vers lui. Je dois y aller. S'il te plaît, dis-moi quand on peut remettre ça.

Ouah. Il a dit *s'il te plaît*. Et *je suis désolé*.

— On verra, dis-je.

Il se penche sur moi, mais s'arrête à mi-chemin de ma bouche.

— Je peux t'embrasser ?

Je trouve très drôle le fait qu'il me demande l'autorisation alors qu'il y a peu, il avait le pouce enfoncé entre mes fesses, mais je ne suis pas d'humeur à lui concéder quoi que ce soit.

— Non, réponds-je.

Mais je prends l'initiative, m'empare de son visage et colle ses lèvres aux miennes. Je l'embrasse comme une folle, déversant dans sa bouche tout le désir qui est monté en moi pendant nos ébats. Nos nez se frottent. Nos lèvres s'emmêlent. Je l'embrasse longuement et passionnément afin de lui montrer ce qu'il rate. Même si l'érection dure comme du bois pressée contre mon ventre me prouve qu'il en a déjà conscience.

Lorsque nous nous séparons, il a des marques rouges sur le nez. Je tends le doigt pour toucher l'une d'entre elles.

— C'est mon anneau qui t'a griffé ?

Il ne devrait pas pouvoir l'égratigner, ce n'est pas logique, mais je ne vois pas d'autre explication.

Billy ignore ma question et me caresse la joue avec beaucoup trop de tendresse pour un mec avec qui j'ai passé des mois à me prendre la tête. Il m'embrasse une dernière fois avant de me tourner le dos pour se rhabiller. J'enfile mes vêtements encore plus vite que lui et quitte la pièce la première.

Pepper attend dans le couloir et – merde ! – il y a laissé une petite flaque d'urine.

Bon sang. Il a fait ça sur le parquet, au moins, pas sur un tapis que je n'aurais pas les moyens de remplacer.

— Attention où tu mets les pieds, il y a du pipi de chien ! lancé-je à Billy. Je vais nettoyer.

J'entends Billy gronder dans la chambre, et Pepper urine un peu plus.

— Ne sois pas méchant avec lui ! C'est un bébé !

Je cours chercher du papier absorbant.

Billy me rattrape en sortant de la chambre. Il m'embrasse.

— J'ai envie de toi, dit-il avant de partir.

Ce sont ses mots d'adieu.

Je contemple longuement la porte par laquelle il est sorti, et un petit sourire apparaît sur mon visage.

— C'est noté.

* * *

*Billy*

Je savoure l'odeur d'Aubrey sur ma peau tandis que je prends l'ascenseur jusqu'au parking. Mon visage fourmille là où l'anneau d'argent m'a brûlé. Mes bourses me font un mal de chien, mais mon loup sifflote. J'ai fait jouir Aubrey.

Elle était nue dans mon lit. Son odeur ne flottera pas seulement dans l'air, elle imprégnera mes draps.

Mais alors que je quitte le parking en trombe au volant de ma Porsche, les reproches de Brick me résonnent aux oreilles.

À Moon Co., personne ne télétravaille. Le quart des employés sont des loups. Cela veut dire qu'ils ne sont jamais malades. Brick fait tourner son entreprise d'une main de fer. Il ne nous oblige pas à bosser le soir ou les week-ends sauf quand c'est absolument nécessaire, mais quand il a besoin de nous, nous avons intérêt à nous trouver à nos postes.

J'ai toujours été du genre à faire des semaines de soixante heures. Je suis le premier à arriver. Le dernier à partir. Je veille à me tenir au courant de tout ce qui pourrait mettre des bâtons dans les roues de l'entreprise. Je collabore avec Eagle – le beau-frère de Brick et notre avocat en droit des affaires – pour résoudre tous les problèmes. Je fais tourner Moon Co. tout autant que Brick. Peut-être même plus.

Alors oui, mes vidéoconférences d'hier, c'était déjà une grosse déviation de la norme.

Que m'arrive-t-il ?

Je descends ma vitre et laisse l'air pollué de New York et la puanteur de la rue me gifler. L'arôme d'Aubrey s'estompe, et je hume les odeurs qui m'entourent : la graisse et le sucre des beignets, le roussi des pneus, les gaz d'échappement.

Tandis que mon dégoût pour la ville m'enveloppe, le plaisir des caresses d'Aubrey s'envole.

Il ne me reste plus que ma colère.

Pourquoi me fait-elle cet effet, bon sang ? Comment ai-je pu laisser mon désir me faire négliger mon travail pour Brick ? J'ai déçu mon alpha. Encore. Alors que j'essayais de me rattraper après ma dernière erreur.

Et si... et si je ne faisais pas du tout ça pour Brick ? Et si Aubrey entraînait ma chute ?

La prophétesse des Adalwulf a prédit que Madi marquerait la fin de la meute Blackthroat, mais ça ne s'est pas concrétisé. Et si elle avait mal interprété sa vision ? Ou s'il ne s'agissait pas d'une prédiction, mais d'une malédiction ? Une malédiction qui se serait frayé un chemin jusqu'à moi ?

Il y a une éternité, les Adalwulf ont fait un pacte avec des sorcières, et désormais, chaque nouvelle génération produit une louve-magicienne, une prophétesse pour guider l'alpha de leur meute.

L'ancienne est morte avec Odin, leur précédent alpha, mais selon mes sources, une jeune prophétesse l'a remplacée : Aster, la magicienne vierge.

Si ça se trouve, les Adalwulf ont envoyé Madi comme

une malédiction pour détruire Brick, et lorsque ça n'a pas fonctionné, ils ont décidé de s'attaquer à moi. Pourquoi serais-je aussi troublé par une vulgaire humaine, sinon ? Je déteste les humains.

Je me fiche pertinemment de l'art. La justice sociale ne me fait ni chaud ni froid. Je suis un loup, membre d'une société à part.

Je rabats le pare-soleil pour me regarder dans le miroir. Des cloques rouges sont apparues sur ma narine et ma lèvre supérieure, là où Aubrey a frotté son anneau d'argent.

J'ai *aimé* ce baiser.

Aimé la passion qu'il recelait. Aimé savoir que j'avais inspiré cette passion.

J'ai laissé une humaine mettre sa marque sur moi.

Et pendant ce temps-là, mon alpha avait besoin de moi. J'ai délaissé ma meute.

C'est quoi mon problème, putain ?

Il faut que je me reprenne. Je ne travaillerai plus de chez moi. Je ne coucherai plus avec l'ennemie. Je la payerai pour sa fresque et j'organiserai l'enterrement de vie de garçon et de jeune fille avec elle, mais ça s'arrêtera là. Si nous finissons parfois au lit pendant que nous y sommes, je ne me plaindrai pas, mais je ne me laisserai pas distraire.

Je ne peux pas succomber à son drôle de charme.

Aubrey Cook est un nid à emmerdes. Sa beauté chaotique est dangereuse.

Quoi qu'il se passe au cours des prochaines semaines, je ne peux pas la laisser m'atteindre.

# Chapitre Dix-Huit

*Aubrey*

Bon. Pour un type dont les dernières paroles étaient « j'ai envie de toi », Billy White ne semble pas me désirer tant que ça.

Soit ça, soit il s'est passé quelque chose à Moon Co. et il est assommé de travail, car je n'ai pas eu de ses nouvelles depuis deux jours, après l'appel de Brick.

Raison pour laquelle j'ai décidé de l'exaspérer à nouveau en empiétant sur son territoire.

Grayson, le portier baraqué, m'a laissé entrer chez Billy hier et aujourd'hui, simplement parce que Billy l'y avait autorisé. Mais il n'y avait aucun message, aucun texto pour moi. C'est silence radio.

Mais bon, je m'en fiche.

Ça me va même très bien. J'ai du boulot avec la première fresque.

Et j'aime bien avoir son appartement pour moi.

Consciente qu'il y a sans doute des caméras de surveillance partout, je me comporte comme si j'étais chez moi pour l'agacer. Aujourd'hui, j'ai bu son café et me suis servie dans son frigo, qui ne contenait presque que de la viande, soit dit en passant. Il doit suivre un régime paléo ou un truc comme ça.

À présent, je me trouve dans la douche de la salle de bains attenante à sa chambre, assez grande pour accueillir deux personnes, pour laver la peinture qui m'a aspergée avant mon rendez-vous avec Madi. Oui, j'estime qu'il est approprié que je me mette toute nue là où il se met tout nu.

J'ouvre le gel douche de Billy. Le flacon est en verre. Qui laisse des contenants en verre dans sa cabine de douche ?

J'espère qu'il rentrera chez lui pendant que je me lave et qu'il me trouvera dans sa salle de bains, comme une conquête qui s'incruste après un coup d'un soir.

Je n'ai pas encore décidé si je le laisserai aller jusqu'au bout avec moi, ou si je le laisserai sur sa faim tout en me pavanant dans les bottes gogo que Caroline m'a données.

Mais je traîne sous la douche depuis vingt minutes et il n'est toujours pas rentré. Il vaut sans doute mieux que j'y aille afin d'aller retrouver Madi. J'espérais faire le chemin avec elle, mais elle m'a envoyé un message pour me dire qu'elle travaillait tard et qu'elle me retrouverait là-bas.

Je ne sais toujours pas ce que je vais faire de Pepper, qui est assis sur le tapis de bain gris moelleux, à m'attendre, ses grands yeux marron rivés sur la porte en verre de la douche.

Je ne lui ai pas trouvé de foyer, et c'est un problème, vu que je n'ai pas le droit d'avoir d'animaux de compagnie dans mon appartement. Pour l'instant, je le fais entrer discrètement tous les soirs quand je rentre de chez Billy. Je n'ai même pas eu besoin de me servir de sa carte de crédit pour acheter de la nourriture et des jouets pour le chien car tout le nécessaire a été livré à la porte comme par magie.

À mon avis, la magicienne, c'est l'assistante de Billy.

Suis-je étonnée qu'il ait eu cette attention pour aider un pauvre petit chiot ? Peut-être un peu, mais moins que je l'aurais cru. Billy a beau jouer les grognons, il est plus attentionné qu'il n'y paraît. Il prétend que Pepper l'agace, mais quand il le lavait, il était plein de douceur. Au fond, je savais qu'il avait cette gentillesse en lui, sinon je n'aurais jamais amené un chiot sans défense chez lui.

Reste que je dois trouver quelqu'un pour garder Pepper ce soir. Il se porte bien, et a déjà appris à réserver ses pipis au bac à litière ou à l'extérieur. J'espérais que si Madi et moi partions ensemble, j'aurais pu laisser le chien avec Billy ou Brick, mais cette solution est tombée à l'eau.

Ce qui signifie... que je pourrais vraiment embêter Billy en laissant un chiot surprise chez lui. L'idée de l'exaspérer a beau me plaire, je ne veux pas que Pepper en fasse les frais.

Mmm... je me tâte.

Je me sers du rasoir de Billy, commettant le péché cardinal d'émousser sa lame en m'en servant sur mes jambes et mon maillot, puis je sors de la douche et me sers dans ses serviettes moelleuses. Je m'habille en prenant mon temps, d'une robe tee-shirt gris clair qui me va super bien et de mes bottes gogo.

À dix-huit heures trente, comme Billy n'est toujours pas rentré, je place Pepper dans le petit sac de transport que j'ai acheté pour le faire entrer et sortir discrètement de mon immeuble – on pourrait le prendre pour un sac de sport – et je le laisse près de la porte.

— Désolée, mon bébé. Je te laisse avec le monstre ce soir. J'espère qu'il sera gentil et qu'il te donnera quelque chose à manger demain matin, mais j'arriverai tôt pour te promener, d'accord ?

Pepper lâche un petit aboiement aigu.

— Je sais. Je t'aime aussi. Sois sage.

Je lui envoie un baiser et ravale la culpabilité pesante qui me monte dans la gorge alors que je ferme la porte.

Tout ira bien. Pepper s'en remettra, et agacer Billy vaut le coup.

Surtout après son numéro des derniers jours.

Je monte dans l'ascenseur et tente de chasser mes doutes. Tout dans cette soirée me semble de mauvais augure. Billy a disparu. Madi ne pouvait pas me rejoindre ici. Je déteste laisser Pepper ici sans être sûre que quelqu'un pourra s'occuper de lui.

J'ai l'impression de m'égarer.

Je me demande ce que je fabrique chez Billy alors que je devrais me concentrer sur l'affaire Sentience.

Le gala lors duquel ma fresque sera dévoilée a lieu samedi. Ce sera l'occasion d'obtenir les preuves dont nous avons besoin.

Je n'aurais jamais pris autant de risques, mais je suis la seule à pouvoir le faire. En tant qu'artiste, je suis naturellement invitée au gala. Et j'ai également le badge de l'agent de sécurité.

C'est notre meilleure chance pour les faire tomber.

* * *

*Billy*

Je regagne mon appartement à dix-neuf heures, car le traceur sur le téléphone d'Aubrey m'apprend qu'elle vient de partir.

J'ai fait exprès d'attendre. Je dois me reprendre, avec cette humaine, et pour cela, je dois éviter la tentation offerte par son odeur de muscade et son corps délicieux.

Je lève le nez pour humer son odeur. Elle est mêlée à celle de la peinture qui sèche, de l'humidité d'une douche récente, et de son chien.

Un petit sac de voyage est posé dans l'entrée, à côté d'une litière pour chien. Un sac de transport pour animaux de compagnie.

Pepper pousse un jappement joyeux en m'entendant entrer.

— Hé, dis-je d'un ton sévère, et il gémit.

Je tire sur ma cravate. Aubrey a pris une douche ici avant de me refourguer ce foutu clébard. Qu'est-ce qui lui a pris ? Ne se soucie-t-elle pas du bien-être de ce rase-moquette ?

Ou bien... cherche-t-elle à me donner envie de la punir ? Cette idée me donne une érection.

J'ouvre le sac et soulève la petite boule de poils.

— Je t'interdis de m'aboyer dessus.

Il se trémousse de toutes ses forces et tente de me lécher le visage, les mains, tout ce qu'il peut atteindre.

— Je suis ton alpha. Ne l'oublie pas.

Il continue de s'agiter.

Il a beau être jeune, et bâtard, il est intelligent. Je lis dans ses grands yeux marron qu'il m'a parfaitement compris. Je le gratte derrière les oreilles.

— Tu veux sortir ?

Je lui envoie une image mentale de lui en train d'uriner dans l'herbe à Central Park. C'est ainsi que communiquent les métamorphes sous forme animale. Nous ne lisons pas vraiment dans les pensées, mais nous parvenons à trans-mettre des idées simples. En général, il s'agit d'une direction à prendre ou d'une proie à chasser.

Pepper tourne aussitôt la tête vers la baie vitrée qui surplombe le parc.

Oui, il est malin ce cabot.

Aubrey a posé la laisse à côté du sac de transport, mais il est hors de question que je promène un chiot en laisse en public. Promener un chien à Manhattan est déjà indigne de moi, mais sous-entendre que je ne suis pas capable de le contrôler serait absurde.

Je pose Pepper sur ses pattes.

— Viens.

J'ouvre la porte, et il trottine avec moi jusqu'à l'ascenseur, dont il renifle les moindres recoins. Il lève une patte pour uriner, et je grogne. Il se fige, se couche sur le dos, et roule pour me montrer son ventre en signe de soumission.

Je lui jette un regard d'alpha.

— Seulement dehors.

Une fois dans le hall de l'immeuble, j'ai envie de demander à Grayson si Aubrey a laissé un message pour moi – afin de m'expliquer ce que Pepper fout ici, par exemple –, mais je ne peux pas faire preuve de faiblesse. Je suis le bras droit de notre alpha. Je suis déjà assez ridicule comme ça, à sortir de l'ascenseur avec un chien minuscule sur les talons alors que je suis du genre à avoir un doberman.

J'adresse un signe de tête à Grayson et sors à grands pas. D'habitude, quand je marche dehors, les gens détournent les yeux, mais en présence de Pepper, les gens m'adressent des sourires. Bien sûr, ils se ravisent aussitôt en voyant mon air courroucé.

Pepper trottine aussi vite que le lui permettent ses petites pattes pour suivre mon rythme. Au bout de la rue, nous entrons dans le parc, et je lui montre la pelouse en lui disant de faire ses besoins. Il obéit. Je n'aime ni les bébés ni les chiots ni les chatons, mais je ne peux pas nier qu'il est adorable. J'ai beau être un monstre à moitié mort de l'intérieur, les jeunes – métamorphes ou animaux – font ressortir mon côté alpha protecteur.

Surtout quand je vois quelqu'un approcher avec un clébard beaucoup plus gros qui semble bien décidé à dévorer Pepper. Je pousse un grondement sourd, trop grave pour que son maître l'entende, mais assez fort pour que le chien s'arrête net et se colle à la jambe de l'humain.

Mon téléphone se met à sonner pendant que Pepper court de buisson en buisson pour marquer son territoire, et je consulte l'écran.

Madi.

Elle ne m'appelle jamais. J'ai beau tenter de prouver ma loyauté envers ma luna, nous ne sommes toujours pas en bons termes.

Je balaie l'écran avec mon pouce.

— Oui, Luna ?

Si elle ne m'aime pas, tant pis, mais je tiens à ce qu'elle me fasse confiance. Elle doit savoir que je suis son loyal soldat, prêt à obéir à ses ordres. Prêt à risquer ma vie pour elle.

— Billy. Bonsoir. Aubrey est toujours chez toi, par hasard ?

Je fronce les sourcils.

— Non. Elle est partie il y a une demi-heure. Pourquoi ?

— J'étais censée la retrouver ce soir, mais je suis coincée au bureau et elle ne répond pas au téléphone.

Mon estomac se serre. Pas à cause de mon inquiétude pour Aubrey, même si elle est bien présente. Il s'agit d'autre chose. Une chose moins proprette que l'instinct protecteur. Plus trouble. Teintée de jalousie et de vulnérabilité.

Merde. C'est de *l'empathie*.

C'est étrange, mais je sais ce que ressentira Aubrey si Madi lui fausse compagnie.

Je le sais, et j'ai envie de sortir mon épée pour tuer le dragon qui lui a causé cette émotion.

— Où est-ce que tu devais la retrouver ?

Je tente de ne pas prendre un ton dur. Madi reste ma luna, et ma loyauté est envers elle plus qu'envers Aubrey.

Pourtant, force est de constater que ce n'est pas le cas, mais je ne peux pas m'appesantir là-dessus pour l'instant.

— À l'All Night. Un bar de Brooklyn, près de La Résistance.

— Je connais. Je vais y aller pour lui transmettre ton message.

Il y a un silence pendant que Madi digère ce que je viens de dire.

— Tu ferais ça ?

— Bien sûr, Luna, réponds-je d'un ton naturel, comme si je faisais ça pour elle et non pour Aubrey.

— Très bien. Assure-toi qu'elle passe une bonne soirée. Reconduis-la chez elle si besoin.

Madi injecte un peu d'autorité alpha dans sa voix, ce qui n'est pas nécessaire dans ce cas. Mais elle est intelligente, plus que la plupart d'entre nous, qui avons pourtant étudié dans des universités de premier ordre. Je pense qu'elle sait ce que je mijote. Je m'intéresse plus que nécessaire à son amie. Alors elle transforme sa requête en ordre pour me donner une excuse pour passer la soirée en tête à tête avec Aubrey.

Ça ne me déplaît pas.

— J'y vais tout de suite, dis-je les dents serrées.

Je raccroche avant que Madi parte à la pêche aux infos.

Je siffle brièvement, et la petite tête de Pepper se tourne vers moi, ses oreilles dressées, ses yeux alertes. Quand je claque des doigts et montre mes pieds, il bondit vers moi, manquant de culbuter à cause de son élan.

— On y va, Pepper. Ta maman a besoin de nous.


* * *


*Aubrey*

Elle ne viendra pas. Et non, je n'ai pas décroché les dix fois où elle a essayé de m'appeler. Parce que si elle voulait juste me dire qu'elle aurait quelques minutes de retard, elle m'aurait envoyé un texto. Si elle m'appelle, c'est parce qu'elle veut me présenter ses excuses, et honnêtement, je n'ai pas envie de les entendre. Mes mots risqueraient de dépasser ma pensée au point de détruire notre amitié, ou bien je fondrais en larmes, et aucune de ces solutions n'est appropriée à un concert dans mon bar préféré. Surtout quand je porte une fabuleuse veste en cuir turquoise qui me va à ravir.

Je presse une tranche de citron dans mon verre et mélange ma boisson avec la mini paille. Je n'ai rien mangé, et la vodka tonic me monte à la tête. Bon, c'est aussi un peu parce qu'il s'agit de mon deuxième verre.

Au bar, des étudiants blancs et asiatiques remuants n'arrêtent pas me jeter des regards et de me sourire, mais je les ignore et me concentre sur le groupe.

Il joue ma chanson préférée de Pat Benatar, « Invincible », et j'adorerais m'emparer d'un micro pour montrer ce que je sais faire, car leur chanteuse n'a pas la bonne tessiture pour faire honneur à ce morceau. Je ne juge pas. On n'est pas obligé d'avoir une super voix pour faire de la musique. Tout ce qui compte, c'est le désir de chanter, de s'exprimer.

La porte s'ouvre en coup de vent, et l'espace d'un

instant, je me croirais dans un saloon du Far West, car quelqu'un qui n'est vraiment pas à sa place fait son entrée.

Billy le Bourge.

Toujours dans son costard de Wall Street. Que fait-il ici ? Et comment m'a-t-il trouvée ?

Il a l'air furieux, comme s'il s'apprêtait à arracher la tête de quelqu'un. Ah, oui. C'est sans doute parce que j'ai laissé Pepper chez lui. Je jette un coup d'œil à son bras pour voir s'il porte mon chien, mais ce n'est pas le cas.

Son regard se pose sur le groupe de mecs qui se tient à mes côtés, puis sur moi.

Bizarrement, alors qu'il me rejoint à grands pas, mon ventre se met à papillonner. Sa colère ne me fait pas peur. Elle me fait plaisir. Et le papillonnement n'est pas l'expression de ma crainte, mais de mon excitation. Mon sexe se contracte à l'idée qu'il me punisse à nouveau.

Le laisserai-je faire ?

C'est la question à un million de dollars.

Billy ne m'alpague pas tout de suite, cependant. Il joue des coudes pour se glisser entre les étudiants et moi, leur tournant le dos.

J'attends qu'il prenne la parole, mais il fait signe au barman.

— Un Crown Royal. Sans glaçons.

Il pose un billet de cent sur le comptoir.

Il appuie la hanche sur le bar dans ce qui doit être sa pose la plus nonchalante, et il me regarde.

— Jolie veste.

— Merci. Elle est vintage.

J'espérais la montrer à Madi. À présent, je doute qu'elle la voie un jour.

Billy continue de m'observer. Je pourrais faire un commentaire sur son costume coincé, mais je ne suis pas d'humeur. Je n'ai pas le moral, et je n'ai pas la force de me moquer de Billy.

Puis il dit :

— Madi t'a posé un lapin.

Je ne m'attendais vraiment pas à ça. Et ses mots débordent de compassion. De compréhension.

Je ne le pensais pas capable d'une telle chose.

J'écarquille les yeux, et ma gorge se serre, mon nez soudain brûlant.

Il me touche le bras, doucement, d'abord, avant de me serrer d'un geste rassurant.

— C'est genre, la dixième fois.

Ma voix est étranglée. J'ai l'air d'une ado, mais Billy me regarde d'un air chaleureux, et je vide mon sac :

— Je ne la vois plus jamais. Je croyais que peindre des fresques dans votre immeuble me permettrait de passer du temps avec elle, mais elle est toujours au boulot ou avec Brick. Ça fait des semaines que j'essaye de m'organiser avec elle.

Une larme m'échappe, et je la chasse d'un geste impatient.

Je me sens bête.

— Je sais, dit-il. Tu as l'impression d'avoir perdu ta meilleure amie.

Je le regarde en battant rapidement des paupières. Il doit vivre la même chose avec Brick.

— Oui. Enfin, c'est ce qu'il me semble.

Cette prise de conscience me submerge. Il est temps que je me fasse une raison. Les gens changent. Les amitiés ne durent pas toujours. Je me raccroche peut-être à quelque chose que je devrais laisser filer.

Billy secoue la tête.

— Madi a besoin de toi et elle t'aime. Il faut juste que vous vous habituiez à cette nouvelle situation.

Je le regarde fixement. Je n'ai même plus envie d'en parler ; ça fait trop mal.

— Qu'est-ce que tu fais là ?

— Madi m'a appelé parce que tu ne répondais pas au téléphone. Tu veux aller dîner ? Tu n'as pas mangé, si ?

Je plisse les yeux. Les joutes verbales, c'est mieux que de parler de Madi.

— Tu m'espionnais avec une caméra de surveillance ou un truc comme ça ?

Il rit.

— Pfft. Je n'ai pas besoin de caméra pour savoir ce que tu as fait, l'Argentée.

Je penche la tête sur le côté et prends un ton provocateur :

— Qu'est-ce que j'ai fait, alors ?

Il esquisse un sourire. Cette expression commence à me plaire.

— J'ai vu que tu t'étais fait un café et que tu avais pris une douche. Avant de me laisser ton chien.

Il hausse les sourcils.

— Et alors, ça t'a fait plaisir ?

— Je te punirai plus tard.

Un frisson brûlant me traverse. *Miam.*

Il descend son verre de whisky et indique la porte.

— Viens. Allons dîner. Tu as besoin d'un bon repas.

— D'accord, mais comment tu sais que je n'ai pas encore mangé ? insisté-je.

— Tu es partie peu avant mon arrivée, et je n'ai senti aucune odeur de nourriture.

— Tu as fait installer un système de vidéosurveillance pour t'assurer que je ne vole rien chez toi maintenant que tu es retourné travailler au bureau, l'accusé-je. Tu m'as regardée me doucher ?

La Porsche est garée au bout de la rue, et il s'arrête devant la portière passager sans l'ouvrir.

— Tu crois que j'ai peur que tu me *voles* quelque chose ?

Il semble offensé. Pour lui ou pour moi, je l'ignore.

Je hausse les sourcils, et il prend l'un de mes poignets, puis l'autre, mes paumes vers l'avant. Ses pouces se mettent à me masser.

— Je n'ai peur de rien, l'Argentée. Et surtout pas que tu me voles. Et si tu le faisais, ce serait sous mes yeux, histoire de me narguer, pas discrètement en mon absence.

Cela m'arrache un sourire. Son regard de braise et sa voix rauque me donnent le sentiment que c'est quelque chose qu'il admire chez moi. Il aime nos joutes verbales autant que moi.

— Et si quelqu'un te filmait sous la douche, ajoute-t-il, je lui arracherais les yeux et je les lui ferais bouffer.

Une vague de chaleur déferle sur mon corps.

— C'est... sexy, parviens-je à dire d'une voix éraillée et surprise.

Je ne le pensais pas adepte des crimes passionnels. Je le dévisage. Son air arrogant me paraît désormais terriblement séduisant : la ligne ferme de ses mâchoires, ses yeux d'un bleu fumé ourlés de cils noirs incroyablement épais. Oui, il est arrogant, mais quand son assurance sert à me défendre, je comprends ce qu'on peut lui trouver. Cette nouvelle perspective ne m'aide pas à maintenir les barrières protectrices que j'ai érigées contre lui.

Je prends sa tête et la baisse pour l'embrasser. Sa main se pose derrière mon crâne, et sa langue plonge dans ma bouche. Il a un goût de whisky. Ses lèvres sont douces, sauf là où sa moustache naissante m'irrite la peau.

Mes fesses cognent contre la portière de sa voiture, et il me plaque contre la carrosserie, une main glissant sur ma hanche pour m'écarter les cuisses.

J'entends un petit jappement à l'intérieur de la voiture, et nous nous séparons.

— Tu as amené Pepper ?

— Évidemment.

Il jette un regard noir dans l'habitacle, et je tords le cou pour voir le petit chien, hors de son sac de transport, assis sur le siège passager. Ses petites pattes griffent l'intérieur de la portière alors qu'il tente de me regarder par la vitre.

Billy recule et me lâche pour m'ouvrir la porte.

Je soulève Pepper, mais Billy me le prend des mains et pose ses petites pattes sur l'asphalte.

— Ne le pose pas ! m'exclamé-je. Et s'il s'enfuit ?

Il n'a pas de laisse. Je n'arrive pas à croire que Billy l'ait laissé sortir de son sac. C'est trop dangereux.

Billy ne me prête aucune attention.

— Fais pipi et retourne à l'intérieur, ordonne-t-il.

Comme si Pepper le comprenait. Comme s'il n'allait pas prendre ses jambes à son cou, ou se perdre, ou se faire écraser, ça ou l'une des innombrables mésaventures qui attendent les chiens en ville.

Étonnamment, Pepper obéit au doigt et à l'œil. Il lève la patte pour uriner, puis regagne la voiture d'un bond.

— Sur la banquette arrière, gronde Billy. Ça, c'est la place de ta maman.

Cette fois encore, Pepper s'exécute. C'est carrément bizarre.

Je monte.

— Il faut croire que tu parles le chien. Moi, il ne m'obéit pas comme ça.

— Moi je t'obéis, dit Billy.

Il ferme ma portière et fait le tour de la voiture. Une fois derrière le volant, il sort son téléphone et ouvre une application de livraison de repas avant de me le tendre pour démarrer.

— Commande-nous à manger et fais-nous livrer chez toi.

Une demi-douzaine de répliques bien senties me traversent la tête, mais je réalise que ça me plaît qu'il ait le culot de s'inviter chez moi. J'aime qu'il prenne les choses en mains, et je suis contente qu'il ait envie de venir chez moi.

Jamais je ne l'aurais imaginé passer le seuil de mon appartement. Mais après tout, je ne l'aurais jamais imaginé entrer à l'All Night non plus.

Surtout, je ne dis rien parce que je souhaite la même chose que lui. J'ai eu un aperçu de Billy White au lit, et ça ne m'a pas suffi.

Je passe les restaurants en revue.

— Qu'est-ce que tu veux manger ?

Il me jette un regard tout en s'engageant dans la circulation, et ses yeux semblent luire à la lumière des lampadaires.

— Toi, répond-il.

J'ai un sourire en coin. Je n'ai aucune objection. C'est le roi du cunnilingus.

— Choisis ce que tu veux, ajoute-t-il, parce que ce soir, c'est toi que je vais dévorer, Aubrey.

# Chapitre Dix-Neuf

B *illy*

Dès qu'elle m'amène à l'étage – le chien caché sous sa robe tee-shirt parce qu'apparemment, elle n'a pas le droit d'avoir des animaux de compagnie –, je me mets à la déshabiller.

Ça fait trop longtemps que j'attends ça. Mon self-control s'étiole, alors que d'habitude, je suis doué pour maîtriser toutes mes pulsions. Je ne laisse rien ni personne me mener par le bout du nez.

Je jette sa robe par terre et la fais reculer en direction des chambres. Elle ôte ses bottes.

Quand Pepper pousse un petit aboiement joyeux, je le fais taire d'un grondement.

Une bonne baise. Une bonne baise, et je l'oublierai.

Mon problème, c'est uniquement que je n'ai pas encore joui en elle. Une fois que j'aurai pleinement soulagé mon désir envers l'humaine, je pourrai passer à autre chose.

C'est ce que je me dis tandis que son odeur envahit mes narines dans de délicieuses notes de noix de muscade et de miel. Je suis à bout, une vraie pile électrique faite d'excitation et de contentement à l'idée de l'avoir presque nue dans mes bras.

Je la soulève par la taille et pénètre dans sa chambre. Quand elle écarquille les yeux, je réalise que j'ai oublié de faire mine d'avoir du mal à la porter.

Sa chambre est comme elle : un joyeux bazar coloré. Ses meubles semblent avoir été chinés, des pièces en bois peintes dans des teintes vives qui donnent une cohérence à l'ensemble.

— Cette fois, c'est moi qui commande, annoncé-je en la jetant au milieu du lit.

La dernière fois, je l'ai laissée s'amuser, mais ce soir, ma maîtrise de moi est sur le point de craquer.

— Tu crois ça ? me défie-t-elle.

Sauf que ses pupilles se dilatent au point que ses yeux couleur cannelle ressemblent à de l'onyx. Ses lèvres pulpeuses s'entrouvrent. Quand je tire sur les bretelles de son soutien-gorge, je découvre que ses tétons sont deux pointes rigides.

— Ne fais pas comme si ce n'était pas ce que tu veux, dis-je.

Je glisse les doigts entre ses jambes, effleurant le tissu de sa culotte rose pâle.

— Tu peux me mentir, mais ne te mens pas à toi-même.

Sa culotte devient aussitôt trempée. L'odeur de son excitation me rend dur comme du bois. Le corps d'Aubrey est prêt pour moi. Prêt pour ma conquête.

Oui, ce soir, je veux conquérir.

Je passe la main sur l'une de ses fesses et la pétris.

— Je crois que ce soir, ce sera une fessée à l'ancienne, sur mes genoux.

Sans cesser de malaxer sa fesse, je glisse les doigts de mon autre main sous sa culotte.

— Mmm. Tu es trempée, dis-je en titillant son entrée. Ça t'excite d'être punie.

J'ouvre la boucle de ma ceinture d'un geste lent et délibéré. Le regard d'Aubrey n'en perd pas une miette, et j'y lis une pointe de doute. Je devrais continuer de jouer le jeu, de lui faire croire que je vais m'en servir pour la fouetter, mais mon loup n'aime pas la note nerveuse dans son arôme.

— C'est pour tes poignets, l'Argentée.

Je m'assois au bord du lit et passe la ceinture derrière son dos pour l'attirer vers moi. Ses jambes se collent contre le matelas, à côté des miennes, et elle s'assoit, chassant les mèches folles qui lui tombent sur le visage.

— Sauf si tu préfères que je te fouette avec.

— Non merci.

— Viens là, ma belle.

J'écarte les jambes et la fais tourner de façon à ce qu'elle s'allonge sur l'une de mes cuisses, ses pieds par terre et son buste sur le lit.

Je baisse sa culotte rose sur la courbe de ses fesses en prenant mon temps. Ses longs cheveux noirs cascadent dans son dos et sur ses épaules. Elle est splendide, et mon loup adore qu'elle soit à ma merci.

Non, une seconde. C'est peut-être plutôt mon côté humain qui parle. Difficile à dire. Nous voulons tous les deux lui grimper dessus ce soir, la faire crier de plaisir quand j'obtiendrai enfin ce que je souhaite.

Ma main s'abat sur ses fesses, un peu plus fort que prévu.

Avec une exclamation, elle regarde par-dessus son épaule, les yeux écarquillés.

Pepper aboie. Bon chien. Il protège sa maman.

Je la caresse pour chasser la douleur.

— Désolé. C'était trop fort, hein ?

Ses épaules se détendent.

Je jette un regard à Pepper.

— Va te coucher dans le salon.

Je lui envoie une image mentale de lui allongé devant le canapé, et le chiot fait sagement demi-tour.

Je commence à bien l'aimer, ce petit bâtard.

J'assène une autre tape au derrière d'Aubrey, avec plus de légèreté, cette fois, et elle gémit.

— Voilà ce qui va se passer, exposé-je en la fessant à nouveau. Je vais te faire regretter d'avoir laissé Pepper chez moi sans demander, et ensuite, je récompenserai ton corps sexy.

Je me mets à frapper plus vite, mais toujours avec délicatesse. Sous le coup du plaisir, elle fait onduler ses hanches sur ma jambe.

Par le Destin, qu'est-ce que c'est bon ! Le son de ma paume sur sa chair, la vue enivrante de ses fesses levées, l'odeur de son excitation qui s'amplifie à chaque coup. Je suis frappé par une sorte d'étourdissement. Mon esprit rationnel n'aurait jamais choisi cela. Penser que je savourerais ce moment à Brooklyn avec une humaine qui hait tout ce que je représente est illogique.

Pourtant, je n'ai jamais été aussi comblé. Ça me semble si naturel que je ne peux pas le nier. Cela veut-il dire que... ?

Non. Absolument pas.

Aubrey ne peut pas être ma compagne. Et puis quoi encore ? Le Destin ne m'unirait jamais à une humaine. Je suis fils d'alpha, né pour prendre la tête d'une meute. J'ai fait le choix de quitter la mienne pour servir de bras droit à un autre alpha, digne de mon soutien, mais j'en reste un aussi. J'ai besoin d'une femelle alpha à la hauteur de ma lignée. Une femme qui assurera la pérennité de cette lignée, qui descend de familles métamorphes présentes en Amérique avant même la naissance des États-Unis.

Non, le Destin ne m'unirait pas à une humaine.

Je me mets à fesser Aubrey avec plus de force.

Elle se tortille et se trémousse sur mes genoux, et mon membre me lance.

Oui, il s'agit de désir. Rien de plus. De frustration emmagasinée depuis le début de la semaine, quand je lui ai donné du plaisir sans pouvoir jouir à mon tour.

Je suis envahi par les hormones à l'idée de finir en elle ce soir.

J'interromps la fessée pour caresser sa chair brûlante. Elle a un cul parfait, rebondi et en forme de cœur. J'adore sentir la chaleur émaner de sa peau noire rayonnante.

Elle dégage quelque chose d'impressionnant, pour une humaine.

Je glisse les doigts entre les jambes et étale ses fluides sur son clitoris.

Elle jouit, un frisson agitant son corps tandis que ses cuisses se ferment sur mes doigts et que son centre se contracte dans un rythme saccadé.

Facile comme bonjour. Un orgasme, rien qu'avec une petite fessée et une caresse sur le clitoris. Je ne peux pas nier la symbiose entre son corps et le mien. Elle a beau nier l'affection qu'elle me porte, détester le désir que je lui inspire, il est évident que je suis maître de son corps.

— Maintenant, agenouille-toi, ordonné-je avec une pointe de pouvoir alpha dans ma voix pour l'exciter et pour qu'elle n'ait pas besoin de lutter contre sa fierté pour m'obéir.

Elle se laisse tomber à mes pieds et lève les yeux.

Putain, elle est sublime. Ses yeux brillent après l'orgasme, ses joues ont une teinte rosée. Ses cheveux tombent en éventail sur ses épaules et son dos. Je meurs d'envie de la baiser.

Elle attend mes instructions comme une bonne soumise, alors qu'au fond, elle ne l'est pas du tout. Ça aussi, ça devrait m'interpeller. Son corps répond à mes ordres car il m'appartient déjà.

Non, ce n'est pas possible. C'est seulement parce que j'ai utilisé ma voix d'alpha et que quelque part, son organisme l'a compris.

— Sors ma queue.

Elle se lèche les lèvres et déboutonne mon pantalon pour libérer mon érection. Elle l'effleure pour me titiller.

C'est le paradis.

— Suce-moi les couilles.

La dernière fois qu'elle a fait ça, l'argent contenu dans son piercing au nez m'a causé des cloques, alors je dois être fou pour lui demander de recommencer. Mais la douleur m'importe peu, et la brûlure n'avait fait qu'amplifier la sensation de chaleur délicieuse de sa bouche.

Elle prend son temps pour gober mes bourses, brûlant l'intérieur de ma jambe avec son anneau. Je vis l'extase.

— Maintenant, je veux voir tes lèvres autour de ma queue.

Cette fois encore, elle obéit. Elle ouvre ses belles lèvres pleines et les fait glisser de bas en haut sur mon sexe, qu'elle suce avec force chaque fois qu'elle remonte.

Un incendie naît à la base de mon échine.

Bon sang, il faut que je la pénètre. J'ai du mal à me maîtriser, un sentiment rare chez moi. Cette humaine est ma faiblesse. Je ne devrais pas céder à ses charmes, car cela ressemble à une addiction.

— Ça suffit, aboyé-je, d'un ton plus dur que je ne l'aurais voulu.

Je la prends par la taille et la soulève. Je comptais la poser sur ses pieds, mais mon corps a une tout autre idée, et je me retrouve avec son sexe juste devant la bouche. Je glisse ses cuisses sur mes épaules et la savoure.

— Oh la vache... mon *Dieu,* halète Aubrey en refermant les mains sur mon crâne. Tu es tellement... fort.

Sa voix essoufflée me rend fou. Je ne peux pas attendre une seconde de plus.

Mon désir est incontrôlable, désormais.

Je pivote et place une main dans son dos tandis que je me penche pour l'allonger sur le lit. Je lui soulève les genoux afin d'accéder facilement à son centre, mais mes gestes sont dénués de subtilité. Je la lèche et la lape comme un affamé. Comme un ivrogne. Ses fluides enduisent ma langue. Mes dents effleurent sa chair moelleuse.

Une seconde... mes dents ?

C'est quoi ce bordel ?

Non. C'est impossible. Aubrey n'est pas ma compagne destinée. Je ne veux pas la marquer. C'est insensé.

Un grondement monte dans ma gorge. Je me redresse et cille. Mon champ de vision s'est étréci, comme si je voyais à travers mes yeux de loup.

Je me détourne aussitôt afin qu'Aubrey ne le remarque pas.

Un préservatif. Il me faut un préservatif. J'ai uniquement besoin de jouir en elle, et mon désir s'estompera.

Je garde le dos tourné pendant que je me déshabille, puis je sors un préservatif de la table de chevet. Je le déchire et l'enfile.

Quand je fais de nouveau face à Aubrey, ma respiration est sous contrôle. Ma vue semble toujours plus aiguisée qu'elle ne devrait l'être, mais il fait sombre dans la pièce, alors elle ne distingue sans doute pas mes yeux.

— Écarte les jambes pour moi, l'Argentée, ordonné-je en rampant sur le lit.

Elle plie les genoux et ouvre les cuisses, soutenant mon regard lorsqu'elle glisse une main entre ses jambes pour se caresser.

— Putain, c'est sexy.

Elle en a conscience. Son sourire provocant me le confirme. Cette femme adore me torturer avec ses charmes.

Je devrais détester en être la cible, mais chez moi, rien n'est insatisfait. J'aime qu'elle se concentre sur moi. J'aime qu'elle se serve de son corps contre moi. Elle est ensorcelante.

— Tu vas prendre ma queue comme une gentille fille ?

Les paupières mi-closes, elle continue de se caresser.

— Qu'est-ce qui se passera si je dis non ?

Je la retourne sur le ventre et lui donne une claque sur le derrière.

— Tu seras punie. Sauf si tu préfères que je te sodomise ?

— Non, mais j'aime bien être prise par-derrière.

Elle se cambre afin de lever les fesses vers moi, les jambes bien écartées.

Cette simple image manque de me faire jouir sur-le-champ. Mon self-control se désagrège. Un grondement résonne dans la pièce, et je me retrouve enfoui en elle jusqu'à la garde avant d'avoir réalisé que ce bruit venait de moi. Être en elle, c'est comme retrouver ma maison.

Ma maison mythique. Religieuse. Pas le taudis dans lequel j'ai grandi.

Je la saisis par les hanches et la mets à genoux pour la pilonner. Son dos forme une courbe élégante dans cette posture, en appui sur les coudes.

Je sais que je dois me réfréner. Mes gestes sont dénués

de douceur, mais je n'arrive pas à ralentir. À freiner mon excitation.

Elle est à moi, désormais. Elle est sous mon corps. Je suis en elle. Bon sang, j'ai *besoin* de ça. J'ai besoin d'elle.

Mon bassin claque sur ses fesses avec plus de force. De profondeur. De vitesse. Je suis enfiévré. Le chaos de sa petite chambre se referme sur moi, puis s'éloigne. Je suis porté par une vague d'extase du nom d'Aubrey Cook.

À travers le rugissement dans mes oreilles, je réalise qu'elle pousse des cris. Je tente de me concentrer malgré mes coups de reins frénétiques. Souffre-t-elle ?

Ses gémissements ont une note plaintive.

Je lui fais mal.

Merde.

— Trop fort ? demandé-je les dents serrées.

Je tente de ralentir, mais mon corps refuse de m'obéir.

— Non, répond-elle d'une voix aiguë.

Ses doigts sont crispés sur les draps, les muscles de son long dos fin se tendent pendant que je la prends.

— Baise-moi, Billy.

Par le Destin. Les vestiges de ma raison s'envolent, ses mots me font perdre la tête. Dans un grognement, je lui donne un coup de reins si puissant que ses genoux se soulèvent du lit. Je la maintiens par la nuque pour éviter qu'elle se cogne contre le mur.

Elle pousse un cri.

Je remarque à peine que quelqu'un donne des coups sur le mur. Ah oui. Un voisin. Il y a de la promiscuité ici.

Je pousse un nouveau rugissement et m'enfonce profondément en elle alors que des jets de sperme chaud emplissent le préservatif. C'est sans fin ; mon orgasme dure et dure encore. Les doigts de ma main libre trouvent le clitoris d'Aubrey et le caressent.

Elle jouit à son tour dans un hurlement de plaisir. Ses hanches frémissent contre mon bassin, ses fesses se collent à moi pour m'aspirer en elle à chaque contraction de ses parois internes.

Je jouis toujours.

Elle jouit toujours.

Ça semble interminable.

Puis je me retrouve sur le flanc, Aubrey blottie contre moi, et je l'étreins comme si nous venions de faire naître un univers tout neuf.

C'est là que je réalise que je suis foutu.

Jouir en elle ne m'a pas libéré.

Ça m'a transformé. Je ne suis plus le même homme.

Et je ne sais pas si j'arriverai à me retrouver.

# Chapitre Vingt

*Aubrey*

C'est ce soir qu'a lieu le gala chez Sentience. Nous allons dévoiler ma fresque aux yeux du public.

Et je vais voler les informations qui nous permettront de les faire tomber.

Leur fête somptueuse est financée avec l'argent qu'ils volent aux artistes. Je n'éprouve aucune culpabilité à l'idée de boire leur champagne avant de foutre le feu à leur entreprise.

*Cramez, bande d'ordures. Cramez.*

Je suis en train de réfléchir à ce que je vais porter quand on frappe à ma porte. Il s'agit d'un livreur avec une grande boîte noire.

— Livraison pour Aubrey Cook. Veuillez signer ici.

Je m'exécute, même si je n'ai rien commandé. La curiosité l'emporte.

Je pose la boîte sur la table de la cuisine et l'ouvre. Une odeur de bois de santal me parvient lorsque j'écarte le papier de soie pour révéler une superbe robe argentée. Je n'avais encore jamais rien vu d'aussi glamour. Elle sent le fric à plein nez.

Madi m'a-t-elle acheté cette robe pour se faire pardonner ? Après notre rendez-vous raté, elle a passé la soirée à essayer de m'appeler. J'ai fini par répondre après le départ de Billy. En larmes, elle m'a présenté ses excuses. Elle était très stressée avec les préparatifs du mariage et l'entreprise familiale à faire tourner, et un imprévu au travail l'avait empêchée de se libérer.

Je lui ai pardonné, bien entendu. Ça craint, mais j'ai accepté le fait que sa vie était en pleine mutation. Elle a de nouvelles obligations et une relation qui éclipse la nôtre. Je veux son bonheur, mais je pleure également la fin de notre amitié fusionnelle. Elle ne sera plus jamais ma colocataire. Nous ne passerons plus des soirées entières à manger de la glace saveur pâte à cookies et à chanter « Push It » en pyjama.

Mais nous resterons amies. Au téléphone, nous avons un peu rattrapé le temps perdu. Elle m'a demandé ce que j'avais fait chez Sentience, et je lui ai tout dit, y compris mes agissements illégaux. Je lui ai aussi raconté que j'avais couché avec Billy. Nous avons fini par nous dire que nous aurions plein de temps pour parler lors de notre voyage à Monaco.

Elle n'a pas parlé de m'envoyer un cadeau. Elle n'était pas obligée de faire ça, mais ça me fait plaisir qu'elle ait pensé à moi.

Touchée, je me dépêche d'ôter mes vêtements maculés de peinture pour enfiler ma nouvelle tenue. Elle semble avoir été cousue pour moi. C'est une robe sirène, et sans talons hauts le tissu s'accumule à mes pieds comme du mercure liquide.

J'ai les escarpins parfaits en plus. Ceux que je portais

lors de la fête de fiançailles de Madi. À cette occasion aussi je portais une robe argentée, mais celle-ci est beaucoup plus chic.

Dans cette tenue, je suis belle et impressionnante. Comme une reine de série de science-fiction. Le genre de personnage qui tire des rayons laser avec ses yeux.

Je finis de me coiffer et de me maquiller. Je me suis fait tresser les cheveux ce matin, et je devais être sur la même longueur d'onde que la personne qui m'a offert cette robe, car au lieu de choisir des rajouts dorés et rouges, comme la dernière fois, j'ai décidé d'orner mes tresses de mèches argentées. Quelque chose d'un peu glamour qui sied parfaitement à ma tenue.

Je mets quelques bijoux en argent, et mon look est achevé. Je possède même un petit sac métallique qui va très bien avec mes escarpins. La seule chose qui ne conviendrait pas à une montée des marches, chez moi, ce sont mes ongles.

Ils sont propres et vernis, mais j'ai quelques taches de peinture autour des cuticules. Je n'y touche pas. Je suis une artiste, après tout.

Et si ça déplaît à quelqu'un, je le ferai flamber avec mes yeux laser.

On frappe de nouveau à la porte. Cette fois, on me livre un gros bouquet de tournesols, mes fleurs préférées. Le mot dit :

***Félicitations pour ta grande soirée ! Tu vas assurer. Bonne chance et gros bisous, Madi.***

Mmm. Je croyais que la robe venait d'elle, mais à présent, je n'en suis plus si sûre. Est-il possible qu'elle m'ait envoyé la robe ainsi que les fleurs, mais séparément ?

Elle ne venait peut-être pas de Madi. Mes parents m'ont appelée pour me féliciter, tout à l'heure, et Jan et Caroline l'ont fait en personne. Ils se sont peut-être tous cotisés pour m'offrir cette tenue, mais ce n'est pas vraiment leur style.

Si mes plus proches amis et ma famille n'ont pas envoyé la robe, qui était-ce ?

Je sors de chez moi pour attendre mon chauffeur, mais je remarque qu'une limousine est arrêtée devant chez moi. Aucune autre voiture n'attend, mais je suis sur le point de crier au conducteur de la limousine de se garer ailleurs quand la porte de derrière s'ouvre. Un homme en sort, et je perds le fil de mes pensées. Il porte un smoking classique et dégage assez d'assurance et d'aplomb pour rendre James Bond jaloux.

Puis je me concentre sur son visage.

— Oh la vache, Billy ?

Je soulève ma robe et descends gracieusement les marches du perron pour le rejoindre.

— Je ne t'ai pas reconnu tout de suite.

J'étais trop occupée à l'admirer dans son smoking, même si ça, je ne lui dirai pas.

— Vite, dis quelque chose d'insultant, l'encouragé-je.

Ses yeux m'examinent, comme pour chercher des défauts. Je m'attends à ce qu'il se moque de moi, mais son regard devient flou, fixé sur les reflets de la robe argentée.

J'agite la main pour l'arracher à sa rêverie.

— Alors ? Je patiente.

Il a un petit sourire en coin, et la chaleur de ses yeux m'enflamme.

— Pas de salopette ce soir ?

— Ah, je te reconnais bien là. Oh, mon chauffeur est arrivé.

Je fais coucou au pauvre homme au volant d'une berline bleue qui ne peut pas approcher à cause de la limousine de Billy qui bloque la route.

— Pas ce soir, dit ce dernier. C'est moi qui t'emmène.

— Quoi ?

Billy se met déjà en mouvement, et avec mes talons, je ne suis pas assez rapide pour l'intercepter. Il sort son porte-feuille et donne plusieurs billets au conducteur de VTC, qui repart tout content.

Quand Billy revient, je remarque le gilet gris clair qu'il porte avec son smoking.

— Prête, l'Argentée ? dit-il en me tendant la main.

J'hésite.

— Comment tu as su que j'allais à un gala ce soir ?

Il a son fameux sourire en coin.

— J'ai vu l'invitation sur ta commode. Je me suis dit que tu devais être l'invitée d'honneur. Tu devrais faire une arrivée en grande pompe. Sauf si tu préfères prendre le métro.

— Il n'y a rien de mal à prendre le métro.

J'accepte sa main, et sa grande paume sur la mienne m'envoie un courant électrique. Sa chaleur m'enveloppe, et mes joues s'enflamment. J'ai l'impression que nous avons franchi une limite. Oui, nous nous sommes glorieusement envoyés en l'air, mais là, ça va plus loin qu'une relation sans lendemain. Il s'agit d'un véritable rencard.

Il m'aide à monter dans la limousine. Son assurance me fait de l'effet. Et je suis tellement excitée que j'ai du mal à me concentrer.

Une fois assise, je pose une main sur l'épaule de Billy, et il se fige.

— Argenté, murmuré-je en caressant son gilet en soie.

Cette couleur va à merveille avec ma robe.

— C'était toi, hein ? Tu m'as envoyé la robe.

Il a vu l'invitation et a décidé d'imiter la Fée Marraine en m'envoyant cette robe et en venant me chercher en limousine. Sauf que Billy est la fée et le prince en même temps.

C'est très arrogant de sa part, mais aussi très attentionné.

L'habitacle plongé dans la pénombre est presque trop intime. Des émotions me serrent la gorge. Bonheur, confusion, une pointe de regret. Il est venu à la rescousse le soir où Madi m'a plantée, et maintenant ça ? C'est beaucoup trop.

Suis-je en train de partager quelque chose avec William White III ? Un homme qui s'est récemment vanté de faire passer mes honoraires pour la fresque en frais professionnels, ce qui ressemble fortement à de la fraude ?

Impossible.

— Je ne vois pas de quoi tu parles, répond-il avec un petit reniflement. Je suis content que tu n'aies pas mis de salopette, c'est tout.

J'éclate de rire. Le snob que j'adore détester est de retour.

— Il n'y a que toi pour transformer un cadeau en une insulte.

Contente que nous ayons retrouvé nos bonnes vieilles habitudes, je m'enfonce dans le dossier de la banquette.

— J'imagine que tu veux m'accompagner au gala, dis-je. Il suffisait de demander.

— Je ne demande pas, j'ordonne.

Je lève les yeux au ciel. Quand il lance ce genre de déclarations arrogantes, il tend le bâton pour se faire battre.

— Ou alors tu agis sans demander la permission parce que tu sais que neuf fois sur dix, tu t'en tireras sans avoir d'ennuis.

C'est l'avantage, quand on est un homme blanc et riche.

— Parfois, il est plus facile d'implorer le pardon que de demander l'autorisation.

— Alors tu comptes m'implorer ?

Je croise les jambes, ce qui met en valeur la fente scandaleuse de ma robe. Je me mets rarement sur mon trente-et-un, mais quand l'occasion se présente, j'adore briller de mille feux.

— Quelqu'un finira par implorer l'autre, réplique-t-il. Mais ce ne sera peut-être pas moi.

Le souffle coupé, j'ai l'impression qu'un liquide brûlant se déverse en moi. Imaginer Billy agenouillé entre mes jambes, en train de m'embrasser l'intérieur des cuisses m'enflamme presque. Et il a raison ; après quelques minutes de torture sous ses coups de langue agiles, je le supplierais d'aller plus loin.

Je serre les cuisses. Billy y jette un coup d'œil. Ses paupières deviennent lourdes, et il cille en inspirant profondément. Je cherche un autre sujet de distraction pour nous changer les idées avant que nous décidions de nous envoyer en l'air dans la limousine.

— Merci d'être venu ce soir. Mes parents voulaient m'accompagner, mais je les en ai dissuadés.

— Tu ne voulais pas qu'ils voient que tu es devenue complice du système ?

Je lève de nouveau les yeux au ciel.

— Tu peux parler. Tu es un bon petit soldat du capitalisme.

— Tu as réussi à te servir de l'argent pour te consacrer à ton art. Quand tu seras diplômée, tu peindras à plein temps ?

Je n'étais pas préparée à ce qu'il me complimente et me pose une question sérieuse. Je réfléchis.

— C'est vrai que je veux me consacrer à l'art...

— Mais ?

— J'avais prévu de devenir avocate. Comme Jan, ma mentore. Je voulais changer les choses.

— L'art ne change pas les choses ?

Ses yeux bleus sont ouverts et sincères. Il ne me cherche pas, il est réellement curieux.

— Tu sais bien que si. Mais je voulais...

Je marque une pause, tentant d'expliquer pourquoi je n'ai jamais voulu que l'art devienne ma carrière. Mais maintenant que j'y pense, je n'ai pas vraiment envie d'étudier le droit. Je préfère me concentrer sur la peinture. Subconsciemment, j'avais décidé que ce n'était pas possible.

Amusant, que Billy soit celui qui me pousse à m'interroger à ce sujet.

— Avant Sentience et maintenant toi, ça ne me permettait pas de gagner ma vie. Je n'ai pas besoin de beaucoup d'argent, mais New York coûte cher. Beaucoup d'artistes ont du mal à joindre les deux bouts. J'ai de la chance d'avoir un appartement assez grand pour peindre. Mais je crois que je n'avais jamais sérieusement réfléchi à un moyen d'en vivre.

Je me mordille la lèvre. Ça devrait m'embêter de partager tout ça avec Billy, mais il sait écouter. Mieux que je l'aurais imaginé.

— Si tu continues à trouver des capitalistes sans foi ni loi pour te commander des œuvres hors de prix, tu t'en sortiras très bien.

— Je ne veux pas me contenter de ça. Je veux aider ma communauté. M'assurer que tout le monde ait la chance et la place de pratiquer son art. Je ne sais pas...

C'est frustrant. Ces grands problèmes nécessitent de grandes solutions.

— Je me disais que devenir avocate pour des associations

serait le meilleur moyen d'apporter ma contribution à la société.

— Qui est le plus capitaliste de nous deux, maintenant ? Tu n'es pas obligée d'apporter ta contribution. Ta simple présence est un don.

Il cligne des yeux, comme s'il n'avait pas prévu de dire quelque chose d'aussi gentil.

J'ai envie de plaisanter, de dire que si je suis un don, il devrait être honoré d'être en ma présence, mais je me contente de le remercier.

— De rien. Et si tu veux que je conçoive un business plan pour ta future carrière d'artiste à plein temps, je ne facture que cent mille dollars de l'heure.

— Oh, je t'emmerde.

Lorsque nous arrivons devant le siège de Sentience, je souris. Ils ont engagé un service de voiturier et déroulé un tapis rouge pour les dirigeants et les célébrités de New York qu'ils cherchent à impressionner. Mon estomac se serre lorsque je me rappelle la raison de ma présence. Je ne suis pas là pour une joute verbale avec Billy le Bourge. À un moment donné, il faudra que je quitte discrètement la soirée pour m'introduire dans la salle des serveurs.

Comment vais-je y parvenir ?

Billy m'aide à sortir de la limousine et me tend son bras. Nous parcourons le tapis rouge et entrons dans la salle où se déroule le gala. Après avoir salué le DG de l'entreprise ainsi que d'autres dirigeants, mon sourire s'est envolé. Ces gens exploitent des artistes pour enrichir une machine qui mènera à encore plus d'exploitation, mais ce soir, nous fêtons leurs « engagements en faveur de l'art ». Ils ont dépensé une fortune pour ma fresque et cette soirée afin de mettre en scène leurs prétendues convictions. « Regardez-nous, nous adorons les artistes. Nous ne leur volons rien du tout. »

Je suis impatiente de les faire tomber. Je dois seulement trouver comment faire.

Billy commande du vin blanc pour moi et un gin-tonic pour lui. Nous sirotons nos verres tout en regardant les invités s'extasier devant ma fresque. Je sais que j'ai seulement accepté cette mission pour pouvoir accéder à Sentience, mais savoir que mon art leur sert à se dédouaner me rend d'humeur encore plus massacrante.

Remarquant mon silence pesant, Billy prend son air le plus charmant et s'excuse auprès de nos interlocuteurs avant de me mener vers le bar.

— Tu as le trac ? me demande-t-il.

Je suis plutôt occupée à chercher un moyen de m'éclipser sans que les convives le remarquent. J'ai la gorge pleine d'acide, mais je déglutis et renifle avec dédain.

— Non.

— Tant mieux. Parce que tu n'as pas besoin d'être stressée. Tu es la personne la plus authentique ici.

Je cligne des yeux hébétés et me tourne vers lui.

— On aurait presque dit un compliment.

Il sourit.

— Parce que c'en était un. Ces gens-là, dit-il en indiquant la foule avec son verre, ne contribuent en rien à la société. Ce sont les rouages du système. Tandis que toi, tu crées des choses à partir de rien. Et tu vis en adéquation avec tes valeurs.

Ma gorge se serre à nouveau. Je ne m'attendais vraiment pas à ce que Billy dise quelque chose comme ça.

— J'essaye, dis-je.

— Non, tu y arrives. Et c'est pour ça que tes œuvres sont

si puissantes. Tu y déverses tout ce que tu es. Tout ce en quoi tu crois.

Quand il me regarde, je distingue chaque strie de ses iris bleus.

Mon cœur s'emballe, et ma main tremble légèrement autour de mon verre de vin. Je suis submergée par l'émotion, et pas seulement à cause du compliment sincère de Billy, mais parce qu'il me voit pleinement. Je suis tellement prise de cours que j'ai envie de m'enfuir. Ou de me battre.

Je choisis la deuxième solution, car avec lui, je réagis toujours ainsi.

— Et toi ? Qu'est-ce que tu crées et donnes au monde ?

Il gonfle les joues, acceptant mon reproche de bon gré.

— C'est une bonne question, concède-t-il. Je sais que tu prends Moon Co. pour une énième entreprise qui ne pense qu'au profit.

— Et je me trompe ?

Je pose mon verre et me tourne vers lui.

— Tu dis que ces gens sont les rouages du système. Mais ce n'est pas aussi ton cas ?

J'ai les joues brûlantes. Je suis dure, je le pousse à admettre que mes accusations sont valables. Sauf que je ne veux pas qu'il se couche, je veux qu'il se défende, et je ne sais pas très bien pourquoi.

— Les profits m'intéressent. Mais notre entreprise peut faire beaucoup de bien.

— Tu parles. Vous vous êtes lancés avec les cryptomonnaies. Vous êtes comme les types de Sentience. Vous vous enrichissez grâce à des technologies spéculatives tout en détruisant l'environnement.

— Sauf que Moon Co. est leader dans les investissements verts, dit Billy d'un ton calme. Les panneaux solaires, les batteries au lithium... des technologies capables de nous fournir de l'énergie tout en inversant le réchauffement climatique.

— Je ne savais pas.

Je croyais que Billy était seulement obsédé par les bénéfices.

— Sauver la planète compte énormément pour nous. Et nous avons les moyens d'investir dans la recherche. Imagine...

Il sort son portable et l'agite, les yeux brillants d'enthousiasme.

— Un jour, une batterie de la taille de ce téléphone pourrait alimenter tout cet immeuble en électricité. Nous serons capables de capturer l'énergie du soleil et de la stocker sur de longues durées. À ce moment-là, l'électricité deviendra quasiment gratuite.

— Vraiment ?

— Vraiment.

Il range son téléphone avec un sourire juvénile. Une mèche de cheveux lui tombe sur le visage, et il la chasse d'un geste maladroit, comme s'il était gêné de m'en avoir autant dévoilé.

— Tu sembles surprise.

— Je le suis.

J'ai l'impression d'avoir rencontré un tout nouveau Billy, un Billy qui a beaucoup plus en commun avec moi que je le croyais.

— Je ne savais pas que tu t'intéressais à autre chose qu'à l'argent.

— Aïe. C'est mérité, j'imagine. Le capitalisme et les grosses entreprises contribuent souvent à détruire la planète et la société, c'est indéniable. Mais nous créons le monde que nous voulons, et moi, je choisis de créer un monde où je pourrai trouver des solutions aux plus gros problèmes de l'humanité.

— Tout en gagnant des milliards, rétorqué-je en plissant les yeux.

— L'argent, c'est le pouvoir. Le pouvoir de créer. De protéger ce qui nous tient à cœur. Pourquoi est-ce que la Fondation Blackthroat se concentre sur la protection de l'environnement, à ton avis ?

— Pour payer moins d'impôts ?

— Je sais bien que tu estimes que les milliardaires devraient être taxés jusqu'à ce qu'ils cessent d'exister, mais n'oublie pas que les entreprises font du profit en produisant des choses utiles. Pourquoi ne devrions pas en bénéficier nous aussi ?

Je lève les yeux au ciel. Un de ces quatre, il faudra que je lui présente Jan et que je la laisse lui exposer ses arguments.

— On ne tombera jamais d'accord là-dessus, dis-je.

— Ce n'est pas grave.

Il lève son verre pour porter un toast et le vide d'un trait.

— Un autre ?

J'ouvre la bouche pour répondre, quand je me souviens que je suis censée me faufiler au sous-sol, dans la salle des serveurs.

— Euh, oui. Tu peux commander pour moi ? Il faut que j'aille au petit coin.

Le couloir qui mène aux toilettes me mènera également à mon objectif.

Billy marque une pause, ce qui laisse entendre qu'il a remarqué mon ton distrait.

— D'accord, finit-il par murmurer.

Il porte ma main à ses lèvres pour embrasser ma peau. J'ai un frisson.

— Ne me fais pas attendre.

— Promis.

J'espère que ma voix est sensuelle, pas nerveuse. J'attends qu'il prenne la direction du bar pour me glisser dans le couloir. L'un des cadres dirigeants est au téléphone, et je lui adresse un sourire ainsi qu'un signe de tête avant de pousser la porte des toilettes. Quand il s'en va, je prends la direction de l'escalier au bout du couloir et entame la longue descente jusqu'au troisième sous-sol.

La cage d'escalier est vide, mais mon cœur tambourine dans mes oreilles. Jamie m'a dit que l'entreprise n'était pas très sécurisée. Et ce soir, les vigiles seront occupés avec la fête. Je marche tout de même sur la pointe des pieds pour éviter que mes talons claquent sur le sol de béton. Au pied de l'escalier, une porte verrouillée me barre la route, mais aucun agent de sécurité n'est en vue.

Le badge est dans mon sac, et je retiens mon souffle en le passant sur le lecteur. Une éternité semble s'écouler avant le bip et le clignotement vert du voyant.

Un obstacle passé, le premier de plusieurs.

Mon pouls bat à mes oreilles tandis que je marche prudemment en direction de la pièce dont m'a parlé Jamie. Je suis obligée d'utiliser mon badge une deuxième fois, mais ça fonctionne. La porte s'ouvre, et un air frais me fouette le visage.

La salle est plongée dans le silence, à l'exception du bourdonnement de la climatisation et des machines. Je passe devant une rangée d'équipements et insère la clé USB fournie par Jamie dans un serveur au fond de la pièce, là où elle devrait passer inaperçue. Si ça fonctionne, Jamie sera en mesure d'accéder aux archives de l'entreprise.

Je pousse un grand soupir. Dans cette pièce, la température est basse afin de protéger les machines. Ma peau est couverte de chair de poule et mes tétons sont bien visibles à travers ma robe argentée.

— Tu as fini ce que tu avais à faire ?

Je bondis presque sur place.

Là, dans l'ombre du seuil, se tient Billy. Et il n'a pas l'air content.

— Aubrey ? dit-il en se rapprochant, les sourcils froncés. Qu'est-ce que tu fabriques ici ?

Il jette un regard derrière moi.

— Tu pirates leurs serveurs ?

— Je peux tout t'expliquer...

Mais je m'interromps. Billy m'a prise la main dans le sac, et même si je lui dis la vérité, il risque de prendre le parti de Sentience plutôt que le mien. N'est-ce pas ?

— Il faut qu'on s'en aille, dit Billy en me faisant signe d'approcher. Un vigile va arriver d'une minute à l'autre.

— Comment es-tu entré ? chuchoté-je en me dépêchant de le rejoindre.

Il hausse un sourcil.

— Je pourrais te poser la même question.

Il me prend par le bras et me guide hors de la salle à toute allure.

— Tu as oublié les caméras de sécurité, dit-il en indiquant le plafond.

— Merde.

Je n'y avais même pas pensé. Jamie non plus. Évidemment que Sentience filme tout. Jamie sera peut-être en mesure d'effacer les images quand elle aura infiltré leurs serveurs.

— Je m'en occupe, marmonne Billy.

— Quoi ?

Je fais un bond en arrière, mais il me prend par la taille et me pousse à avancer.

— Chut, quelqu'un arrive.

Je n'entends personne, mais je ne proteste pas. Nous arrivons au pied de l'escalier et commençons à monter. Nous avons presque regagné le rez-de-chaussée lorsqu'il me tire en arrière.

— Qu'est-ce que tu fais ? sifflé-je.

J'ai le souffle court, mais Billy semble respirer normalement.

Il m'étreint, et je suis presque blottie contre lui.

— Fais comme moi, dit-il.

Il plonge le nez dans le creux de mon cou et inspire. Ma peau se couvre de nouveau de chair de poule, mais cette fois, ce n'est pas à cause du froid.

Non, je refuse d'être émoustillée maintenant. Nous sommes en pleine fuite, nom de Dieu. Billy se comporte comme si nous étions deux adolescents sur la banquette arrière d'une voiture.

Je suis sur le point de le repousser lorsque des voix approchent.

Je pousse une exclamation, et Billy prend mon visage dans ses mains.

— Respire, je gère.

Sans savoir pourquoi, je lui fais confiance. Je lui adresse un petit hochement de tête, et il se penche pour s'emparer de mes lèvres.

Ça a quelque chose de surréaliste de l'embrasser maintenant, alors que nous attendons d'être repérés par un agent de sécurité. Surréaliste, mais effrayant. J'ai froid, j'ai chaud, j'essaye de maîtriser ma respiration. L'adrénaline rugit en moi, et mon sexe fourmille.

Puis l'odeur de Billy m'enveloppe, et je me perds dans

ses lèvres douces. Nous jouons la comédie, mais je n'ai pas cette impression. Sa bouche me fait des promesses salaces, et je ne peux pas m'empêcher de me détendre.

Les yeux fermés, je laisse Billy m'embrasser pendant que les pas se rapprochent. La porte voisine s'ouvre et une voix sévère nous lance :

— Que faites-vous ici ?

Ce sont deux cadres dirigeants. L'un semble dérouté, l'autre nous jette un regard noir et soupçonneux.

Billy se place de manière à me cacher, à m'abriter.

— Il y a un problème ? demande-t-il d'une voix qui dégouline de condescendance.

— Vous n'avez rien à faire là, répond le plus énervé des deux hommes. Je vous repose la question, que faites-vous ici ?

— Ce n'est pas évident ? demande Billy de sa voix traînante.

Son corps est détendu, alors que le mien tremble de peur.

— Cette femme parfaite accepte enfin de m'adresser la parole. Je voulais nous trouver un coin tranquille pour parler tranquillement. Mais puisque nous ne sommes pas seuls, nous allons partir.

Il semble agacé, ennuyé, même, comme si les deux types avaient envahi son territoire et pas l'inverse.

— Comment êtes-vous entrés ?

Billy hausse les épaules avec toute l'arrogance dont il est capable.

— La porte n'était pas verrouillée. Si vous voulez que personne n'entre, vous devriez sécuriser les lieux.

Pendant que le cadre en colère bafouille, Billy glisse une main dans mon dos et s'éloigne avec moi. Les types nous rappellent, et je tressaille, mais nous avons déjà rejoint les autres convives, et ils ne veulent manifestement pas nous suivre au risque de causer une scène.

D'un pas tranquille, nous marchons jusqu'à la porte.

— Merci, soufflé-je une fois dehors.

— Ne me remercie pas. Nous ne sommes pas encore tirés d'affaire. Mais quand ce sera fait, tu me devras des explications.

Il me fixe avec des yeux plissés qui me serrent de nouveau l'estomac.

* * *

*Billy*

Je ne sais pas ce qui se passe. Je crois que je viens de surprendre Aubrey en pleine tentative d'espionnage industriel.

Et je l'ai aidée. J'ignore comment je me suis retrouvé mêlé à ce merdier, mais en voyant l'invitation au gala sur la commode d'Aubrey, je n'ai pas supporté l'idée qu'elle s'y rende avec quelqu'un d'autre.

À présent, je suis au téléphone avec Sully pour lui demander d'effacer les vidéos des caméras de surveillance afin que nous ne soyons pas démasqués. J'entends à sa voix qu'il est curieux, mais je ne prends pas la peine de lui expliquer quoi que ce soit. J'en serais sûrement incapable, même si d'habitude, je mets un point d'honneur à justifier mes actes auprès de mes frères de meute.

Je raccroche.

— C'est fait, dis-je à Aubrey.

Elle pousse un soupir et hoche la tête avant de s'enfoncer dans la banquette de la limousine. Elle est sublime, dans la robe argentée que j'ai choisie pour elle. L'idée de l'allonger pour la lécher ici même me fait saliver. Mais je ne suis pas encore prêt pour une telle distraction.

— Tu n'es pas encore tirée d'affaire. Parle.

— C'est une longue histoire...

— Je viens de t'éviter une mise en examen. Je pense avoir mérité de savoir pourquoi tu as agi de façon aussi imprudente.

Elle souffle, mais elle doit réaliser que j'ai pris des risques pour elle. Je ne m'inquiète pas vraiment des conséquences, mais mon loup est à cran, bien décidé à protéger la petite humaine d'éventuelles menaces.

— Sentience pille le travail des artistes, lâche-t-elle. Une lanceuse d'alerte a la preuve qu'ils stockaient des tonnes d'œuvres.

— C'est un grand modèle de langage. C'est grâce à ces données qu'il apprend.

— C'est mal quand même, me dit-elle en faisant cligner ses grands yeux marron vers moi. Ça fait du mal aux gens, Billy. Aux artistes comme moi.

— C'est à la loi d'en décider.

— La loi a au moins un siècle de retard. Quand une loi est injuste, il est de notre devoir de résister.

— C'était imprudent de ta part. On aurait pu se faire attraper.

Je n'oublierai jamais le bond qu'a fait mon cœur quand je l'ai vue dans la salle des serveurs. Elle a de la chance que j'aie senti le vigile arriver et que je nous aie fait quitter les lieux à temps.

— Mais ça n'est pas arrivé, réplique-t-elle avec un sourire suffisant. Et maintenant Jamie, la lanceuse d'alerte, va pouvoir mettre la main sur les informations compromettantes dont nous avons besoin.

Je me passe une main sur le visage. J'ai beau admirer la loyauté d'Aubrey et sa soif de justice, je déplore son manque d'instinct de survie. Cette petite humaine va m'achever.

— T'inquiète, Costard, ça a fonctionné. Et tu as été génial. Tu as envoyé paître ces deux types comme un pro ! Comment tu as su qu'ils arrivaient ?

— Je les ai entendus.

C'est un mensonge. J'ai senti leur odeur.

— Je n'aurais pas pensé à nous couvrir en t'embrassant.

— Peut-être que je voulais juste t'embrasser, sans stratégie.

Son anneau en argent scintille lorsqu'elle sourit.

— Comment tu as fait pour me suivre ?

Je l'ai pistée grâce à son odeur, mais je ne peux pas lui dire ça.

— Je t'ai vu te faufiler dans l'escalier. Alors j'ai volé un badge et je t'ai suivie.

Cette dernière partie est vraie.

— Mmm. Et moi qui me croyais discrète.

— Tu es douée, l'Argentée. Mais je suis meilleur que toi.

Elle se moque de ma vantardise, comme je m'y attendais.

— Un véritable agent secret. Tu sais, quand je t'ai vu arriver ce soir, j'ai trouvé que tu ressemblais à Jambes Bond.

— Beurk, dis-je avec un rictus.

— Quoi ? Je pensais que tu prendrais ça comme un compliment.

— Je ne bois pas des martinis à la con, moi. « *Au shaker, pas à la cuillère* », raillé-je. Je t'en prie.

— Si tu le dis. On forme une bonne équipe, en tout cas.

— Ça c'est sûr, l'Argentée.

Nous partageons un sourire, et cela me cause une drôle de sensation dans la poitrine.

— Mais maintenant, tu m'en dois une, ajouté-je.

— Pardon ? C'est toi qui as décidé de t'incruster à mon gala.

— Tu as de la chance que je l'aie fait. Sans moi, tu ne t'en serais jamais sortie. Qu'est-ce que tu aurais fait, si quelqu'un t'avait prise la main dans le sac ?

Je mets un peu de véhémence dans ma voix afin qu'elle réalise la gravité de la situation.

Elle hausse une épaule nonchalante.

— Joué les idiotes.

— C'est ça, oui.

Imaginer Aubrey feindre l'innocence me fait rire malgré moi.

— Ça n'aurait jamais marché.

Elle se redresse, scandalisée.

— Je te demande pardon ? Je sais parfaitement jouer les écervelées.

— Personne n'y aurait cru. Tu avais besoin de moi, admets-le.

Elle secoue la tête et se met à grommeler dans sa barbe.

Je pose une main sur son mollet et la fais glisser jusqu'à son genou.

— Tu m'en dois une.

— Tiens donc, dit-elle en haussant un sourcil, mais j'entends le tremblement dans sa voix.

— Rien n'est gratuit, dans la vie.

Ma main monte un peu plus. Sa peau est chaude et soyeuse, et quand elle entrouvre les jambes, son odeur enivrante me frappe et me laisse étourdi.

— Tu te trompes, Billy le Bourge. Dans ma vie, les meilleures choses sont gratuites.

Et avec un sourire sensuel, elle place la main à l'avant de mon pantalon. Mon membre se met à me lancer.

— Attention... sifflé-je entre mes dents lorsqu'elle caresse mon érection.

Elle entre en terrain dangereux. Mon loup est sur les nerfs. Il veut que je lui saute dessus et que je la prenne sauvagement. Que je l'épuise, que je la garde dans mon lit afin qu'elle ne prenne plus jamais de tels risques.

Elle se penche en avant et laisse ses tresses tomber sur ma poitrine tandis qu'elle me caresse avec plus de force. Le moment est parfait, jusqu'à ce qu'elle dise :

— C'est peut-être comme ça que je me serais tirée de ce mauvais pas. Ça ne t'a pas traversé l'esprit ?

Mon cerveau imagine aussitôt la scène. Je vois Aubrey jouer les séductrices auprès d'un agent de sécurité.

— Si quelqu'un te touche, je lui coupe la main.

Elle écarquille les yeux un instant. Son regard cherche le mien, comme si elle se demandait d'où me venait une telle passion. Je me fiche de passer pour un mec possessif. J'en pense chaque mot.

Après un moment d'hésitation, elle a un sourire en coin.

— Jaloux ?

Sans réfléchir, je l'allonge sur mes genoux. Elle halète, et je donne une claque à son cul parfait.

— Personne ne te touche. Je suis sérieux.

Son rire rauque me confirme que ça lui plaît.

— Et si c'est moi qui touche quelqu'un ?

— Je te punirai.

Sauf que c'est elle qui me punit en m'obligeant à l'imaginer avec d'autres hommes.

Je masse ses fesses à travers sa robe, perdu dans la sensation de ses muscles fermes sous ma paume, de son poids sur mon sexe. Je glisse la main sous sa robe pour chercher sa douceur, sa chaleur. Nous soupirons tous les deux lorsque je la trouve et pousse son string sur le côté. Elle est trempée.

— Personne d'autre, dis-je en l'effleurant. Ça, ça m'appartient.

Elle est comme une poupée de chiffon sur mes genoux, trop concentrée sur le mouvement de mes doigts pour protester. Et soudain, je me sens désespéré. J'ai besoin de la savoir en sécurité. De la savoir mienne.

Qu'est-ce que je fabrique, bon sang ?

— Promets-le-moi, Aubrey. Tu ne t'introduiras plus dans les salles des serveurs. Ou d'autres folies de ce genre.

— Je ne peux rien promettre.

— Tu ne jouiras pas tant que tu n'auras pas juré.

Je donne une petite tape à son clitoris et souris face à son dilemme. Ses idéaux face à son désir d'orgasme.

Une autre tape.

Elle tortille les hanches sur mes genoux, et sous mon pantalon, mon membre se met au garde-à-vous.

— Et si je te promettais plutôt ça : la prochaine fois que je pars en mission, je t'appelle d'abord.

— Marché conclu.

Je la pénètre avec mes doigts.

Elle pousse une exclamation et me jette un regard par-dessus son épaule, ses lèvres couleur prune entrouvertes. Elle est tellement belle. J'ai envie de la satisfaire. De lui faire crier mon nom. Qu'elle m'appartienne.

Non, une seconde.

Pas la dernière partie. Je ne veux simplement pas qu'elle soit avec quelqu'un d'autre. Jamais.

Par le Destin. J'ai l'esprit embrouillé.

Je vais et viens lentement en elle avec mon doigt, et elle se mord la lèvre inférieure sans me quitter des yeux.

— J'ai envie de te sucer.

Sa voix est rauque, teintée de miel et de poudre d'or.

Je grogne presque mon approbation. J'ôte mon doigt, et elle s'agenouille à mes pieds. Je l'aide en libérant mon érection.

Elle saisit la base de mon membre et fait glisser sa langue autour de mon gland.

Je respire bruyamment par le nez. Elle me fait perdre les pédales, et je déteste ça.

Elle lèche mon frein, puis prend mon sexe en bouche.

Cette humaine va m'attirer des ennuis. Je dois bien reconnaître qu'elle s'est montrée courageuse chez Sentience, mais bon sang, quelle irresponsable ! Elle met en péril sa sécurité et son avenir.

Mon existence à moi est maîtrisée, réfléchie. C'est ainsi que je démontre ma supériorité face à tous les mâles de ma meute, exception faite de mon alpha. C'est ainsi que je gère les affaires de la meute et de l'entreprise.

Aubrey crée le chaos dans ma vie, c'est évident. Le fait que je sois venu ce soir alors que cela n'avait aucun intérêt stratégique ou financier pour moi ou ma meute le prouve. Que gagnerai-je à fréquenter cette humaine ? Elle ne peut m'attirer que des ennuis.

Mais elle prend mes bourses en main et se met à me sucer plus vite.

Le plaisir me submerge comme un raz de marée.

Ça ne devrait pas être aussi bon. Être avec elle ne devrait pas m'inspirer tant d'émotions.

Eh merde. Je perds de nouveau toute maîtrise de moi. Ma colère face à cette constatation se mêle à mon plaisir.

Les yeux d'Aubrey sont rivés sur moi. Ses lèvres sont étirées autour de mon membre. Je viens de donner une fessée à son cul appétissant, et j'ai l'intention de la baiser sauvagement une fois que je l'aurai ramenée chez elle.

C'est beaucoup trop.

Je glisse une main autour de sa gorge. Cela menace son existence même. Par ce geste, je me prouve que j'ai toujours le dessus. C'est moi qui commande, même si j'ai l'impression de ne plus rien contrôler.

Elle écarquille les yeux, mais continue de me sucer bien sagement.

Et c'est ça qui me fait basculer. Le fait qu'elle soit agenouillée devant moi, dévouée à mon plaisir... je ne tiens plus.

Je pousse un grondement alors que l'orgasme monte en moi.

— Je vais jouir, grogné-je péniblement, la main serrée sur sa gorge. Montre-moi comment tu avales.

Et comme Aubrey est super désobéissante, elle se redresse et accueille mon sperme entre ses seins.

Mon rire est brusque et soudain.

Cette humaine me gâche la vie.

# Chapitre Vingt et Un

*ubrey*

C'est endolorie que je m'enfonce dans l'un des sièges en cuir blanc du jet privé de Brick pour notre virée à Monaco. J'ai passé ces deux dernières semaines à explorer les recoins les plus sombres du sexe avec Billy.

Fessées. Bondage. Brutalité.

J'adore voir sa maîtrise de lui impeccable s'envoler sous le coup de la passion. La façon dont il tente de tout contenir avant de s'enflammer. À mon avis, il déteste ça, et je trouve ça encore plus savoureux. Comme si j'avais réussi à l'atteindre. Comme si j'avais gagné.

Nous ne sommes pas en couple, c'est très clair. Il ne me raconte rien de personnel. Il ne parle jamais de son travail ou de ses loisirs. Nos échanges se résument à des joutes verbales et à des interludes torrides.

Et ça me convient parfaitement ; Billy n'est pas le genre d'homme avec qui je pourrais sortir.

N'empêche que je commence à bien l'aimer.

Le soir du gala chez Sentience, mon propriétaire attendait devant mon appartement quand je suis rentrée. Apparemment, Pepper me réclamait, dévoilant par là même sa présence. J'ai eu peur de perdre mon appartement, mais Billy a réglé la situation en prétendant que le chien était à lui, avant de s'excuser à l'aide d'une grosse liasse de billets.

Tout comme il a réglé la situation après mon intrusion dans la salle des serveurs. Jamie m'a dit qu'elle avait tout ce qu'il lui fallait, désormais. Elle réunit les documents nécessaires pour une action en justice.

Depuis ce soir-là, Pepper dort chez Billy.

Alors voilà. Nous avons beau ne pas être en couple, apparemment, nous partageons un chien. Et nous baisons comme des lapins.

Une hôtesse de l'air traverse le jet pour nous distribuer des coupes de prosecco.

— Que la fête commence ! lancé-je.

J'allume les haut-parleurs portables que j'ai apportés et passe « White Wedding » de Billy Idol pour donner le ton.

Billy me jette un regard exaspéré, et j'ai un sourire en coin.

J'imite la moue de Billy Idol et me mets à chanter. L'espace d'un instant, je crois que Madi va me laisser me ridiculiser toute seule, mais elle se joint à moi et lève le poing en l'air dans sa propre version de la chanson.

Je n'avais encore jamais mis les pieds dans un jet privé. Ou traîné avec Brick et ses potes, à part lors de la fête de fiançailles. Je ne suis pas vraiment dans mon élément. Ils sont tous milliardaires, et apparemment, Nickel est même une sorte de duc. Ou bien il va le devenir grâce à un mariage arrangé. C'est dingue.

J'engloutis mon verre de prosecco pour essayer de me détendre et de savourer cette expérience sans penser à l'empreinte carbone d'un tel voyage.

Comme s'il lisait dans mes pensées, Billy se penche vers moi et dit :

— Ce jet est électrique. Zéro émission.

Je pousse une exclamation.

— C'est vrai ?

Par le hublot, je jette un regard à l'aile, comme si j'étais capable de distinguer un moteur fonctionnant au kérosène d'un moteur électrique.

— Oui, c'est un prototype, intervient Brick.

Madi et lui sont assis face à moi. Comme par hasard, Billy a fini à côté de moi. Nous avons de nouveau l'air d'être en plein double rencard.

— C'est génial, dis-je. Billy m'a parlé des batteries au lithium, la dernière fois.

— C'était à l'All Night ? me demande Madi.

Elle sait que Billy m'y a rejointe, le soir où elle m'a posé un lapin. Mais je n'ai pas eu l'occasion de lui raconter que nous continuons de nous fréquenter depuis. Il est grand temps que nous ayons une discussion entre filles.

— Non, au gala. Billy m'a servi de chauffeur.

Et de cavalier, pour tout dire, mais je ne suis pas sûre de vouloir parler de lui en ces termes.

Madi le regarde d'un air hébété.

— Je ne savais pas que tu assistais à ce genre d'événements, Billy. Comment c'était ?

Billy et moi partageons un regard, comme pour nous mettre d'accord sur le fait que nous ne mentionnerons pas notre intrusion dans la salle des serveurs ou la façon dont nous avons failli nous faire prendre.

— Bien, répondons-nous en chœur.

Madi nous dévisage, surprise par notre soudaine camaraderie. Brick semble trouver ça drôle.

— Comment est l'équipe chez Sentience ? s'enquiert-il.

— C'est une bande de fanfarons, répond Billy. Leur technologie n'est pas aussi impressionnante qu'ils le croient, mais ces temps-ci, les investisseurs se jettent sans discernement sur tout ce qui est en lien avec l'IA. En plus, leur dispositif de sécurité est merdique.

Brick hoche la tête. Il a l'une des mains de Madi entre ses paumes. De temps à autre, il la porte à ses lèvres et l'embrasse comme s'il était incapable d'être séparé d'elle.

Ça fait beaucoup de démonstrations d'affection, mais c'est plutôt mignon. Je suis contente que mon amie ait trouvé un homme qui la traite comme une princesse. Elle le mérite.

Je suis également contente que Billy ne me tripote pas comme ça en public, même s'il semble très proche de moi. Nous ne sommes pas en couple, mais nous couchons ensemble, et il a été très clair sur le fait qu'il ne veut pas qu'un autre me touche. Au début, je croyais qu'il avait simplement dit ça dans le feu de l'action, mais j'ai surpris les regards noirs qu'il a lancés à ses amis et collègues lorsque nous sommes montés dans l'avion, comme s'il marquait son territoire. Sa possessivité devrait me dégoûter, mais je ne peux pas m'empêcher d'aimer ça. Et je n'ai pas l'intention de coucher avec ses potes.

Le petit frère de Madi, Brayden, n'a pas pu se joindre à nous car il avait des examens à l'Université de New York. Quant à moi, j'en suis à mon dernier semestre d'études au City College, et je n'ai plus que deux matières à valider, de sorte que prendre quelques jours de vacances ne me pénalisera pas. Les amis de Brick sont tous présents, sauf Eagle, le mari de Ruby. Le couple nous retrouvera sur place avec Scarlett, la plus jeune sœur de Brick qui étudie quelque part en Europe. À part la pilote, Madi et moi sommes les deux seules femmes dans l'avion. Mais les autres types de

Moon Co. se montrent particulièrement polis envers Madi et moi. J'ignore s'ils seront assez à l'aise pour se lâcher devant moi, mais il sera amusant de le découvrir.

— Je suis contente que vous vous soyez amusés, dit Madi en me jetant un regard, visiblement impatiente d'en apprendre plus sur ce qui s'est passé au gala, mais consciente que je ne pourrai lui en dire plus qu'une fois en tête à tête avec elle. Et je vous suis reconnaissante d'avoir fait autant d'efforts pour organiser ce voyage. Je suis sûre que vous avez plein de choses à raconter.

— Ça oui, dis-je. À commencer par le fait que Billy et moi sommes coparents d'un petit chien.

Madi reste bouche bée.

— Billy... et toi ? Coparents d'un chien ?

Brick fronce les sourcils comme s'il n'en revenait pas.

— Eh ouais, réponds-je d'un air satisfait.

J'entends Billy grogner dans le siège voisin.

— Je savais bien que tu avais un chien chez toi ! l'accuse Jake.

— Il n'est pas à moi, proteste Billy, tellement susceptible. Nous ne sommes pas coparents. Aubrey l'amenait seulement pendant qu'elle peignait.

— C'est toi qui achètes tout le nécessaire pour Pepper, dis-je.

— Parce que tu t'es servie de ma carte !

— Seulement pour la nourriture, le coussin et la litière. C'est toi qui lui achètes ses jouets.

J'ai conscience que nous nous chamaillons comme un vieux couple devant tout le monde, et j'en savoure chaque seconde.

— À chaque nouvelle visite chez toi, je découvre une dizaine de jouets neufs. Bientôt, tu ne verras même plus le sol.

Billy nie en bloc.

— J'ai des preuves.

Je brandis mon téléphone. Mon fond d'écran est une photo de Billy en train de câliner Pepper. J'ai pris cette photo pendant qu'il ne faisait pas attention. L'affection sur son visage alors qu'il admire le chiot est indéniable.

— Qui garde le chien en votre absence ? s'enquiert Madi.

— L'assistante de Billy l'accueille chez elle.

J'ai rencontré Annabeth lorsqu'elle est passée récupérer Pepper chez Billy, et j'ai tout de suite éprouvé une jalousie irrationnelle envers cette rousse sublime. Mais le chien s'est tout de suite attaché à elle, alors je sais au moins qu'il est entre de bonnes mains.

— Ooooh, regardez-moi ce petit ange, dit Jake.

Lui et le blanc assis à côté de lui – Vance, je crois – éclatent de rire et raillent Billy. Je regrette un peu de leur avoir montré ce moment de tendresse. J'aime voir Billy baisser sa garde. C'est tellement rare.

Mais il est parfaitement capable de se défendre.

— Pepper est très futé, dit-il. Je l'ai déjà dressé. Fais gaffe, je risquerais de lui apprendre à occuper ton poste.

Il chiffonne sa serviette en papier et la lance en direction de la tête de Vance. Celui-ci la rattrape et la jette au fond du jet, où est assis Sully. Il la rattrape sans même quitter son portable des yeux.

— C'est bon, papa poule, on a compris, dit Jake.

Billy lève les mains et fait plusieurs gestes appuyés. J'ai vu Madi signer assez souvent pour comprendre qu'il parle en langue des signes.

Je ne savais pas que Billy la parlait aussi. Et encore plus surprenant, Jake et Nickel semblent le comprendre. Ils répondent en langue des signes.

Madi se met à rire.

— Attends, qu'est-ce qu'il leur a dit ?

— Il se moque de leurs ancêtres, me répond Madi avec un sourire, et de tout le reste, d'ailleurs.

À présent, Vance tente de parler avec eux, mais il ne semble pas savoir signer correctement. Alors il finit par se contenter d'un doigt d'honneur collectif. Madi et moi éclatons de rire.

— Quand est-ce que vous avez tous appris la langue des signes ? s'enquiert Madi, enchantée.

— On prend des leçons depuis que Noah travaille à la direction, lui répond Billy. On ne voulait pas que tu sois la seule à briller par tes compétences.

— Noah fait partie de l'équipe de direction maintenant ? C'est génial. C'était mon collègue préféré quand j'étais chez Moon Co.

Brick s'éclaircit la gorge, et elle lui adresse un petit sourire.

— Après toi, précise-t-elle.

— Il est en période d'essai, dit Billy. Il a encore des progrès à faire. Mais je pense qu'on devrait le laisser intégrer notre club. Il a fait ses preuves, et il mérite une place parmi nous.

Quel club ? Sportif ? Social ? Sont-ils francs-maçons ? J'ai l'impression qu'il fait référence à quelque chose d'important.

— Reparlons-en plus tard. Ce week-end, on se détend et on s'amuse, intervient Brick, et tout le monde s'enfonce confortablement dans son siège comme si sa parole faisait loi.

— Et on répète notre numéro de Queen, dis-je. Brick, Madi a proposé que tu sois Freddie Mercury.

Il lui jette un regard pour lui demander confirmation et elle hoche la tête, les yeux pétillants.

— Oh, oui. Je t'ai trouvé une tenue blanche comme celle qu'il portait au Live Aid. Tu seras fantastique.

Brick fronce les sourcils d'un air paniqué, et Madi et moi éclatons de nouveau de rire.

Il se détend.

— C'était une blague, hein ?

— Ouaip.

— Si tu avais vu ton expression ! exulte Madi.

Il secoue la tête et porte la main de sa fiancée à ses lèvres.

Mon regard croise celui de Billy. Je lève les yeux au ciel, et il a un petit sourire.

# Chapitre Vingt-Deux

*ubrey*

— Alors, quoi de neuf entre Billy et toi ? me demande Madi, à qui il n'a pas échappé que Billy m'a raccompagnée à mon bungalow hier soir.

Et j'avoue qu'il est entré et qu'il m'a tellement épuisée que j'ai réussi à passer une bonne nuit de sommeil malgré le décalage horaire.

Oui, c'était génial, comme d'habitude. Cet homme est capable de me donner orgasme sur orgasme jusqu'à ce que je n'en puisse plus.

Madi est étendue sur un transat bleu confortable à côté de moi. Nous portons toutes les deux le peignoir moelleux fourni par le spa et nous détendons au bord de la piscine d'eau de mer. On vient de nous masser, de nous vernir les ongles et de nous chouchouter, et à présent, nous grignotons des crudités trempées dans du houmous entre deux sessions de sauna et de jacuzzi.

Les deux futures belles-sœurs de Madi sont toujours en train de se faire masser, ce qui nous donne l'occasion de parler entre nous.

— J'ai tellement de choses à te raconter.

Je commence par le gala chez Sentience et lui donne les détails de mes jours et de mes nuits avec Billy. Elle est bon public et s'exclame et rit aux moments appropriés.

— Il a quoi ?

Elle reste bouche bée lorsque je lui raconte qu'il m'a donné sa carte de crédit. Je lui décris tout ce que j'ai acheté avec, et elle ricane.

— T'as bien raison, meuf. Torture-le.

— Au début, je voulais lui faire payer la façon dont il t'avait traitée. Mais ensuite, je faisais ça rien que pour m'amuser.

La préposée au spa nous apporte de petites coupes de glace au citron, et Madi et moi en prenons deux chacune. La saveur acide sur ma langue me rafraîchit.

— Il est adorable avec Pepper. Je n'aurais jamais imaginé qu'il puisse cacher un côté plus tendre.

Pas envers les humains, apparemment, mais envers les chiots. Ça a forcément du sens.

— Remontre-moi sa photo, dit Madi en tendant la main.

Je lui donne mon téléphone. Elle examine le cliché, sourcils froncés.

— Moi non plus, je ne l'imaginais pas comme ça.

Elle secoue la tête et me rend mon portable.

— Il déteste la faiblesse, chez tout le monde. Mais il faut croire que les chiens sont exemptés.

— Moi, je crois que c'est un rôle qu'il joue.

— Non, j'ai vraiment dû faire mes preuves pour gagner sa loyauté. Et encore, Brick a dû le lui ordonner.

— Ah, en parlant de ça. C'est bizarre qu'il obéisse à Brick. Je veux dire, ils sont potes de fac, non ? Ou alors c'est parce que Brick est le patron ? Mais ça ne devrait pas s'étendre à leur relation amicale.

— Les mecs comme ça se portent mieux quand ils ont un meneur, m'explique Madi. Ils ont été élevés dans l'idée qu'ils devaient être des durs à cuire. Ils se sont liés à cause de leurs traumatismes en commun à l'université, puis ils ont fondé Moon Co. pour faire leurs preuves. Brick leur a ouvert la voie.

— Et donc ils lui obéissent au doigt et à l'œil en permanence ? Comme dans un bataillon de l'armée ?

— Un truc dans le genre.

Quelque chose me dit que Madi veut changer de sujet. Elle ne me raconte pas tout, et ça ne me plaît pas.

Je comprends que certaines informations sont peut-être confidentielles, mais j'ai l'habitude qu'elle me confie tous ses secrets. Je lutte contre ma déception à l'idée qu'elle ne s'ouvre plus à moi comme avant. Certains secrets sont faits pour être gardés, j'imagine.

— Tu sais, Billy te ressemble beaucoup, dis-je.

Elle fronce le nez, contrariée par cette comparaison.

— Il est loyal, expliqué-je. Dévoué à ses amis. Il prétend détester la faiblesse, mais à mon avis, c'est simplement parce qu'il veut donner le meilleur de lui-même et qu'il attend la même chose des gens qui l'entourent. Il est prêt à se battre jusqu'au bout pour ses proches.

Je le revois dans l'escalier de Sentience, en train de m'embrasser corps et âme. Il jouait son rôle, mais maintenant que j'y repense, ses muscles étaient tendus. Il était concentré sur moi, mais si ces types avaient tenté quoi que ce soit, je suis certaine qu'il aurait fait le nécessaire pour me sortir de là. Quitte à donner un coup de poing à l'un d'entre eux.

Il n'a pas eu besoin de recourir à la violence. Il joue à qui a la plus grosse bite pour dominer les types qui l'entourent.

Et il a *effectivement* la plus grosse bite, ce qui ne gâche rien, me dis-je en souriant toute seule.

Je réalise que j'étais dans la lune pendant que Madi me regardait le front plissé.

— Aubrey...

— Quoi ?

Elle détourne les yeux, comme pour trouver la meilleure formulation pour ce qu'elle veut me dire.

— Billy est très dévoué à Moon Co. À Brick et aux autres.

Elle cherche à me faire passer un message, mais elle tourne autour du pot.

— Je sais bien.

— Il n'est pas du genre à se caser.

Pfft. C'est ça qu'elle cherchait à me dire ? Billy ne cherche pas de relation sérieuse ? Je le savais déjà. Moi non plus, ce n'est pas ce que je veux.

— Si je voulais un mec, Billy serait tout en bas de ma liste. On ne fait que coucher ensemble. On s'amuse.

— D'accord, dit Madi avec un sourire forcé. Tant mieux.

Une vague d'irritation déferle sur moi.

— Pourquoi *tant mieux* ?

— Je ne pense pas qu'il soit capable d'être en couple, c'est tout. Brick m'a dit qu'il avait grandi dans un foyer violent avec un père tyrannique.

Cette nouvelle me fait l'effet d'une gifle.

Je comprends mieux pourquoi il est aussi réservé. Aussi froid et maître de lui-même.

— Apparemment, il a été conditionné à penser au succès à tout prix et à rien d'autre, ajoute-t-elle.

Ça cadre avec sa personnalité. Je ressens un chagrin infini pour la souffrance qu'il a dû endurer.

Eh merde. Je ne voulais pas le voir comme un humain en trois dimensions. Coucher avec lui sans attaches fonctionne très bien jusqu'à présent. Je ne veux rien de plus.

Je me lève et détache mon peignoir, que je laisse tomber sur la chaise longue. J'ai un chouchou autour du poignet, et je m'en sers pour me faire un chignon flou.

— Je vais faire trempette.

Sans attendre la réponse de Madi, je lui tourne le dos et descends les marches de la vaste piscine à débordement. Sa température est parfaite, et la sensation de l'eau qui clapote sur ma peau nue me détend. Je nage jusqu'au rebord et regarde l'eau déborder. Cette partie du spa surplombe une plage paradisiaque. Un groupe d'hommes s'y trouve. Ils courent sur le sable, s'interpellent et se lancent une balle en forme de gros citron.

Je réalise qu'il s'agit de Billy. Et de Brick, Jake, Nickel et les autres. Je ne sais pas à quoi ils jouent. Au rugby, peut-être ? Ils sont tous torse nu, à part Nickel, et ce serait mentir que de dire qu'ils ne sont pas tous parfaitement musclés. Je ne comprends pas comment les mecs font pour avoir des abdos comme ça. Durs et sculptés, avec assez de courbes pour occuper Michel-Ange toute une vie.

Quand trouvent-ils le temps de s'entraîner, d'ailleurs ?

* * *

*Billy*
Ce qui a commencé comme une matinée de détente à la plage s'est transformé en partie passionnée de rugby métamorphe.

Le rugby métamorphe est assez proche de son équivalent humain. Quand nous sommes en public, en tout cas. En privé, il y a beaucoup moins de règles, et nous avons le droit de nous transformer en loups. Nous sommes obligés de jouer avec un ballon adapté car nos crocs crèvent les ballons classiques. J'ai déjà participé à des matchs où le ballon était remplacé par une mâchoire de biche ou un morceau de bois de cerf.

Maintenant que j'y pense, le rugby métamorphe et le rugby humain n'ont rien en commun, en fait. Il y a beaucoup plus de bagarres, de morsures et de hurlements.

Notre partie sur la plage est plutôt tranquille. Jusqu'à ce que ma peau fourmille et que je réalise que quelqu'un nous observe. Je me retourne et repère la coupable. Le spa luxueux où se trouvent Madi et ses demoiselles d'honneur donne sur cette partie de la plage. Aubrey s'y trouve et nous regarde depuis la piscine. Avec ses tresses relevées au-dessus de sa tête, elle a l'air d'une reine.

Je bombe le torse. Je vais lui en mettre plein la vue. Je me serre contre Vance et Sully, face à Brick et aux autres. En langue des signes, nous échangeons sur notre stratégie, puis nous nous séparons.

C'est moi qui lance, et je me mets aussitôt à courir. Sully se précipite sur le ballon, esquivant de peu Nickel, qui tente de l'en empêcher. Vance pousse un cri et Sully lui fait une passe. C'est délicat, car Brick leur fonce dessus.

Mais je lui fais un placage. Nous atterrissons dans l'eau.

En un clin d'œil, il me noie. Il a réussi à se défaire de mon étreinte, sans doute grâce à une technique de ses partenaires de lutte, des ours-garous.

— Soumets-toi, gronde-t-il.

En temps normal, j'obéirais, mais Aubrey nous regarde.

— Jamais, lancé-je en me jetant sur ses jambes.

Il me donne un coup de pied dans le crâne et je bois la tasse, mais Brick tombe à nouveau dans l'eau.

— Tu plaisantes ? rugit Brick.

Sa voix est étranglée, car je l'ai éclaboussé au moment où il ouvrait la bouche, et c'est à son tour de boire la tasse.

— Souris, dis-je en l'éclaboussant à nouveau. On est filmés.

Je me tourne vers Aubrey et lui fais coucou. Madi l'a rejointe au bord de la piscine, et elles agitent la main en riant.

Brick grommelle, mais leur fait signe, et son visage s'illumine lorsque Madi lui envoie un baiser.

— On a gagné ? demandé-je à Vance, qui nous regarde depuis la plage, couvert de sable.

— Ouais. Nickel et Jake m'ont fait un placage, mais Sully a marqué un but quand les autres se sont arrêtés pour vous regarder vous battre.

Je lève le poing en l'air. Notre tactique pour distraire l'équipe adverse a fonctionné, cette fois. Ça ne marchera pas deux fois, mais ça fait du bien de gagner.

— Crétin, signe Jake, et nous nous mettons à nous insulter en langue des signes.

Une odeur portée par la brise nous informe que nous ne sommes plus seuls.

Jake signe :

— Qui c'est ?

Les métamorphes ont une ouïe surdéveloppée. Connaître la langue des signes donne l'avantage à notre meute lorsque nous ne voulons pas être entendus.

— Le roi de Monaco et ses loups les plus fidèles, répond Sully. On les a informés de notre arrivée. Par politesse.

— Allons leur dire bonjour, dit Brick à voix haute.

Nous le suivons sur la plage, plus ou moins en formation, avec Brick à notre tête et moi à sa droite.

Les loups qui nous font face sont grands et baraqués. Dans le monde des humains, ils doivent passer pour des body-builders. Leur meneur a une barbe noire et des cheveux broussailleux qui lui tombent dans le dos. Avec sa peau très bronzée, on dirait un pirate. Sully nous a fait un topo sur lui et sa meute avant le voyage, alors je sais que sa famille a fait fortune dans l'import-export.

— Luka Atlantea, le salue Brick. Le roi des loups de Monaco.

— Blackthroat, dit Luka de sa voix grave et sonore. Le prodige de Wall Street. Bienvenu dans mon royaume. Votre visite nous honore.

— Tout l'honneur est pour nous.

Brick a dû creuser pour trouver du respect à porter à Luka, car ses mots sonnent vrai.

— Vous êtes là pour fêter des noces prochaines, c'est bien ça ? demande Luka en regardant alentour comme pour chercher sa compagne des yeux.

— Oui. Ma fiancée se trouve là-bas avec ses amies.

Brick pointe le spa du doigt, en direction de Madi et Aubrey. Je me tends légèrement. Mon loup n'aime pas qu'il attire l'attention sur Aubrey. Nous ne connaissons pas ces loups.

Du coin de l'œil, je vois Sully se balancer d'un pied sur l'autre. Il est à la tête de notre sécurité. Il a sans doute posté des loups tout autour du spa.

Cette idée m'aide à me détendre.

— Nous fêtons notre enterrement de vie de garçon et de jeune fille, explique Brick. C'est une tradition humaine.

— Ah, répond Luka.

J'ignore à qui il pense. Son odeur est masquée par un

fort parfum. Son visage est dans l'ombre lorsqu'il jette un regard aux humaines.

Je suis tendu. Le fait que Brick se soit accouplé à une humaine choque toujours les autres loups. Les couples mixtes ne sont pas si rares, mais en général, les alphas aussi importants que le nôtre s'en tiennent à la tradition en trouvant une louve puissante afin de renforcer leur meute. C'est comme ça que nos anciens voyaient les choses, en tout cas.

Comme ça que mon père voit les choses.

Et j'étais du même avis, avant. Mais Madi m'a démontré sa force et m'a prouvé que je me trompais.

Il n'empêche qu'aux yeux d'autres meutes, l'accouplement de Brick risque de passer pour une faiblesse et un prétexte pour le défier.

Le roi de Monaco le fera-t-il ?

L'expression méfiante de Luka s'envole comme si elle n'avait jamais existé. Sa bouche s'étire dans un grand sourire et il ouvre les bras comme un hôte exubérant.

— Bon, vous ne pouvez pas fréquenter les casinos. Ils sont aux mains des vampires. Venez sur mon yacht, je vous montrerai Monaco. Fêtons ton accouplement façon Atlantea.

— Merci, avec plaisir, répond Brick.

Je croise le regard de Sully. Visiblement, nous allons faire la fête sur un yacht avec une bande d'inconnus. De l'alcool, une ribambelle de métamorphes, et deux humaines, dont une ne connaît pas notre existence.

Eh merde.

Aucun risque que ça tourne mal, hein ?

* * *

La *Vierge des Mers* est le super yacht à deux cents millions de dollars de l'entreprise Atlantea. Avec ses soixante-quinze mètres, c'est le plus gros yacht de la marina. Il paraît que pour mouiller ici, il faut payer plus de cent mille euros par mois.

Au crépuscule, il luit de mille feux. Il est tellement énorme qu'il ressemble à une ville flottante.

Je jette un regard à Aubrey alors que nous montons à bord. Sur le chemin, sans que je sache pourquoi, Madi et elle chantaient « You're So Vain » de Carly Simon. À présent, avec les sœurs de Brick, elles s'extasient devant les parquets luxueux et les canapés en cuir blanc de l'espace lounge. Des membres d'équipage en uniformes blanc et bleu marine nous offrent des verres de prosecco. Je refuse le mien, et Aubrey s'en saisit pour le boire à ma place, les yeux pétillants. Je suis content qu'elle s'amuse.

Je remarque que les membres masculins de notre meute sont beaucoup moins détendus. Je me tiens en permanence entre les femmes et les loups de Monaco. Luka a autorisé l'équipe de sécurité de Sully à monter à bord avant nous pour vérifier que tout était en ordre. Et s'il estime que nous ne risquons rien, je ne devrais pas être sur les dents.

Le plus grand danger vient du roi lui-même. Et il boit, lui. Les métamorphes ont besoin de beaucoup d'alcool pour s'enivrer, mais il semble déterminé à relever le défi. Il insiste également pour nous offrir une visite complète du yacht, y compris du cinéma, de la salle de sport, du spa et de la grotte de glace. Les femmes adorent.

— Au lieu d'aller au spa, on aurait pu venir ici, glousse Scarlett.

— Vous êtes toujours les bienvenues, dit Luka en lui faisant un baisemain.

Je n'aime pas le voir flirter avec Scarlett, que je considère comme une petite sœur, mais c'est une louve, et elle sait se débrouiller. Brick l'oblige à s'entraîner à l'autodéfense tous les jours.

Nous nous mêlons à la fête sur le pont, à côté de la piscine à fond de verre.

Les autres loups gardent leurs distances et murmurent poliment. Tout le monde se tient à carreau.

Je ne sais pas comment j'ai fini à côté de Luka, mais il est en train de me parler, et il serait impoli de l'envoyer paître.

Je préférerais largement être avec Aubrey. Après sa journée au spa, elle rayonne. En ce moment, elle se trouve sur le pont supérieur avec Madi pour admirer la vue.

— Votre luna est charmante, pour une humaine, murmure Luka.

Je hoche la tête, même si j'ai envie de lui demander ce qu'il entend par « pour une humaine ». Est-ce un suprémaciste métamorphe comme mon père ? Comme je l'étais à cause de mon éducation ?

— Toi aussi, tu es accompagné d'une humaine, poursuit notre hôte en levant la tête pour humer l'air. Celle qui a une odeur alléchante. Orange épicée ?

Parler des odeurs est extrêmement personnel. Je me tends, et mon loup est furieux qu'il parle aussi intimement d'Aubrey comme si de rien n'était. Mais ma réticence est peut-être spécifique à la culture métamorphe américaine.

Luka fait tourner l'alcool dans son verre. Il boit de l'ouzo, dont l'odeur anisée masque la sienne.

— Moi aussi, j'aime bien me faire une humaine de temps en temps. Elles sont tellement faibles. Il suffit de les dominer un peu, et elles se démènent pour nous faire plaisir. Elles font de bons animaux de compagnie.

Je suis doué pour ne rien laisser transparaître. Pour maîtriser mes réactions afin de manipuler les événements à mon avantage. Mais là, la colère explose dans mon cerveau. Ce connard vient sérieusement de comparer Aubrey à un animal de compagnie ? À un chien, comme Pepper ?

J'ai envie de le tuer. Ici, maintenant. Ce serait un jeu d'enfant. Il ne s'y attendrait pas. Je pourrais lui sauter dessus, lui arracher les yeux et l'étrangler avant même qu'il comprenne ce qui lui arrive.

Mon loup hurle son approbation. Personne ne survit après avoir parlé d'Aubrey comme ça.

Sauf que... je ne peux pas. Il s'agit du roi alpha de Monaco. Nous nous trouvons sur son territoire.

Encore un exemple qui illustre la façon dont Aubrey perturbe mon existence. Bon sang.

Nickel remarque que je suis tendu et signe un équivalent de « du calme, mec ». Je lui réponds d'aller se faire foutre, toujours en langue des signes. Je ne perdrai pas le contrôle de mon loup à l'étranger.

Je souris au roi en dévoilant mes canines.

— Au sein de notre meute, nous traitons les humains comme nos égaux. Nous partageons le même monde, après tout. Et j'ignore quelles sont les mœurs des autres meutes, mais nous ne couchons pas avec nos animaux de compagnie.

Je ravale un sourire narquois, mais c'est inutile. Ma dérision est évidente. Il reçoit le message cinq sur cinq. Ses yeux s'enflamment et prennent une teinte ambrée – comme ceux de Brick –, puis il reprend le contrôle de son loup.

— Tu m'as mal compris. J'étais simplement curieux de savoir pourquoi l'alpha d'une meute aussi puissante s'abaisserait à revendiquer une humaine faiblarde. Sa lignée sera diluée. Ses louveteaux seront des avortons.

Ça suffit.

Je sais qu'il dit seulement tout haut ce que beaucoup des anciens de notre meute pensent tout bas. Mais ses insultes ne passent pas.

— Notre luna n'est pas faiblarde, dis-je assez fort pour que toutes les personnes présentes sur le pont m'entendent. Elle renforce notre meute.

Luka a un rictus, mais il semble réaliser qu'il a dépassé les bornes.

— Je ne voulais pas vous insulter, bien sûr. Je suis simplement curieux.

— Assure-toi de ne pas confondre curiosité et impolitesse.

Ses yeux flamboient ; je viens de donner un ordre au roi de ce territoire. Et sur son propre yacht, en plus.

Nickel doit sentir le danger, car il se dirige vers nous pour jouer les diplomates.

— Luka, je suis ravi de te rencontrer enfin. Je crois que nos familles sont liées. Nous avons des cousins communs à Gibraltar.

Luka ne fait pas attention à lui. Son regard reste rivé sur le mien. Je me crispe, prêt à être défié. Finalement, Luka rit et vide son verre.

— Permets-moi une dernière question, me dit-il. Ton humaine ?

Il fait un geste en direction d'Aubrey, qui est en train de rire sur le pont supérieur, face au vent. Elle soulève les tresses qui lui tombent sur la nuque, et la brise porte son odeur jusqu'à moi.

— Qu'est-ce qu'elle t'apporte ? À part quelques trous pour te satisfaire...

J'agis sans réfléchir. En général, le roi se tenait bien droit, les deux pieds plantés dans le sol, comme un capitaine face à une mer agitée. Mais il a fait l'erreur de s'adosser à la balustrade pour pointer Aubrey du doigt.

Je me baisse, attrape sa jambe et le hisse. Il ne s'attend pas à une attaque, et encore moins à ce que je m'agenouille devant lui. En un quart de seconde, je parviens à lui faire perdre l'équilibre, et la gravité s'occupe du reste.

Le roi ouvre grand la bouche, puis il tombe en arrière. Pas plus bas sur le bateau ; nous nous trouvons sur le pont inférieur.

Non, il passe par-dessus bord. Je le regarde tomber au ralenti en poussant un rugissement qui déchire la nuit, avant de heurter l'eau dans un gros plouf.

Qu'est-ce que j'ai fait ?

Je viens de jeter le roi de la meute de Monaco de son propre yacht.

Ses deux gardes du corps se dirigent déjà vers moi en criant. Ils vont m'attraper, me piéger.

Je ne les laisse pas faire.

Dans une feinte, je les contourne et me sers de leur élan contre eux. L'un des gardes trébuche, et je lui fais faire un vol plané. L'autre me rentre dedans. Je me tourne, l'évite, et le fais passer par-dessus bord d'un coup de pied.

À présent, il y a trois loups dans l'eau en contrebas. Et ce n'est pas bien grave, je suis sûr qu'ils savent nager. Les gardes du corps sauront protéger leur roi des requins, s'il y en a.

J'ai un problème plus pressant. D'autres rugissements retentissent au-dessus de ma tête alors que le reste de la meute se précipite vers le pont inférieur pour me régler mon compte.

Quelqu'un se plante à mes côtés, et je manque de l'éjecter d'un coup de pied avant de réaliser qu'il s'agit de Nickel. Il sent le gin, et son polo impeccable est trempé d'alcool à l'odeur de genièvre. Il respire fort, et je réalise qu'il vient de faire tomber l'un de mes assaillants. Il est là pour se battre à mes côtés.

Dans un hurlement, Jack atterrit auprès de moi sur le pont. Il est torse nu, et ses abdos luisent, mouillés après un passage dans la piscine. Ses yeux sont brillants, son loup est de sortie. Il fait une glissade jusqu'à moi, du côté opposé à Nickel. Je leur fais signe de se mettre en formation, comme au rugby, face aux loups enragés du roi.

— Les humaines, grommelé-je.

Je lève les yeux, mais je ne vois plus ni Aubrey ni Madi.

— Brick s'en occupe. Lui, Sully et Vance les mettront en sécurité, quitte à réquisitionner un bateau.

Je me sens mieux. J'ai déjà merdé en déclenchant une bagarre avec nos hôtes. Je vais devoir des explications à la meute.

— Dans ce cas, faisons diversion, dis-je.

Jake pousse un cri victorieux. Son sourire dévoile des canines allongées.

— Allons botter le cul de ces métamorphes.

— Alors, que s'est-il vraiment passé ? demande Brick d'un ton impérieux.

Nous nous trouvons dans sa suite au sommet de l'hôtel, rien que tous les deux. Sur le bateau qui nous ramenait du super yacht, j'ai expliqué au groupe que Luka, ivre, s'était montré impoli, et qu'une bagarre avait éclaté. Heureusement, tout le monde était sous le coup de l'adrénaline et de la fête. Aubrey et Madi s'étaient remises à chanter « You're

So Vain », et Jake et Vance s'étaient joints à elles. Notre fuite en mer n'était qu'une péripétie de plus.

À présent, Nickel et Sully sont terrés dans une chambre. Nickel est au téléphone avec sa famille pour tenter de faire jouer ses relations et arranger les choses avec la meute de Monaco. Sully prend toutes les mesures de sécurité nécessaires à notre protection. Les autres dorment, épuisés par nos aventures.

Sauf Brick et moi. Il attend des réponses.

— Il a insulté Madi, expliqué-je.

Il plisse les yeux. Il n'est pas content de la tournure des événements, surtout parce que les humaines auraient pu être blessées. Mais il peut comprendre mon besoin de défendre notre luna. Il aurait fait pareil.

— Et les humains en général, ajouté-je. On est virés de Monaco ?

— Ça reste à déterminer, mais je pense qu'on pourra suffisamment apaiser la situation pour terminer notre voyage. Les relations de Nickel intercéderont. Luka est connu pour avoir le sang chaud, et il a beau être roi, il est toujours guidé par les anciens de sa famille. Nous ferions mieux d'éviter ce pays à l'avenir, mais je doute que Luka se vante de s'être pris une raclée sur son propre bateau.

Je ricane en songeant à sa fureur lorsqu'il est tombé dans l'eau.

— Tu te maîtrises mieux que ça, d'habitude, commente Brick.

Je m'attendais à ce qu'il me passe un savon, mais il semble plus songeur que fâché.

— Il a réussi à m'atteindre. Il balançait le même genre de trucs que mon père.

Brick est l'une des rares personnes à savoir à quel point mon père est monstrueux.

— Et… il a parlé d'Aubrey, ajouté-je.

— Ah.

Cette simple syllabe est lourde de sens. Je me demande si je me suis trop révélé, ou si ma réaction a trahi les sentiments que j'éprouve pour cette humaine chaotique.

— Il y a un an, tu n'aurais pas levé le petit doigt pour défendre une humaine, dit Brick.

Je prends une inspiration, les joues brûlantes de honte. J'ai traité Madi comme de la merde parce que je croyais qu'elle mènerait notre meute à sa perte. Je ne lui faisais pas confiance, et je pensais qu'elle représentait une faiblesse que nous ne pouvions pas nous permettre. Et oui, les préjugés antihumains de mon père ont joué un rôle là-dedans.

— J'ai changé.

— Oui, je l'ai constaté.

Brick s'enfonce dans son siège et croise les bras.

— Aubrey est la meilleure amie de Madi. Comme sa sœur. Je dois savoir ce qu'elle représente pour toi.

J'ai l'impression d'être un gamin interrogé par le père de sa cavalière le soir du bal de promo. *Je promets de la ramener avant vingt-deux heures.*

— Je l'ai bien traitée, réponds-je sur la défensive.

— Ce n'est pas ce que je te demande. Je sais que dans l'ensemble, tu la traites avec respect. Dans le cas contraire, elle t'aurait coupé les couilles. Et Madi lui aurait donné un coup de main.

C'est exact, mais je grimace.

— Et ensuite, c'est moi qui t'aurais tué, poursuit Brick du même ton égal. Je n'en aurais pas eu envie, tu es le second de la meute et mon plus proche ami, mais…

— Je comprends. Si je lui faisais du mal, je ne me le pardonnerais pas.

— Mmm, murmure Brick.

Il plisse les yeux et me dévisage. J'ai montré mes cartes.

Que signifie Aubrey pour moi ? Je ne peux pas répondre, car je n'en sais rien. Elle représente le chaos face à mon monde bien ordonné. Des taches de peinture vive sur ma palette monochrome. L'odeur d'orange, de cannelle et de muscade à l'arrière de ma limousine.

Que puis-je dire ? Elle a un anneau d'argent sur le nez qui me brûle la peau. L'embrasser est encore meilleur car c'est un peu douloureux.

Je ne peux pas raconter ça à Brick.

— Elle est à part, dis-je.

— Que pense ton loup ?

— Il veut la protéger.

Il veut beaucoup plus que ça.

Brick incline la tête comme s'il attendait que j'avoue le reste. La façon dont mes crocs se sont aiguisés lorsqu'elle était dans mon lit. La façon dont je perds la tête à l'approche de la pleine lune, dont je m'imagine en train de la revendiquer pour qu'elle fasse partie de ma vie... pour toujours.

Je ne suis pas prêt à admettre ce qu'elle pourrait représenter pour moi. *Une compagne.*

Brick semble le comprendre. Il a failli succomber à la folie lunaire, lorsqu'il s'interdisait de revendiquer Madi. De tous les loups, mon alpha est le plus à même de comprendre ce que je traverse.

Après un long silence, il hoche la tête.

— Ta punition est de patrouiller jusqu'à la fin de notre séjour.

Ce n'est pas vraiment une punition. Nous serons tous sur le qui-vive au cas où Luka déciderait de répliquer.

— Allons dormir un peu. Nous prendrons notre quart à l'aube.

— Tu te punis aussi ? demandé-je en me levant, comme lui.

— C'est de ma faute si nous étions sur ce bateau. J'aurais dû me renseigner sur l'opinion de Luka au sujet des humains avant de le laisser approcher les nôtres.

Il me donne une tape sur l'épaule et ajoute :

— Je te suis reconnaissant d'avoir défendu Madi et Aubrey.

— Même si ça nous a mis en mauvaise posture ?

— Oui. C'est la leçon que m'a apprise le Destin quand j'ai rencontré Madi. Quoi qu'il arrive, une compagne passe toujours en premier.

# Chapitre Vingt-Trois

**B**illy

Le lendemain matin, Sully nous informe qu'aucun danger ne rôde. Madi et ses demoiselles d'honneur se rendent dans le centre-ville, car les filles – surtout les sœurs de Brick, Ruby et Scarlett – veulent se rendre dans les boutiques de luxe. J'aurais bien aimé épargner ça à ma virilité, mais mon loup refuse de laisser Aubrey sans escorte₁

Mon assistante, Annabeth, a tout organisé à la perfection, et elle a réussi à commander une limousine aux vitres pare-balles, conduite par l'un des agents de sécurité de Sully, un loup lui aussi. Nous montons tous à l'intérieur. Scarlett sert le champagne.

Sur le chemin, le téléphone d'Aubrey se met à sonner. Elle jette un coup d'œil à l'écran et fronce les sourcils.

— Pardon, il faut que je réponde.

À l'autre bout du fil, j'entends la voix étouffée d'une femme en panique.

— Aubrey ! Quand je suis rentrée chez moi hier, mon

ordinateur avait disparu. Mon appartement était sens dessus dessous, tout a été fouillé.

Je plisse le front tandis qu'Aubrey se raidit.

— Tu as appelé la police ?

— Non ! Tu rigoles ? Ce n'est pas une effraction ordinaire. C'était Sentience ! Je t'avais bien dit qu'on me surveillait. Je me cache. Je ne sais pas si tu es en danger, mais je voulais te prévenir. Dis-le à Jan aussi.

L'odeur de peur qui émane d'Aubrey rend mon loup féroce. Dans la limousine, tout le monde a remarqué le changement d'atmosphère et est tourné vers Aubrey.

— Je suis désolée de vous avoir impliquées... bredouille la personne à l'autre bout du fil.

— Hé, tout va bien, la rassure Aubrey. Je serai prudente, et je vais m'assurer que Jan fasse attention aussi. On s'en sortira. Préviens-moi quand tu seras en sécurité.

— Qu'est-ce qui se passe ? s'enquiert Madi.

Aubrey hésite, puis secoue la tête avec un sourire forcé, sûrement pour ne pas gâcher l'ambiance festive.

— Rien. C'est juste... euh, quelqu'un que je connais a été cambriolé.

Ce n'est pas rien du tout, c'est évident, mais je ne dis rien avant que nous sortions de la limousine, nous donnant l'occasion de parler en tête à tête. Elle ne veut pas troubler le week-end de Madi, et je le respecte. Nous nous trouvons devant plusieurs boutiques de luxe situées dans une cour extérieure avec des fontaines et des jardins.

Le groupe s'éparpille et se donne rendez-vous dans deux heures.

— Que s'est-il passé ? demandé-je en menant Aubrey à l'écart. C'est lié à ton espionnage chez Sentience, c'est ça ?

Elle déglutit. Je déteste la peur que je lis sur son expression d'ordinaire si assurée.

— L'appartement de la lanceuse d'alerte a été retourné. Elle m'avait déjà dit que quelqu'un la suivait. C'est pour ça que j'ai paniqué, le soir où tu m'as suivie en voiture.

— Merde. Je suis désolé de t'avoir fait peur.

Elle secoue rapidement la tête.

— Non, ce n'est pas grave. J'ai juste...

— Je vais demander à quelqu'un d'aller faire un tour chez toi et de surveiller ton appartement en notre absence. Qui est Jan ?

Elle me jette un regard surpris, et je réalise que j'en ai trop dit. Je n'aurais pas dû entendre sa conversation, avec la musique qu'il y avait dans la limousine.

Je hausse les épaules d'un air nonchalant.

— J'ai entendu. Tu étais juste à côté de moi.

— Jan est mon amie avocate. Elle possède La Résistance avec sa compagne. Elle portera peut-être l'affaire en justice si nous trouvons assez de preuves.

— Tu veux que je la place sous protection, elle aussi ?

Aubrey ouvre des yeux ronds, mais son corps se détend. Je l'ai soulagée.

— Tu ferais ça ?

— Bien sûr.

Je téléphone à Grayson, notre portier. Il fait partie de l'équipe de sécurité de Sully, mais comme je suis le bêta de la meute, il m'obéira.

— Appelle Jan pour la prévenir, dis-je à Aubrey.

Nous avons chacun une courte conversation téléphonique, puis j'envoie l'adresse d'Aubrey et de Jan à Grayson par message.

— Merci, dit-elle en tournant ses yeux d'un brun chaud vers moi. Je comprends pourquoi c'est ton boulot d'arranger les situations.

Quelque chose se meut dans ma poitrine. Tout ce que je

fais a pour but de gagner l'approbation de mon alpha. Mais entendre l'admiration et la reconnaissance dans la voix d'Aubrey me fait quelque chose. Je veux faire l'objet de sa gratitude à nouveau. Je veux qu'elle continue de me regarder ainsi, comme quelqu'un de fort et de puissant. Comme un homme capable de redresser la barre en pleine tempête.

— C'est Madi qui t'a dit ça ?

Elle hoche la tête.

Je l'embrasse sur le front. C'est un geste très affectueux qui ne me ressemble pas du tout, mais cela me fait du bien.

Comme si l'espace d'un instant, je n'étais pas seul au monde. Seul contre le reste du monde.

Je peux choisir entre garder mon univers sous contrôle, ou devenir cet homme. Un homme qui protège une femme et lui témoigne de l'affection.

J'ai toujours cru que je ne voulais pas de ce rôle. Il implique de me montrer vulnérable. Pas seulement parce que je me dévoilerais à elle, mais parce qu'elle deviendrait ma faille. Ma faiblesse. Une cible potentielle.

Brick a choisi cette vie-là. Il a permis à quelqu'un de fragiliser tout ce qu'il a construit. Ce n'est plus le requin calculateur que j'ai connu à la fac. L'homme qui cherchait à reprendre tout ce que les Adalwulf lui avaient volé.

Mais Madi l'a également rendu plus fort. En tant que couple – en tant qu'alpha et luna –, leur tout représente plus que la somme de ses parties. Leur puissance est démultipliée. Et il sourit, désormais. Il a trouvé une satisfaction qui me paraissait hors de portée.

Mais je me trompais peut-être.

— Tu te sens mieux ? demandé-je.

— Oui.

— Bien. Viens, allons faire du shopping.

Je la prends par le bras et la guide vers une bijouterie.

— Sérieusement ? demande-t-elle en me jetant un regard par en dessous, une courbe sensuelle sur ses lèvres. Je ne te prenais pas pour un fan de shopping.

— Et tu voyais juste.

— Moi, je préfère les fripes. J'adore les magasins de déstockage et les marchés aux puces. Ici, je ne pourrais rien me permettre.

— Tu as les cent mille dollars que je te paye pour les fresques.

Elle m'adresse un sourire mutin.

— C'est vrai. Mais cet argent ne me paraît pas vraiment réel. Je poussais le bouchon pour te faire réagir. Je ne m'attendais pas à ce que tu acceptes de payer une somme pareille.

— Tu négociais le montant qui te semblait juste. Et j'ai payé ce qui me semblait juste. Allez, viens, allons voir cette boutique.

Je la mène à l'intérieur de la bijouterie, sur laquelle j'ai fait des recherches pendant le trajet.

— Leurs diamants sont synthétiques. Aucun enfant n'est mort en minant leurs pierres.

Aubrey me jette un regard.

— Tu te moques de moi ?

— Pas du tout. Je sais que c'est important pour toi.

Je me tourne vers la vendeuse, qui nous salue en français.

— Bonjour. Je voudrais acheter des piercings pour le nez et pour le nombril en diamant à ma petite amie. Vous en avez ? demandé-je dans la même langue.

Elle m'adresse un sourire rayonnant.

— Absolument. Nous en avons un large choix. Voyez ceci.

Elle sort un présentoir d'une vitrine verrouillée derrière elle.

Aubrey jette un regard indifférent alentour. Je comprends. L'argent et les cadeaux hors de prix ne l'impressionnent pas.

— Voici un diamant rose. Il lui irait à ravir, poursuit la vendeuse en français. J'ai aussi un anneau pour le nombril orné de deux diamants assortis. Je vais le chercher.

Elle se penche pour ouvrir une autre vitrine et en sort un autre présentoir.

Je prends le diamant rose et le tends à Aubrey, qui l'examine.

— Oh ! dit-elle, surprise. C'est un anneau pour le nez.

— Quoi, tu croyais que j'allais t'offrir un pendentif ringard, l'Argentée ? Je suis attentif. Je sais ce que tu aimes.

Je fais glisser un miroir dans sa direction.

— C'est celui-là que tu préfères ?

— Tu m'offres un cadeau, dit-elle d'un ton abasourdi. Ouah.

Elle colle le diamant rose à sa narine et ajoute :

— C'est vrai que tu es attentif. Il est très joli. Je... je l'adore.

Je vois presque sa lutte intérieure, et je me réjouis à l'idée d'avoir choisi le bon cadeau, une petite victoire. Celui-là, elle ne le rejettera pas à cause de son dédain pour l'argent. Et il lui prouve que je la respecte comme elle est, pour qui elle est.

— Il y a un anneau assorti pour ton nombril.

— C'est vrai ? Merci.

Elle esquisse un sourire tout en me dévisageant d'un air étonné.

— C'est... inattendu. Très gentil et généreux.

Elle lève la tête pour m'embrasser.

Je dois prendre sur moi pour ne pas me jeter sur sa bouche insolente et la pénétrer sauvagement avec ma langue jusqu'à ce qu'elle soit à bout de souffle. Mais je ne suis pas du genre à m'afficher en public.

— Je ne savais pas que tu étais capable d'autant de gentillesse.

— Je ne suis pas gentil, dis-je d'un ton sec. Mais je suis allergique à l'argent.

Aubrey semble réaliser quelque chose.

— C'est pour ça que tu étais tout rouge dès que tu m'embrassais !

Elle se plaque une main sur la bouche.

— Oh là là, pourquoi tu ne me l'as pas dit ?

— Je ne voulais pas que tu arrêtes. J'ai accepté le fait que toi, Aubrey Cook, tu étais ma kryptonite.

Son expression devient chaleureuse, malgré son sourire satisfait.

— Ça me plaît.

— Évidemment, dis-je avant de me tourner vers la vendeuse. On les prend.

Je lui montre les deux anneaux sertis de diamants roses. Le piercing de nombril fait au moins deux carats, et il est entouré d'une rangée de diamants blancs plus petits.

— Excellent choix, répond la vendeuse en passant sans accroc à l'anglais. Souhaitez-vous les porter tout de suite ?

Aubrey hoche la tête et troque ses anneaux en argent pour ceux en diamant pendant que je paye les cinq mille euros que valent les bijoux.

— Je les adore, merci, dit Aubrey en m'embrassant à nouveau.

Je suis soudain pris de panique. Que suis-je en train de faire ? Je joue les petits amis auprès d'Aubrey, ce que je ne suis pas.

Je ne peux pas l'être. La situation m'échappe. Une impression de danger imminent me monte dans l'échine. Un danger de vie ou de mort, mais cela n'a aucun sens.

Mon téléphone sonne, et je le dégaine aussitôt.

— Billy, c'est Grayson. Je suis passé chez Mlle Cook, et son appartement est sens dessus dessous. La porte a été forcée. D'après la voisine, ça doit remonter à hier. Elle a vu un type sortir de chez elle, et elle lui a demandé s'il gardait son appartement pendant qu'elle était à Monaco. Du coup il sait où elle se trouve, maintenant.

Merde.

C'était ça, l'impression de danger que ressentait mon loup. Pas les cadeaux que j'ai faits à Aubrey. Il s'inquiétait pour sa sécurité.

Et soudain, je réalise que c'est tout ce qui compte pour moi.

Je sors de la boutique, et Aubrey m'emboîte le pas.

— D'accord, signale-le à la police. Vois si tu repères…

Je m'interromps avant de dire *une odeur*.

— Des indices sur l'intrus. Et surveille les environs. L'immeuble est peut-être sous surveillance. Si c'est le cas, neutralise-les et enferme-les jusqu'à mon retour. Je les interrogerai.

— Tout de suite, chef.

La sensation de danger ne disparaît pas. Je jette un regard alentour, bien que nous soyons à plus de six mille kilomètres de Manhattan. Mon corps réagit avant même que je comprenne ce que je vois.

*Un sniper, à soixante mètres.*

Je plaque Aubrey au sol alors qu'une balle me transperce la peau et se fiche dans mon dos.

* * *

*Aubrey*

Je pousse un hurlement.

Je ne sais pas très bien ce qui se passe. Ni pourquoi Billy vient de me jeter par terre. Le trottoir m'égratigne les genoux. Son corps couvre le mien, aussi lourd qu'un rhinocéros.

À la façon dont il couvre ma tête avec ses bras, je comprends le danger avant même qu'il me dise d'une voix rauque :

— Reste à terre. Il y a un tireur.

Un tireur. C'est quoi ce bordel ?

S'agit-il d'un simple acte de violence ou est-ce lié à Sentience ?

Billy a sorti son téléphone, et il aboie :

— J'ai besoin de renforts *tout de suite*.

Il me hisse sur mes pieds. Il garde une main sur ma tête et me pousse en avant de manière à ce que j'avance pliée en deux.

C'est là que je vois le sang qui macule ses vêtements.

— Tu as été touché !

Oh non. Non, non, non, non. Oh mon Dieu.

— Billy !

C'est un cauchemar. Une catastrophe. Je prends de grandes goulées d'air et tente de réfléchir.

Il me fait courir, toujours penchée, derrière le muret d'un jardin, sans cesser de regarder au loin.

Je n'entends aucun tir, mais du verre explose derrière nous.

Des cris retentissent dans toutes les directions. Le tireur

doit utiliser un silencieux. Personne n'a entendu le premier tir, mais à présent, toute la rue sait qu'il y a une fusillade.

Mon cœur bat tellement fort que j'ai peur qu'il s'échappe de ma poitrine.

— Tu es touché. Oh mon Dieu.

La quantité de sang qui imprègne les vêtements de Billy me terrifie. Nous devons l'emmener aux urgences.

— À l'aide ! m'écrié-je en regardant autour de moi. Appelez une ambulance !

Il va mourir, parce qu'il cherchait à me sauver.

Il ne peut pas mourir.

Une balle frappe le mur de briques à ma droite. Je pousse un glapissement surpris.

— Tout va bien, dit calmement Billy, bien qu'il soit certainement sur le point de s'évanouir, vu tout le sang qu'il a perdu. Reste tête baissée, et on sera hors de son viseur.

— C'est moi qui suis visée ?

Il examine de nouveau les alentours et me traîne derrière lui, accroupie, jusqu'au muret suivant.

— Je ne le laisserai pas te toucher, l'Argentée.

Sully, Vance, Nickel et Eagle débarquent à l'angle du muret.

— Tireur à deux heures. Il cible Aubrey. Allez chercher un véhicule, aboie Billy avec une précision toute militaire.

Pourtant, ses gestes sont plus lents, comme si l'hémorragie l'atteignait enfin.

Il n'a jamais fait partie de l'armée, si ?

Plus étonnant encore, ses amis réagissent comme une unité d'élite.

— On est déjà sur le coup, répond Sully. Jake, Vance, mettez la main sur le tireur. On va couvrir Aubrey.

Sully et Nickel nous entourent, me protégeant davantage tandis que nous nous précipitons vers la rue.

Billy s'effondre et tombe sur un genou.

— Il est blessé ! m'écrié-je, bien que ce soit évident.

Nickel glisse une épaule sous le bras de Billy pour le hisser.

— Couvrez Aubrey, dit ce dernier d'une voix faible.

Oh non. Il va mourir. Je ne peux pas le laisser mourir.

Ce n'est pas possible.

— Il faut le conduire à l'hôpital ! m'exclamé-je.

Brick, Madi, Scarlett, Ruby et Eagle courent dans tous les sens, et l'un des hommes lance :

— Protégez la luna.

Brick et Scarlett se placent de chaque côté de Madi.

Des sirènes retentissent au loin.

La limousine se gare devant nous, portières ouvertes. Les hommes nous mènent jusqu'au véhicule. Billy est toujours collé à moi comme si j'étais la personne à protéger, alors que c'est lui qui se vide de son sang.

— Attendez, dis-je en pointant le doigt en direction des sirènes. Ça doit être l'ambulance. Billy doit aller à l'hôpital.

Personne ne fait attention à moi.

— Mettez Aubrey à l'avant, ordonne Brick derrière nous.

Il me prend par le bras et tente de me séparer de Billy.

— Bonne idée, renchérit Madi.

À l'avant ? Avec le chauffeur, coupée des autres par une vitre ?

Pas question.

— Pourquoi ? demandé-je d'une voix stridente.

— Aubrey...

Madi tente à son tour de me séparer de Billy.

Ce dernier s'effondre contre la portière de la limousine, et Nickel et Sully sont obligés de le soulever et de le jeter comme une botte de foin sur l'un des sièges.

L'idée qu'il puisse vraiment mourir me glace.

— Non ! m'écrié-je en faussant compagnie à Brick et Madi afin de me jeter aux côtés de Billy. Je reste avec lui.

— Merde, grommelle Brick, mais tout le monde monte maladroitement en voiture, et la limousine démarre dans un crissement de pneus avant même que la portière soit fermée.

— Billy.

Je me laisse tomber à genoux devant le siège sur lequel il est roulé en boule, sur le flanc. Son visage est exsangue, il claque des dents.

Nickel s'assoit à ses pieds et le fait rouler sur le ventre pour examiner sa blessure.

Paniquée, je passe les paumes sur tout son corps comme si mon contact pouvait le guérir.

— Qu'est-ce qui vient de se passer, bon sang ? rugit Brick.

Les lèvres de Billy bougent, mais aucun son n'en sort. Il se met à trembler comme s'il convulsait. Ses yeux deviennent argentés, glacés.

— La balle ne l'a pas traversé, dit Nickel. Heureusement pour Aubrey.

Pour moi ? Qu'est-ce qu'il veut dire par là, nom de Dieu ? Oh, que la balle aurait pu me toucher à mon tour ? Mais tous ceux qui ont vu des films sur la mafia savent qu'il vaut toujours mieux que la balle ressorte. Si elle est restée coincée dans l'un des organes de Billy, il devra subir une grosse opération.

— C'est ma faute, dis-je d'une voix étranglée. Le tireur en avait après moi.

Un drôle de craquement provient du dos de Billy, comme s'il se brisait. Seigneur, la balle a-t-elle touché sa colonne vertébrale ?

— Merde, marmonne de nouveau Brick.

— C'est pour moi qu'il a pris cette balle, dis-je, le visage baigné de larmes. Et maintenant, il va mourir.

— Non, il ne mourra pas, dit Nickel d'un ton calme.

Étrange, comme les gens réagissent différemment aux situations de crise. Billy était calme, lui aussi.

Et maintenant, il va mourir.

Son visage se tord. Les craquements d'os deviennent plus sonores. Il y a un bruit de tissu déchiré, puis soudain, Billy disparaît.

Je retiens mon souffle.

À sa place se trouve un *énorme loup blanc et gris*. Les vêtements de Billy sont en lambeaux autour de lui.

Une drôle de plainte quitte ma gorge. Qu'est-ce qui vient de...

La fourrure blanche du loup devient rouge de sang.

— C'est bien, Billy, dit Nickel en tapotant le flanc de l'animal. Laisse ton loup te guérir.

— Le... le loup c'est Billy.

Ma voix paraît lointaine à mes oreilles.

*Billy est un loup.*

Je tourne la tête pour regarder le reste du groupe. Aucun des visages ne semble surpris. Ils sont pâles, sérieux, mais pas surpris. Pas même celui de Madi.

— Billy est un loup-garou ?

C'est comme si une part de mon cerveau – celle qui a grandi avec des contes de fées et des romans fantasy – comprenait parfaitement, tandis que l'autre soutenait que c'était impossible.

— Un métamorphe loup, précise Madi.

C'est là que ça me frappe.

— Vous êtes tous des loups.

Sauf Madi. À moins qu'elle ait été transformée ?

— Il va s'en sortir, me dit-elle.

Cette fois, je la crois. Car si des hommes sont capables de se transformer en loup, je peux croire à la magie et aux miracles.

Je dodeline de la tête, les joues trempées de larmes.

— D'accord, reniflé-je. C'est bien.

Je réalise que les autres passagers se consultent du regard.

Je connais leur secret.

Je penche la tête vers celle du loup. Il est gigantesque, beaucoup plus grand qu'un loup normal. Mon corps éprouve une peur primaire face à cette énorme tête et ces dents immenses, mais il s'agit de Billy. L'homme qui vient de se prendre une balle pour moi.

— Par pitié, rétablis-toi, murmuré-je.

Il lèche les larmes sur ma joue.

— S'il te plaît.

— Il ne saigne déjà plus, annonce Nickel. Son corps va expulser la balle d'ici un jour ou deux. Il aura besoin de repos, c'est tout.

Le soulagement me submerge, et je me mets à pleurer de plus belle.

— Oh. Tant mieux, dis-je en caressant ses oreilles soyeuses. C'est bien, c'est très bien.

— Que s'est-il passé, Aubrey ? demande Brick, sans aboyer cette fois.

J'essuie mes larmes avec mon poignet et me tourne vers lui, une main sur la tête de Billy.

— J'ai été mêlée à de l'espionnage industriel. Pour faire tomber Sentience, l'entreprise d'intelligence artificielle qui pille les œuvres de tout le monde.

Brick écarquille les yeux.

— Tu étais au courant ? demande-t-il à Madi, qui grimace.

— Oui.

— Un lanceur d'alerte qui bossait pour une autre entreprise d'intelligence artificielle a été retrouvé mort dans une chambre d'hôtel il n'y a pas très longtemps, dit Brick. La police a conclu à un suicide... mais ses parents contestent. Ces types ne plaisantent pas.

Je tressaille. Jamie avait raison d'être parano.

— Alors ils cherchent à se débarrasser de moi. Le type que Billy a envoyé chez moi vient de lui dire que mon appartement avait été fouillé hier, et ils ont dû me suivre jusqu'ici. C'est... dingue.

Je secoue la tête, incapable de croire que les choses aient pu en arriver là.

— Ça aurait été sympa de me prévenir, grommelle Brick en regardant tour à tour Madi et Billy.

C'est étrange de voir quelqu'un parler à un animal comme s'il pouvait le comprendre.

Soudain, je comprends mieux leur relation. Billy et ses amis sont des loups. Ils suivent un alpha, Brick.

Pas étonnant que Madi ait pris ses distances après s'être fiancée avec lui.

Je repense à la façon dont elle se sentait mise à l'écart par Brick, au début, comme quand il l'a fait loger dans une aile séparée de sa demeure dans les Adirondacks. Ce devait être avant qu'elle...

— Madi... est-ce que tu es une louve, toi aussi ?

J'ai besoin de savoir. Vont-ils me mordre pour que je devienne comme eux, moi aussi ? Comment ça marche ?

Mon amie lâche un petit éclat de rire, mais ses yeux sont tristes, comme si elle regrettait de ne pas avoir pu tout me raconter dès le début.

— Non. Je suis toujours comme avant. Ils appartiennent à une espèce distincte. Ça ne fonctionne pas par contagion, comme dans les films.

— D'accord.

Je me tourne de nouveau vers Billy. J'ai atteint mes limites, question nouvelles informations. Je caresse sa tête et ses oreilles.

Je me ficherais bien qu'il fasse partie d'une meute d'ânes. Tout ce qui compte, c'est qu'il est bien plus que je ne le croyais. Je le prenais pour un connard de milliardaire. Un grand méchant tyran. Je croyais qu'il ne pensait qu'au fric, alors qu'en fait, il avait une profondeur et une histoire dont je ne voyais rien.

À présent, je veux apprendre à connaître le véritable Billy. Celui qui est farouchement loyal à son alpha. Celui qui a risqué sa vie pour me protéger. Il recèle des choses que je ne soupçonnais pas, et je veux tout découvrir.

# Chapitre Vingt-Quatre

**B**illy
Je me réveille avec l'odeur de muscade et de miel d'Aubrey dans les narines. Je la hume et me sens profondément apaisé, comme si je me trouvais au bon endroit.

Une seconde... où suis-je ? Aubrey et moi ne dormons jamais ensemble. Nous couchons ensemble, puis je m'en vais. J'oblige mes paupières lourdes et irritées à s'ouvrir et je regarde autour de moi. Je me trouve dans le bungalow d'Aubrey. Elle est roulée en boule à mes côtés, ses innombrables tresses étalées sur l'oreiller. Son anneau de nez en diamant est très joli et délicat dans sa narine.

Entre ça et la vive douleur entre mes omoplates, je me rappelle enfin. Les tirs dirigés contre Aubrey. La fuite jusqu'à la limousine. La suite est floue. Je me souviens vaguement qu'Aubrey pleurait. Que je lui ai léché le visage.

Merde.

Je me suis transformé. Évidemment ; j'étais blessé. Mon corps se rétablit beaucoup plus vite sous forme de loup.

Je me souviens qu'Aubrey a insisté pour me soigner en

personne, raison pour laquelle Nickel m'a porté dans son bungalow.

Je tends la main vers elle et tire son corps contre le mien. Elle ouvre des yeux étonnés.

— Je ne voulais pas te réveiller, murmuré-je.

— Tu as repris connaissance !

Elle s'assoit, mais je l'oblige à se rallonger.

— Comment tu te sens ? me demande-t-elle avant de se tourner vers la table de chevet pour prendre une bouteille. Tiens, bois un peu d'eau. Tu as perdu beaucoup de sang.

Je sens un sourire étirer la commissure de mes lèvres. D'habitude, je déteste me sentir à la merci de quelqu'un d'autre. J'aime être celui qui orchestre tout et donne les ordres. Je ne suis pas du genre à me réveiller sans savoir où j'ai dormi. Mais reprendre connaissance aux côtés d'Aubrey ne m'a pas dérangé. Et le fait qu'elle prenne soin de moi est... gentil. Tendre.

Ce qui est étrange, car la tendresse n'est pas une émotion que je tolère, d'habitude. Pas même envers ma mère ou ma sœur. J'accepte la bouteille d'eau et l'engloutis. Elle avait raison ; j'ai soif.

— Tu as faim ?

Mes mains glissent sur ses fesses et les pétrissent.

— Je suis mort de faim.

Une partie de l'inquiétude dans l'expression d'Aubrey s'envole.

— Tu vas vraiment mieux, hein ?

Je jette un coup d'œil à l'horloge.

— Je suis resté inconscient combien de temps ?

— Seize heures.

Elle me regarde d'un air hébété, ses iris bruns ornés de paillettes dorées.

— Tu m'as sauvé la vie.

Me souvenir que quelqu'un est toujours à ses trousses me pousse à prendre une grande inspiration. Je m'assois, grimaçant légèrement à cause de la douleur dans mon dos.

— Ils ont trouvé le tireur ? Qu'est-ce qui s'est passé ensuite ?

Cette fois, c'est Aubrey qui m'oblige à me rallonger.

— Je ne sais pas. Jake et Vance l'ont poursuivi, mais on ne m'a pas dit s'ils l'avaient trouvé.

Je la dévisage et glisse une main sur sa nuque.

— Alors tu connais notre secret maintenant.

Elle hoche la tête.

— Ouah.

— Ça n'a pas l'air de te perturber.

— Tu étais en train de mourir, ça a pris le pas sur le reste.

Le chevrotement dans sa voix me serre le cœur.

Je me souviens de son visage baigné de larmes près de ma tête, après la transformation. Elle s'inquiétait pour moi. Cette fille qui me haïssait était dévastée par ma blessure.

— Je ne les laisserai pas te faire du mal, l'Argentée. Je vais découvrir qui t'a tiré dessus, et j'arracherai la colonne vertébrale de son pelvis.

Elle ouvre de grands yeux.

— C'est, euh, effrayant, mais sexy.

Je sens le miel de son excitation.

Son corps a besoin de moi. Tout comme le mien a besoin d'elle.

Mes lèvres frémissent à nouveau. Mon sexe s'allonge pour elle. Je la couche sur le dos et lui grimpe dessus. Je suis toujours nu après ma transformation.

— Maintenant, je vais te baiser.

Elle fait onduler son bassin contre le mien mais dit :

— Tu es sûr ? Je veux dire, tu es en état de le faire ?

— J'ai besoin de ta chatte, Aubrey. Elle va m'aider à guérir.

Elle pousse un soupir amusé.

— J'ai comme un doute. Mais d'accord.

Elle cherche à tâtons la boîte de préservatifs que j'ai laissée à côté de son lit lorsque je l'ai accompagnée à sa chambre, à notre arrivée. Ça me paraît si loin.

Elle porte une culotte et un débardeur lavande. Maintenant qu'elle sait ce que je suis, je n'ai plus besoin de cacher ma force. Je tire sur sa culotte à deux mains et la déchire en deux.

Aubrey pousse une exclamation, puis se met à glousser.

— Oh la vache ! Tu es hyper fort. Tout s'explique, maintenant.

Je déchire l'avant de son débardeur.

— J'avais tellement d'indices, pourtant.

— Comme quoi ? demandé-je.

Je tiens à savoir quelles erreurs j'ai faites. Moi qui aime tout contrôler, je veux connaître mes faiblesses.

— Ta force. La façon dont tu as appris à Pepper à être propre d'un seul regard. Le fait que Madi m'ait mise à l'écart.

Je déroule un préservatif le long de mon érection.

— Je te prenais pour un connard, alors que tu protégeais simplement votre secret.

— Non. Je suis un connard, lui assuré-je. Personne ne dirait le contraire.

Elle secoue la tête.

— Pas du tout.

Je frotte mon gland entre ses jambes. Elle est mouillée, prête à m'accueillir. Je m'enfonce lentement. Mon corps est toujours affaibli, de sorte que je n'ai pas le même désir frénétique que d'habitude.

J'ai envie de prendre mon temps. De savourer l'expérience merveilleuse d'être en elle sans me plier en quatre pour lui donner du plaisir et atteindre l'orgasme à mon tour.

Elle est toujours en train de réfléchir.

— Madi m'a dit que tu étais classiste. Je pensais que c'était un euphémisme pour raciste. Mais à présent, je comprends. Tu ne te mêles pas aux étrangers. C'est comme ça que tu appelles les gens comme moi ?

Une sorte de douleur me transperce la poitrine. Je n'ai pas envie d'être la personne qu'elle me décrit. Je n'aime pas ce que cela m'inspire. D'habitude, j'agis sans compassion, car la compassion m'empêche de prendre des décisions clairement.

Mais Aubrey ne semble ni vexée ni critique. On dirait plutôt qu'elle me voit pour ce que je suis, et que cela ne la révulse pas.

— Les humains, dis-je d'une voix enrouée.

Je me mets à aller et venir en elle avec lenteur, me délectant de son passage étroit et de la façon dont elle colle ses seins pulpeux contre mon torse, le bassin relevé pour me prendre plus en profondeur.

— J'ai été élevée dans une petite ville composée exclusivement de métamorphes. Mon père est un suprémaciste métamorphe.

Par le Destin, pourquoi je lui raconte tout ça ? Je n'en parle jamais. Je ne l'ai pas fait depuis que je me suis confié à Brick lors de notre première année de fac à Yale.

Je trouve les mains d'Aubrey et les coince de chaque côté de sa tête, mes doigts mêlés aux siens.

— Je suis ta première ? s'enquit-elle.

— Ma première quoi ?

— Ta première humaine ?

Je grimace.

— Oui, admets-je.

Elle ne semble pas offensée.

— Toi aussi tu es mon premier, dit-elle avec un sourire.

— Ton premier loup ?

— Mon premier milliardaire. Et mon premier loup. J'avais déjà couché avec un blanc, par contre.

Je ne peux pas m'en empêcher. J'éclate de rire. Tout semble si différent avec Aubrey, désormais. Comme si nous nous étions débarrassés de nos carapaces. Tous nos sarcasmes, toutes nos joutes verbales ont disparu. Nous sommes soudain dans le même camp.

Je me penche sur elle et la mordille dans le cou tout en continuant mes va-et-vient pleins de souplesse.

— Je t'ai désirée à l'instant où j'ai senti ton odeur de muscade et de miel au café. Tu étais tellement insolente. Je voulais te pencher sur le comptoir pour fesser ton joli cul.

Aubrey se met à mouiller de plus belle, excitée par cette scène de domination. Je continue sur cette lancée en emprisonnant sa gorge sous mes doigts.

— Je t'ai obligé à enfreindre ton propre règlement ? me demande-t-elle, les paupières mi-closes.

Des alarmes résonnent dans ma tête. Je ne devrais pas partager ça avec elle, lui donner des raisons de me détester, mais elle ne semble pas s'en formaliser.

— Oui, admets-je.

Elle a un sourire satisfait.

— Toi aussi, tu m'as obligée à enfreindre mon règlement.

Par le Destin, elle est sublime. J'adore la voir comme ça : douce et ouverte à moi. J'aime aussi quand elle est fougueuse, mais là, c'est particulier. Elle me laisse la découvrir.

— Ton règlement antimilliardaires ?

— Ouaip. Je voulais continuer à te détester, mais tu étais beaucoup trop sexy pour ça. Et puis après tu t'es mis à me chauffer avec tes compétences.

— Mes compétences ?

— La façon dont tu résolvais les problèmes sans difficulté. Comme quand tu as dressé le chiot, ou quand tu as fait effacer les images de vidéosurveillance. Quand tu m'as protégée du sniper. Il y a de quoi fondre, Billy.

Une expression vulnérable apparaît sur son visage.

— Je me considère comme une femme forte et indépendante, mais j'aime la façon dont tu prends soin de moi. Tu me vois pour ce que je suis vraiment, malgré le rôle que je peux jouer.

Mon loup est ravi d'apprendre qu'elle sent que je la protège. Je réalise que la force d'Aubrey m'attire, même si mes préjugés me poussaient à croire qu'elle était faible, car humaine. Je me trompais, tout comme je me suis trompé avec Madi. Aubrey a des forces dont je ne soupçonnais même pas l'existence. Elle est courageuse, loyale, et a un sens de la justice inébranlable, même face au danger.

Elle est unique en son genre. Je la prenais pour une lubie que je devais satisfaire avant de l'oublier, mais elle est beaucoup plus que ça.

Elle est tout pour moi.

— L'Argentée, je vais encore t'épater avec mes compétences. Je vais te faire jouir avec mes doigts autour de ta gorge.

Elle sourit.

Je serre les doigts, pas assez pour l'empêcher de respirer, seulement pour l'exciter. Mes coups de reins deviennent plus puissants, plus profonds. Plus significatifs.

Elle se met à gémir, un son qui fait ressortir mon côté sauvage. Je vais de plus en plus vite, de plus en plus fort. Ses yeux roulent dans leurs orbites. Ses soupirs me rendent dur comme du bois.

Mon corps puise dans de nouvelles sources d'énergie – sans doute directement en Aubrey –, et la tension monte. Mes bourses se contractent.

— Jouis, Aubrey, ordonné-je.

— Oui ! Oui ! s'exclame-t-elle. Je vais…

Ses muscles se contractent sur mon membre.

J'atteins l'orgasme presque en même temps qu'elle, m'enfonçant profondément et emplissant le préservatif. Quand nous avons fini, je me laisse tomber sur le flanc et enlace Aubrey, humant son odeur pour l'enfouir en moi.

Ce n'était pas censé se passer ainsi. Ça ne faisait pas partie de mes grands projets. Aubrey n'aurait pas dû apprendre qui je suis. Je ne devrais pas être allongé là, mes bras autour d'une humaine, à ne penser qu'à elle et sa sécurité.

Mais aucune part de moi ne le regrette.

Aubrey est à moi. Je compte pourchasser ses ennemis et les éliminer les uns après les autres.

Je me placerai entre elle et le danger.

Quitte à tout perdre.

# Chapitre Vingt-Cinq

*ubrey*

Après l'amour, Billy se rendort en m'enlaçant, alors je me glisse hors du lit sans un bruit et sors sur le balcon pour appeler Madi. J'ai tenté de joindre Jamie hier soir pour lui dire que quelqu'un avait essayé de me tuer et que je craignais que cela soit lié à Sentience. Elle continue de se cacher, et j'espère qu'elle restera indemne.

Nous devions rentrer en avion ce matin afin de nous préparer pour le mariage, mais les autres ont décidé de repousser notre retour le temps que Billy récupère. Ils comptaient partir dans l'après-midi que Billy ait repris connaissance ou non, ce qui m'a terrifiée.

Mais après cette démonstration spectaculaire de virilité, j'imagine que je n'ai aucune inquiétude à avoir. Ses amis avaient raison, il s'en remettra.

Et c'est complètement dingue. Toutes les pièces du puzzle s'emboîtent enfin dans ma tête. Tous les indices que j'avais à disposition sans les reconnaître. Son allergie à l'argent... oh la vache !

Les loups-garous ne supportent pas l'argent, du moins

selon la légende. Mais Madi m'a dit que ce n'étaient pas des loups-garous, plutôt des métamorphes loups.

J'ai une multitude de questions.

Mon amie répond après deux sonneries.

— Coucou, comment va Billy ?

— Il vient de se réveiller. On a couché ensemble puis il s'est rendormi.

Madi rit.

— Bon, j'imagine que ça veut dire qu'il peut prendre l'avion.

— Oui. Dieu merci.

— Jake et Vance n'ont pas réussi à trouver le tireur.

Je retiens mon souffle.

— Vraiment ?

— Mais grâce à sa famille, Nickel a pu confirmer qu'il ne s'agissait pas de Luka ou de sa meute. Tu as sans doute vu juste ; c'est Sentience qui a envoyé le tireur.

— Alors... tu as épousé un loup, hein ?

— Oui. Je suis désolée de n'avoir rien pu te dire. Ça me tuait. Je sais que ce secret nous éloignait, et je ne savais pas comment arranger les choses.

Les larmes me montent aux yeux. Soudain, je me mets à sangloter.

— Oui, tu m'as vachement manqué.

— Toi aussi ! Je suis désolée, Aubrey.

— Bon, maintenant je suis au courant. Je comprends mieux pourquoi tu me mettais en garde, pour Billy.

— Je pense que j'avais tort. Il avait des préjugés contre les humains, à l'époque. Il estimait que je n'étais pas faite pour Brick parce que je ne suis pas une louve, et que les alphas doivent protéger leur lignée, sinon leurs louveteaux risqueraient de ne pas être capables de se transformer. Mais je pense que tu lui as ouvert les yeux. Je pense que tu es peut-être sa compagne.

Elle prononce ce mot avec un tel respect que je devine qu'il possède un sens plus profond.

— Qu'est-ce que ça signifie ?

— Eh bien, les loups peuvent avoir des relations amoureuses ordinaires, comme les humains. Mais il semblerait que chaque loup ait une sorte d'âme sœur. Une compagne destinée. Une personne qu'ils identifient immédiatement comme l'élue. Par leur odeur, principalement. Sauf que trouver la seule et l'unique n'est pas si courant. Il faut parfois remuer ciel et terre. Donc quand ça arrive, c'est un événement.

Je me remémore ce que Billy m'a dit pendant que nous faisions l'amour. *Je t'ai désirée à l'instant où j'ai senti ton odeur de muscade et de miel au café.*

Suis-je sa compagne destinée ? Cela expliquerait pourquoi il m'a couru après en dépit de sa raison.

— Tu es la compagne de Brick, toi ?

— Oui. Je crois que c'est rare pour un loup alpha d'avoir une humaine pour compagne destinée, alors sa meute a eu du mal à l'accepter.

— Oh la vache. Ça a dû être tellement dur. C'est dommage que tu n'aies pas pu m'en parler.

Ça me brise le cœur qu'elle n'ait pas pu se confier à moi.

— J'avais envie de le faire. Vraiment. Je me sentais très seule. Mais faire partie de la meute impliquait de respecter le sceau du secret.

Je réfléchis.

— Je peux comprendre.

Si l'humanité apprenait que certaines personnes sont capables de se transformer en loups, les métamorphes seraient traqués ou subiraient des expériences. Ils perdraient leur liberté à jamais.

— Enfin bref, ils ont fini par changer d'avis quand j'ai fait mes preuves.

— Et tu penses que je pourrais être la compagne destinée de Billy ?

— Tu le fascines depuis le début. J'aurais dû m'en rendre compte plus tôt, mais je ne lui faisais pas confiance. Ça me paraît évident, désormais. Il s'est battu avec les membres de la meute de Monaco quand leur alpha a dit quelque chose d'insultant à ton sujet, sur le yacht. Et hier, te protéger était son idée fixe. Il était prêt à mourir pour toi. Vu que d'habitude, Billy est plutôt égoïste, je dirais que tu représentes bien plus qu'une mission pour satisfaire son alpha.

Cela me donne matière à réflexion.

— Mais le plus important, c'est ce que toi, tu ressens, ajoute Madi.

Ce que je ressens ? J'essayais de me convaincre qu'il s'agissait d'une simple aventure. Que Billy n'était pas un petit ami potentiel. Que nous étions trop différents. Mes idéaux et l'image que je me fais de moi-même ne sont pas compatibles avec les vols en jet privé pour faire la fête à l'autre bout du monde et les appartements luxueux sur Billionaires' Row.

Mais Billy m'a démontré qu'il avait de la profondeur, derrière tout son fric. Il lutte contre le réchauffement climatique et s'intéresse à la protection de l'environnement. Je le croyais froid et égocentrique, mais j'ai découvert qu'il était prêt à tout pour son entourage et que sa carapace avait pour origine des blessures profondes.

Je prends une inspiration.

— Honnêtement ? Je suis en train de tomber amoureuse

de lui, Madi. Et pas qu'un peu. J'essayais de me convaincre que ce n'était qu'une histoire de sexe parce qu'il représentait tout ce que je déteste chez les hommes, d'habitude, mais je ne peux pas nier comment je me sens avec lui.

— En sécurité ? demande Madi.

— Oui ! C'est comme ça que tu te sens quand tu es avec Brick ?

— Oui.

— Je me sens comprise. Protégée. Il prend soin de moi comme mon père prend soin de ma mère. Hier, il m'a acheté des bijoux, et pas un bracelet tennis à la con. Il a trouvé des anneaux de nez et de nombril en diamants roses synthétiques.

— Il a vraiment réfléchi à ce qui te ferait plaisir.

— Exactement !

— Oui, il est très attentif aux autres, même s'il fait mine d'être indifférent. Ça doit venir des violences qu'il a subies enfant.

Ma poitrine se serre. Je l'ai jugé beaucoup trop sévèrement.

À présent, après tout le plaisir que j'ai pris à le torturer, j'ai seulement envie de lui rendre la vie plus facile. Je veux être là pour lui comme il a été là pour moi hier. Le pousser à s'ouvrir et à se confier à moi.

J'ai envie d'être sa compagne.

— Oui, je tombe vraiment amoureuse, Madi. J'espère que c'est réciproque.

* * *

Je sors de la douche. Billy dormait toujours après ma

conversation avec Madi, alors j'ai décidé de me laver et de commencer à faire mes bagages.

Tandis que je m'essuie, j'entends la grosse voix de Brick dans mon bungalow.

Oh ! Billy a dû se réveiller et le laisser entrer.

*Gênant.* Je n'ai pas envie de sortir en serviette. J'applique de la crème hydratante.

Leurs voix sont basses, et je n'arrive pas à distinguer ce qu'ils se disent, jusqu'à ce que la climatisation s'arrête. Soudain, je les entends clairement.

— Je veux savoir quelles sont tes intentions. Aujourd'hui. Plus elle accumulera de souvenirs, plus il sera difficile de les effacer.

Je me fige. *Effacer. Mes souvenirs ?* Pardon ?

Mon cœur se met à tambouriner.

Il parle vraiment d'effacer mes souvenirs ?

Madi n'en a pas parlé. Mais après tout, pourquoi l'aurait-elle fait, si elle savait ce qui m'attendait ? Cela aurait seulement ajouté des souvenirs à effacer.

L'estomac retourné, je me sens soudain nauséeuse.

— Je vais m'en occuper.

— T'en occuper comment ? Tu la conduiras au roi vampire pour qu'il lui efface la mémoire ? Ou c'est ta compagne ? demande Brick, toujours à voix basse. Tu comptes la marquer ?

— Putain.

J'entends le pas lourd de Billy, comme s'il venait de sortir du lit.

Son *putain* était-il une exclamation de douleur ? Ou de dépit parce qu'il ne sait pas si je suis sa compagne ?

Soudain, j'ai l'impression de dériver dans l'espace. Il y a quelques semaines, la réponse ne m'aurait fait ni chaud ni froid. Il y a quelques semaines, je ne voulais pas de relation avec Billy, à part du sexe.

Et là, je viens de décider que je voulais rester avec lui pour toujours.

Mais Billy a eu une enfance difficile, maltraité par un suprémaciste métamorphe. Cela risque de l'empêcher d'accepter une compagne destinée humaine. *Si* je suis bel et bien sa compagne destinée.

Seigneur, que c'est compliqué ! Je prends appui contre le meuble de salle de bains, car j'ai soudain les jambes en coton. Je tremble, même si je ne saurais décrire mon émotion. Pas de la peur. Pas de la douleur. Seulement... de la vulnérabilité. Tout mon univers semble vaciller.

Hier, quelqu'un a tenté de m'assassiner.

J'ai découvert que les métamorphes existent, et que le type avec qui je couche est un bêta à la fourrure gris et blanc.

Il s'avère que ma meilleure amie ne m'a pas abandonnée pour son fiancé, mais qu'elle a rejoint une meute de loups.

Des loups qui savent comment effacer la mémoire des gens qui découvrent leur secret.

Il se peut que je sois la compagne destinée de Billy.

C'est cette dernière information qui me déstabilise le plus. Je veux que Billy me choisisse. Pas parce que mon odeur lui plaît, mais parce qu'il m'aime.

— Je ne sais pas, répond enfin Billy.

La lèvre tremblante, je prends une grande inspiration.

— Mais je vais régler ça d'une manière ou d'une autre, Alpha.

# Chapitre Vingt-Six

**B***illy*

La veille du mariage de Brick, je retourne chez Sentience.

J'ai laissé Aubrey dormir dans mon lit. Dans l'immeuble de notre meute, elle est en sécurité. Je regrette de la laisser après le dîner de répétition, mais je suis incapable de dormir avant d'avoir arrangé ça.

Il faut que je découvre si Sentience est derrière la tentative de meurtre. Je n'ai eu aucun mal à joindre le PDG et son équipe dirigeante et à me faire inviter à une entrevue en privé.

Je suis venu avec un complice pour être sûr que tout se passera sans accroc.

L'agent de sécurité nous souhaite la bienvenue et nous fait pénétrer dans l'entreprise. Les heures de bureau sont terminées. Je voulais venir quand seule l'équipe dirigeante serait présente.

Je marque un arrêt devant la fresque d'Aubrey. Je détruirais tout l'édifice à mains nues, s'il n'y avait pas cette œuvre magnifique. J'ai d'autres projets. J'ai prévu d'expulser les occupants actuels du bâtiment, pour de bon.

Je ne suis pas parfait, mais Aubrey a déteint sur moi. J'ai envie de créer un monde meilleur.

— Par ici, dit le vigile en nous guidant jusqu'aux ascenseurs.

Thaddeus, le roi vampire de Manhattan, marche d'un pas nonchalant à mes côtés. C'est lui, mon complice. Il a décidé de me donner un coup de main, parce que ça l'amuse… et parce que je le paye dix millions de dollars.

Une fois que le vigile a passé son badge dans l'ascenseur pour nous laisser monter, Thaddeus se tourne vers lui et plonge son regard dans le sien. L'humain se fige, comme un lapin pris dans les phares d'une voiture.

— Donnez-moi votre badge, ordonne Thaddeus.

L'homme obéit.

— C'est bien, roucoule le vampire. Maintenant, écoutez-moi. Vous avez décidé que ce boulot n'était pas fait pour vous. Vous allez démissionner pour réaliser votre plus grand rêve. Qu'est-ce que vous avez toujours adoré faire ?

— Surfer, répond l'humain.

— Parfait.

Thaddeus lui ordonne de tout quitter pour aller vivre à San Clemente, en Californie.

— Filez.

L'humain quitte le bâtiment comme un robot.

Je n'avais encore jamais vu un vampire hypnotiser un humain, mais cela me rend malade.

C'est nécessaire, cependant.

— Il sera plus heureux là-bas, me dit Thaddeus, comme s'il percevait mon malaise.

Il agite le badge avec un sourire complice et sort dans l'ascenseur. Il va s'occuper du reste de l'équipe de sécurité.

Il ne restera plus que les gens qui ont orchestré l'assassinat d'Aubrey.

Personne ne les entendra crier.

L'ascenseur me conduit à l'étage de la direction. Je sors et remarque chaque détail de la pièce. Nous nous trouvons dans un vaste open space avec une vue époustouflante sur Manhattan. Six hommes s'y trouvent : les fondateurs et le PDG. Deux d'entre eux jouent au baby-foot sous les yeux de leurs amis. Trois autres boivent de la bière, et le dernier mange des chips saveur barbecue. Je les sens d'ici. D'autres odeurs sont mêlées à celle-ci. Quelqu'un fume de l'herbe, et l'un des types est en sueur. Une note amère m'apprend qu'ils touchent également à des drogues plus dures, comme la cocaïne.

Enfin, l'un d'eux me remarque et approche d'un pas tranquille. Il est asiatique, presque aussi grand que moi, et a le regard vitreux.

Il écarte les bras pour me souhaiter la bienvenue.

— William White, c'est bien ça ?

Je hausse le menton, mais ne prends pas la peine de le saluer. Mon loup et moi sommes prêts à laisser éclater la violence.

Si ce mec tente de me serrer la main, je casserai la sienne.

— Bon sang, je suis content de vous rencontrer. Nous étions tous impatients, pas vrai les gars ?

Les autres types acquiescent avec enthousiasme.

Voici les hommes qui ont failli m'enlever Aubrey. Si je n'étais pas un métamorphe avec des sens surdéveloppés et une rapidité hors du commun, la balle aurait atteint sa cible, et elle serait morte dans mes bras.

C'est impensable.

Ils vont me le payer.

Je dois simplement me maîtriser encore quelques minutes, le temps que Thaddeus chasse l'équipe de sécurité.

— Ravi de vous rencontrer. Vraiment ravi, continue de dire le type devant moi.

Oui, il a pris quelque chose. Je l'ai déjà rencontré, d'ailleurs, lors du gala en l'honneur de la fresque d'Aubrey, mais je n'ai pas l'intention de le lui rappeler.

Derrière nous, l'ascenseur sonne, et je me crispe, car j'ignore ce qui risque d'en surgir. Thaddeus a-t-il réussi à maîtriser tous les gardes ?

La porte s'ouvre, et Brick en sort, suivi de Nickel, Jake et Vance. Il me sourit. Ses yeux luisent, et ses canines sont allongées ; son loup est de sortie.

— Tu ne croyais quand même pas qu'on te laisserait faire ça tout seul ?

Le soulagement m'envahit, suivi par la gratitude. Mes frères de meute me soutiennent toujours. Même mon alpha est là, la veille de ses noces. Je lui tends la main, et il la serre dans la sienne. Je le tire vers moi et parle assez bas pour que seuls les métamorphes nous entendent :

— Ils s'en sont pris à Aubrey. Je veux qu'ils souffrent.

— D'accord.

— Euh, les gars ? Qu'est-ce qui se passe ?

Je colle un sourire courtois sur mon visage.

— J'étais tellement content de vous rencontrer que j'ai invité toute mon équipe.

— Ouah, c'est super. Vraiment super.

Le type agite la main pour nous inviter autour du baby-foot.

— Vous voulez parler affaires, investissements ou quelque chose comme ça ?

— Quelque chose comme ça.

J'adresse un vrai sourire au PDG, un sourire qui dévoile mes crocs, et il fait un pas en arrière. Puis j'ôte ma chemise.

Les exclamations que poussent les humains me confirment qu'ils ne s'attendaient pas à ça.

Celui qui est le plus proche de moi déglutit, les pupilles dilatées.

— La vache. Vous êtes musclé.

Les joueurs de baby-foot s'interrompent. L'un d'entre eux se rembrunit.

— Hé, qu'est-ce que vous fabriquez ?

Ils s'imaginent peut-être que je vais leur proposer une orgie.

— À compter de ce soir, votre entreprise n'existe plus.

Le type cligne des yeux hébétés, mais je ne le laisse pas répondre.

— Vous avez changé d'avis. Vous fermez Sentience et vous indemniserez tous les artistes dont vous avez pillé les œuvres.

Ils échangent des regards et secouent la tête, rejetant catégoriquement ce que je suis en train de dire. Certains marmonnent avec colère :

— Ça va pas ou quoi ?

— Silence.

Mon ton est mesuré, mais il s'agit d'un ordre. Je n'ai même pas besoin de me servir de mon pouvoir d'alpha sur ces mecs-là. Ils savent que nous les dominons.

— Vous ferez ce que je vous dis, et vous présenterez des excuses publiques. Les membres du conseil d'administration seront surpris, mais ils s'en remettront.

Et dans le cas contraire, je demanderai au roi vampire de les hypnotiser.

Pendant que je parle, Jake et Nickel se rendent tranquillement au fond de la salle, chacun d'un côté différent, pour vérifier qu'il n'y a aucun témoin dans les bureaux. Sur leur passage, les humains se ratatinent instinctivement.

Je me débarrasse de mes chaussures. À mes côtés, Brick fait la même chose. Nous nous déshabillons afin de pouvoir libérer nos loups. Lorsque nous aurons fini de courir après ces crétins, ils ne seront plus en état de sortir de chez eux, et encore moins de faire tourner une entreprise. Puis, pour nous assurer leur coopération, Thaddeus les convaincra de nous obéir.

Demain matin, Sentience n'existera plus.

Mais d'abord, je veux des réponses.

Jake et Nickel reviennent après leur tour des bureaux et nous confirment en langue des signes que la voie est libre. Je leur réponds d'attendre un instant.

— Vous avez essayé d'ôter la vie à une personne qui m'est très chère. Vous allez devoir en répondre devant moi.

Je leur donne un aperçu de mon loup, et les humains ont un mouvement de recul en voyant la lueur dans mes yeux.

— Dites-moi pourquoi vous avez engagé un tueur à gages pour supprimer Aubrey Cook.

— Quoi ? s'exclame le PDG.

Il a pâli et semble sur le point de vomir.

L'un des joueurs de baby-foot s'avance, poings serrés.

— Mec, on n'a engagé personne. On ne sait même pas qui...

Son voisin lui donne un coup de coude.

— Aubrey Cook. Ce n'est pas elle qui a peint notre fresque ?

— Ah, si, celle qui fouinait pendant le gala, dit un autre.

— Vous avez tenté de la faire assassiner, grogné-je.

Ils reculent tous, les mains levées comme pour parer une attaque.

— Non, non, s'écrient-ils.

— On a seulement envoyé quelqu'un pour lui faire peur. Personne ne devait mourir, dit quelqu'un.

— Elle essayait de nous voler nos secrets, ajoute un autre. Elle et une ancienne employée mécontente. On a envoyé quelqu'un retourner son appartement et celui de Jamie pour retrouver nos fichiers volés. C'est tout.

Je ne sens pas de mensonge.

Je jette un coup d'œil à Brick. Il a l'air renfrogné.

— Pas de tueur à gages, alors ? demande-t-il.

— Hein ? Non ! protestent-ils en chœur. Qu'est-ce qui vous fait croire ça ?

— Un tireur l'a visée. À Monaco, expliqué-je. Elle a failli être touchée. La balle est passée à quelques centimètres.

C'est l'une de mes vertèbres qui l'a empêchée de me traverser et de la tuer. Elle a de la chance d'avoir eu un bouclier métamorphe.

Les yeux du PDG se révulsent, et il s'écroule.

— Que quelqu'un lui vienne en aide, ordonne Brick.

Deux types s'empressent de lui obéir. Ils soulèvent leur patron et lui donnent de l'eau lorsqu'il retrouve ses esprits.

Les autres métamorphes et moi nous concertons.

— Ils disent la vérité, affirme Jake.

Notre odorat débusque les mensonges.

— Et si un autre membre de l'entreprise avait engagé le tireur ? suggère Nickel. Un membre du conseil d'administration, par exemple.

— Les dirigeants n'ont sans doute pas informé le conseil qu'ils avaient été victimes d'espionnage, dit Brick. Comme ils l'ont dit eux-mêmes, ils ont engagé quelqu'un pour fouiller leurs appartements. Je pense que personne ici n'a engagé de tueur à gages.

Il se tourne vers moi et me pose la question qui va m'empêcher de dormir cette nuit :

— Si Sentience n'a pas essayé de tuer Aubrey, qui est derrière ça ?

J'ai l'estomac retourné. Je n'en ai aucune idée, et il faut que je le découvre. C'est le seul moyen de protéger Aubrey.

— On est sûrs et certains que ce n'était pas un coup de la meute de Luka ?

Nickel hoche la tête.

— Je peux me renseigner à nouveau, mais les relations de ma famille étaient persuadées que ce n'était pas eux. Pas leur genre.

L'ascenseur sonne. C'est Thaddeus. Il doit avoir fini de s'occuper de l'équipe de sécurité.

— Comment ça se passe ? s'enquiert-il.

— Pas très bien, répond Brick avec un regard vers le PDG.

— C'est à mon tour ? demande le vampire.

Tout le monde se tourne vers moi. J'étais impatient de chahuter ces types et de les terroriser grâce à nos loups. À présent, j'ai juste envie de rejoindre Aubrey pour m'assurer qu'elle est en sécurité.

— Vas-y, réponds-je.

— Messieurs, regardez par ici, ordonne Thaddeus d'un ton suave.

Les humains se concentrent sur lui.

Nous reculons pour le laisser faire son travail. Il va les convaincre de fermer l'entreprise et d'indemniser les artistes qu'ils ont volés avant de me vendre le bâtiment.

Sentience cessera d'exister. Je n'ai pas mis la main sur le tireur, mais j'ai au moins accompli ça.

# Chapitre Vingt-Sept

**B**illy

Les mariages, c'est pire que les galas. Je joue les placeurs dans mon smoking, parce qu'apparemment, c'est le boulot des garçons d'honneur.

La rue qui fait face au Plaza Hotel est encombrée de limousines qui déposent des membres de la haute société. Les portiers leur ouvrent, mais notre mission est de vérifier les invitations et d'escorter les invités jusqu'à la salle de réception.

Tout le monde est de service, même Noah, qui n'est pas garçon d'honneur mais qui a été invité sur demande de Madi.

Deux jours se sont écoulés depuis notre retour de Monaco. J'ai passé la majorité du vol retour à dormir pendant que mon corps se régénérait. J'ai insisté pour qu'Aubrey s'installe chez moi à cause de la menace posée par Sentience, même si nous savons désormais que le tireur n'était pas à leur solde. La fermeture de l'entreprise sera bientôt rendue publique, mais Brick et moi avons jugé plus sage d'attendre que le mariage soit passé.

J'espère que j'étais la cible du sniper, finalement. Un sniper envoyé par Luka pour gâcher nos vacances après que je l'ai humilié sur son yacht. Si c'est le cas, Aubrey est en sécurité, mais je ne dormirai pas sur mes deux oreilles avant d'en avoir la certitude.

Aubrey est sombre depuis notre retour. Moins bavarde que d'habitude. J'ignore si elle est troublée après avoir découvert que je suis un loup, ou toujours secouée après la fusillade. En tout cas, elle réfléchit beaucoup. Je m'estime heureux qu'elle ne se soit pas complètement fermée à moi.

Je lui ai fait l'amour il y a une heure – après notre douche avant de venir au mariage – parce que mon loup tenait à ce qu'elle porte mon odeur pendant la soirée.

Dans quelques instants, je l'escorterai jusqu'à l'hôtel, car nous sommes les témoins. J'ai beau mépriser les traditions humaines, j'ai hâte d'avoir la plus belle femme de New York à mon bras. La plupart des invités sont déjà arrivés, mais Noah et moi nous tenons devant l'hôtel au cas où il y aurait des retardataires.

— Qu'est-ce qui se passe là-bas ? signe Noah en me montrant les mondains qui entrent dans l'hôtel voisin.

On dirait qu'un gala ou une autre cérémonie se prépare à côté.

— Je ne sais pas, réponds-je en langue des signes. C'est étonnant, deux gros événements côte à côte le même soir.

Une limousine blanche se gare. Quand un homme blond au teint pâle en sort, je grogne.

Noah doit sentir la vibration, car il me jette un regard, puis se retourne.

Les lèvres retroussées sur mes dents, je crache.

— Aiden Adalwulf.

Je commence à signer son prénom, et Noah hoche la

tête au bout de quelques lettres. Il a compris. Il se tourne de nouveau face à la rue.

— Il n'a pas pu s'empêcher de voler la vedette à Brick, commente-t-il en langue des signes, en organisant une soirée mondaine juste à côté.

— Oui, dis-je à voix haute tout en signant, hochant la tête en même temps que le poing.

Une jeune femme très frêle avec les mêmes cheveux pâles comme la lune qu'Aiden sort de la limousine après lui.

Noah bondit en avant, comme s'il était soudain sur le qui-vive.

Aiden n'attend pas la louve et ne l'aide pas à descendre du véhicule. Il entre seul. La jeune femme le suit d'un air modeste, la tête baissée comme une domestique.

— Qui est-ce ? signe Noah.

Je secoue la tête et réponds :

— Je ne l'ai encore jamais vue, mais je pense qu'il s'agit d'Aster. Une cousine lointaine d'Aiden. Il paraît que c'est la nouvelle prophétesse de leur meute.

Je suis obligé d'épeler prophétesse, car je ne connais pas le signe pour ce terme.

Noah la regarde fixement jusqu'à ce qu'elle disparaisse à l'intérieur, comme ensorcelé. Sa pomme d'Adam monte et descend brusquement lorsqu'il déglutit.

— Tu la connais ? demandé-je.

Il hésite, puis signe « non », mais ses sourcils sont froncés comme si ce qu'il venait de voir l'avait perturbé.

Je ne le crois pas, mais je laisse tomber pour l'instant. Mon côté paranoïaque m'a poussé à le soupçonner d'être un espion des Adalwulf, à son arrivée chez Moon Co., mais les vérifications de Sully ont prouvé qu'il n'était jamais entré en contact avec la meute rivale, et il a depuis prouvé sa loyauté. Je n'ai aucune raison de me méfier de lui.

Un couple d'âge mûr sort de la limousine suivante, et la femme me tend une invitation. Ce sont des membres de notre meute, et je n'ai pas besoin de vérifier la liste.

— Bonsoir. Bienvenue. Par ici, je vous prie.

Une fois que je les ai guidés jusqu'à leurs places, l'organisatrice du mariage me fait signe de rejoindre les autres garçons d'honneur. Nous devons faire notre entrée selon un timing et un ordre compliqués. Nous avons répété hier soir, mais je me suis seulement concentré sur mon rôle : escorter Aubrey.

Lorsqu'elle arrive dans la salle avec Ruby et Scarlett, je retiens mon souffle. Elles portent toutes les trois des robes bustier rouge brique, ajustées en haut et évasées à partir des mollets, comme des queues de sirènes. Aubrey est sublime. Ses cheveux sont relevés au sommet de sa tête et noués par un foulard rouge. Ses seins gonflent le bustier de sa robe, bien mûrs, et je suis impatient de les toucher. Comme les sœurs de Brick, des perles pendent à ses oreilles, et elle porte un ras-de-cou serti de trois perles, sans doute des cadeaux de la mariée.

J'aime la voir dans ces atours raffinés.

J'aime également la voir en salopette maculée de peinture, mais en cet instant, elle semble plus royale que toutes les mondaines de Manhattan. Avant même de réaliser que j'ai bougé, mes mains se posent sur sa taille, mes lèvres dans son cou.

— Tu es à couper le souffle.

— Et toi, tu as l'air d'un milliardaire. Ah, c'est vrai, c'est parce que tu en es un, me dit-elle avec un grand sourire.

Je continue de la tenir par la taille. Je réalise que je voudrais que ce moment dure toujours. Au début, mon histoire avec Aubrey avait une date de péremption. Nous collaborerions pour le mariage, puis nous nous séparerions.

Mais je n'ai pas envie de renoncer à elle. Mon loup semble persuadé qu'elle lui appartient.

Elle a ses obligations de demoiselle d'honneur à remplir, cependant. Elle prend la mère de Madi par la main, et elles fusillent du regard la grand-mère paternelle de la mariée lorsqu'elle fait son entrée. Il me semble avoir entendu dire que le père de Madi n'était pas invité, compte tenu du fait qu'il ne s'est jamais intéressé à elle et que sa mère aurait été mal à l'aise.

Aubrey tape dans la main des louveteaux de Ruby, April et August, avant qu'ils s'élancent en direction de l'autel pour lancer des pétales de fleurs et apporter les alliances. Vance, Jake et Sully les suivent, seuls. Nick escorte Scarlett. Eagle escorte Ruby. Puis c'est notre tour. Je glisse le bras d'Aubrey sous mon coude et nous remontons l'allée ensemble.

À mi-chemin, je détecte une odeur qui fait bondir mon loup à la surface, comme s'il y avait un danger imminent. Une seconde. Deux. Je laisse ma bouffée d'adrénaline revenir à un niveau gérable, comme j'ai appris à le faire il y a des années. Je serre les dents et passe les invités en revue.

Là. Je vois l'arrière de son crâne dégarni.

*Bordel.*

Mon salopard de père a réussi à s'incruster. S'il fait quoi que ce soit pour gâcher le mariage de Brick et Madi, je lui servirai son propre foie sur un plateau.

* * *

*Aubrey*

Je lisse la robe de Madi tandis qu'elle et Brick

s'éloignent de l'autel ensemble après la cérémonie, sous les applaudissements de leurs invités.

C'était parfait. Madi était époustouflante dans sa robe Dior sur mesure. Voir sa mère et son frère l'amener à l'autel ensemble était beau et poignant, et cela a servi à rappeler qu'à cause de sa grand-mère maléfique, Eleanor, ils étaient la seule famille de Madi quand elle était plus jeune.

Le bouquet de roses rouge foncé de la mariée était assorti au rouge brique – une nuance qui n'a pas été choisie par hasard – de nos robes de demoiselles d'honneur, et nous avons des bouquets blancs pour le contraste. Catherine, la belle-mère de Madi, porte une robe rouge superbe, ce qui n'est pas étonnant car il s'agit de sa couleur préférée. Les prénoms de ses enfants sont tous des nuances de cette couleur, après tout.

Heureusement que j'ai mis du mascara waterproof, parce que j'ai pleuré tout au long de la cérémonie. Pas parce que je perdais ma meilleure amie ; je suis sincèrement contente pour elle. Surtout maintenant que je sais que Brick est un loup et que Madi a réussi à conquérir sa meute. Il y a tant de choses qu'elle devait me cacher et dont elle peut désormais me parler.

Billy m'offre son bras, mais son visage est fermé. Ses yeux ont pris une lueur argentée lorsqu'il m'a vue dans ma robe, la preuve que son loup ressort parce qu'il est excité, je le réalise désormais. Mais à présent, il a l'air distant. Il est arrivé quelque chose pendant que nous nous dirigions vers l'autel.

J'ai envie de l'interroger, mais depuis la conversation que j'ai surprise entre Brick et lui, je le laisse tranquille. Il essaye de déterminer si je suis sa compagne destinée, et je suis sûre que c'est compliqué pour lui, vu qu'il a longtemps eu des préjugés contre les humains. Ça me blesse un peu, mais j'essaye de me montrer compréhensive. S'il me choisit, je veux que ce soit par amour, pas à cause de mon odeur ou d'un instinct animal auquel il tente de résister. Je ne veux pas qu'il soit attiré par moi malgré lui. Je mérite un homme qui me désire sincèrement.

Il m'accompagne à l'extérieur, et nous nous plaçons à côté de Brick et Madi avant le défilé des convives, comme nous l'avons répété hier soir. Je jette un nouveau regard en coin à son visage, mais ce n'est qu'un masque froid.

— Ça va ? demandé-je.

Il ne me répond pas. Il ne se tourne même pas vers moi. Aïe.

Puis il dit d'une voix enrouée :

— Mon père est là.

*Oh*. Eh merde. Son père *suprémaciste métamorphe* et violent. Pas étonnant que Billy se soit renfrogné.

Brick l'entend et lui jette un regard interrogatif.

— Je ne sais pas comment il a réussi à entrer, dit Billy. Mais je vais m'en occuper.

— Laisse-le rester, sauf s'il tente quelque chose. Je n'ai rien à cacher.

Un muscle tressaute dans la mâchoire de Billy. Il ne répond pas, mais ses yeux laissent entrevoir son loup. Nous saluons les invités. Je ne connais que la famille de Madi, alors mon boulot est surtout de rester plantée là et d'être jolie. La plupart des convives sont venus pour les Black-throat. Ruby est une hôtesse douée, mais Madi dégage une sorte de puissante et d'autorité dont je n'avais encore jamais été témoin. Elle n'a plus rien de l'intello timide de Princeton. À présent, elle ressemble à une PDG. À l'alpha d'une meute.

J'adore la voir comme ça. Pas étonnant que je me sois sentie mise à l'écart. Elle a évolué à vitesse grand V.

Le dernier des invités sort, et Billy passe les lieux en revue.

— Il n'est pas sorti ? m'enquiers-je.

Billy secoue la tête.

— Il est peut-être parti.

Billy acquiesce, mais il garde l'air sombre.

— Il faut que j'aille faire pipi, murmure Madi à mon intention en me prenant par la main.

Elle ne peut pas aller aux toilettes toute seule avec sa longue robe. En plus, l'heure est venue d'ôter sa traîne afin qu'elle puisse circuler entre les invités et danser pendant la réception.

— Ça marche, dis-je.

Nous nous rendons dans la salle où les femmes se sont préparées pour la cérémonie. Je dégrafe les six crochets de la traîne avec délicatesse.

— Voilà, tu es libre. Je vais retourner voir si Billy va bien.

Madi me regarde d'un air surpris.

— Vous êtes vraiment en couple, hein ? C'est dingue. Vous êtes de parfaits contraires, je n'aurais jamais imaginé ça.

J'hésite.

— Honnêtement ? Je ne suis pas sûre que nous soyons en couple.

La douleur sourde qui m'accompagne depuis que je l'ai entendu parler à Brick me ronge.

En sortant de la pièce, je me retrouve face à Billy, qui m'attend avec deux verres de champagne. J'ai envie de le prendre dans mes bras. Même quand il est en pleine tempête intérieure, il se comporte avec galanterie.

J'accepte l'un des verres.

— Tu as retrouvé la trace de ton père ?

— Non.

Billy se raidit soudain et se tourne vers la droite, comme s'il avait senti quelque chose.

— Oui, se corrige-t-il.

Un homme de grande taille avec les mêmes yeux bleu-gris que Billy, des cheveux poivre et sel et une expression amère se dirige vers nous.

— Qui est-ce ? demande-t-il d'un ton impérieux en me toisant avec dédain.

Il lève le nez, comme un chien, puis le fronce.

— Tu es tombé bien bas, fils.

Mon instinct serait de lui renvoyer une réplique bien sentie, mais je ne veux pas compliquer les choses pour Billy, alors je garde le silence, le menton levé, une expression tout aussi dédaigneuse au visage.

— Tu n'étais pas invité, réplique Billy d'une voix monocorde, sans vitalité.

— J'étais juste à côté, à la fête des Adalwulf, et je me suis dit que j'allais faire un saut ici pour dire bonjour. Moi aussi j'ai des amis puissants, fils. N'oublie pas que j'ai le bras long.

Il me regarde de nouveau en plissant les yeux. Quel connard pompeux ! Je me fiche de ce qu'il pense de moi, mais j'ai envie de lui donner un coup de pied dans les parties pour le punir d'avoir été un si mauvais père. Mais je rends peut-être la situation plus difficile pour Billy. Devrais-je m'éloigner afin qu'il ne soit pas obligé de me protéger des railleries de son père ?

— Tu n'es pas le bienvenu ici. Va-t'en avant que je te jette dehors.

Le ton de Billy est toujours dénué d'émotion. Comme si toute trace d'animation quittait sa personne en présence de son père.

Je suis sûre qu'un enfant menacé de violence en permanence doit apprendre à émousser sa personnalité. Le système nerveux du Billy adulte réagit toujours de la même manière lorsqu'il est confronté à son tortionnaire. Il reste parfaitement immobile, mais j'entends l'air entrer et sortir de ses poumons comme s'il était en train de courir un marathon.

Le regard de son père reste rivé sur moi tandis qu'il répond à Billy :

— J'espère que tu ne suis pas le même chemin que ton faiblard d'alpha.

Il secoue lentement la tête. La façon dont il me regarde me donne la chair de poule. Je vois le mal dans ses yeux, et c'est moi qui le lui inspire.

Billy ne respire plus.

— Tu dois te douter que je ne permettrais jamais à mon fils de commettre une telle erreur, ajoute son père.

C'est une menace, je le réalise. Mes veines se glacent.

— Le Destin ne commet pas d'erreurs, rétorque Billy d'une voix qui pourrait figer de la lave.

William White II est submergé par la colère. Ses yeux prennent une lueur argentée.

— Tu veux me faire croire que le *Destin* a choisi cette moins que rien pour *mon* fils ? rugit-il. C'est un animal de compagnie, rien de plus.

Je ne le vois même pas se mettre en mouvement. Soudain, sa main est fermée sur le collier de perles que m'a offert Madi, et il tire dessus. Les perles s'échappent et roulent sur le sol.

Billy lui assène un puissant coup de pied dans le ventre qui le fait voltiger à plus de deux mètres de haut avant de s'écraser contre un mur. Heureusement que nous nous trouvons dans un couloir désert.

Billy me donne son verre et se rue sur son père, qui semble avoir du mal à respirer. Il a dû être frappé en plein diaphragme.

Madi sort dans le couloir.

— Eh merde, marmonne-t-elle. Je vais chercher Brick ou l'un des garçons.

Quant à moi, je reste debout, figée. Je viens de Brooklyn, mais je n'ai encore jamais assisté à une telle violence. Pas comme ça.

Le père de Billy se hisse avec difficulté, mais Billy le saisit par la gorge et le soulève avec une force surhumaine. Son père est grand, mais Billy n'a aucun mal à le porter, et il lui cogne la tête contre le mur.

— Je t'interdis de la toucher. De la regarder. Et si tu lui adresses la parole, je te jure que tu es fini.

* * *

*Billy*

La fureur émane de moi par vagues. Il a touché à la gorge d'Aubrey.

Il veut sa mort.

J'ai l'impression qu'une lame d'acier me transperce la poitrine. Je n'aurais jamais dû dévoiler ce qu'elle signifie pour moi.

Des flash-back de mon père en train d'assassiner le chasseur humain quand j'étais petit me désarçonnent. J'ai de nouveau l'odeur de son sang dans les narines. Ses cris dans les oreilles.

Je redeviens ce gamin de cinq ans dans les bois, horrifié et apeuré. Obligé de le regarder torturer un homme parce qu'il a eu le malheur d'empiéter sur nos terres.

La terreur me saisit. Je ne peux pas le laisser torturer *Aubrey*.

Mais je n'ai plus cinq ans. Je sais me défendre.

Je donne un coup de poing dans le ventre de mon père, même s'il ne s'est pas encore remis de l'impact de sa tête contre le mur. Je devrais le tuer immédiatement. C'est ce que souhaite mon loup. Mon père s'est attaqué à notre compagne.

J'en ai la certitude, désormais : Aubrey est ma compagne. Je le savais depuis le début, mais j'étais dans le déni.

Pour cette raison-là, je pense.

Je réprimais le souvenir du meurtre du chasseur depuis tout ce temps, mais l'enfant en moi craignait qu'Aubrey soit tuée si je la revendiquais.

Dans mon esprit, le chasseur est remplacé par Aubrey. Je vois mon père lui tourner autour avec un poignard. Elle a les jambes cassées. La chair arrachée par les mâchoires des loups. Ses hurlements résonnent à travers la forêt.

*Regarde comme elle est faible. Ne détourne pas les yeux pendant que je l'achève, Billy.*

*Non !* Je me transforme aussitôt en loup pour la sauver.

J'entends la voix calme de Sully malgré les cris dans ma tête.

— Pas ici, dit-il.

Je reste hébété. Je ne me trouve pas dans les bois.

Je n'ai pas cinq ans, et je n'assiste pas au meurtre de ma compagne.

— Tu fais peur à Aubrey.

Je prends une grande inspiration et regarde par-dessus mon épaule. Elle est toujours figée là où je l'ai laissée, dans sa robe rouge sang, nos coupes de champagne dans les mains. Ses yeux sont écarquillés, horrifiés.

*Il va la tuer.*

J'assène quatre coups de poing rapides à mon père et me délecte du craquement de ses côtes.

— *Pas. Ici*, gronde Sully les dents serrées.

D'accord.

Pas ici.

Vance, Jake et lui se tiennent derrière moi. Ils sont prêts à me défendre, même si je n'en ai pas besoin. J'ai bien grandi. L'époque où mon père me tourmentait est révolue. Je pourrais lui briser la nuque sans effort.

Mais Aubrey nous regarde. Je ne voulais pas que mon père l'approche. Et je voulais encore moins qu'elle assiste à ce genre de scène.

En plus, Sully a raison. C'est le mariage de mon alpha. Notre luna serait horrifiée.

Vance et Sully saisissent chacun un bras de mon père. Jake leur indique un autre couloir.

— Par derrière.

— Tu pourras lui régler son compte plus tard, me dit Sully. Va voir ta compagne. Elle a peur.

*Ta compagne.*

Ils le savent déjà.

Je ne l'ai pas marquée, mais tout le monde est au courant. Je suis le seul crétin à continuer de le nier.

Je me tourne lentement vers ma belle humaine. Des perles jonchent le sol. Je ne me rappelle plus très bien comment elles ont atterri là.

Aubrey déglutit.

— Billy ?

Elle semble hésiter. Comme si elle avait peur de moi.

Comme ma mère lorsque mon père vociférait.

Bon sang. La honte m'envahit. Je suis exactement comme lui.

C'est ma plus grande crainte. Bien plus que ma peur instinctive que mon père tue Aubrey, parce que ça au moins, ma raison sait que je ne le tolérerai jamais.

Mais je viens de rejouer la scène de violence dont j'ai été témoin enfant sur mon père, devant la femme que j'aime. La femme dont j'ai refusé de voir qu'elle était mienne.

Je parviens à mettre mes pieds en mouvement. Je les oblige à avancer jusqu'à elle. Mes lèvres bougent, et un son discordant en sort.

— Merde. Aubrey, je suis désolé.

Sa poitrine se soulève à chaque respiration, ses seins généreux s'échappent presque de son bustier.

— Est-ce que ça va ? demandé-je.

Je passe délicatement le pouce sur son cou. Elle a une égratignure. Que s'est-il passé ? J'ai cru que mon père allait l'étrangler, mais il s'est maîtrisé. Il lui a arraché son collier.

Aubrey hoche la tête.

— Et toi ? murmure-t-elle.

Sa main trouve ma joue. Une part de moi a envie de se dégager. C'est dangereux de se laisser toucher. Mais je sens son odeur, et elle apaise mon loup. Je me frotte à sa paume.

— Billy... est-ce que je suis ta compagne ?

Mon corps se fige, mon échine se glace. Je jette un regard en direction de mon père.

L'a-t-il entendue ? S'il sait qu'Aubrey est ma compagne, il tentera de la tuer.

Je me retrouve de nouveau dans les bois. Le chasseur est à genoux. Mon père place un couteau dans ma main. Je suis censé poignarder Aubrey.

Non, pas Aubrey.

Nous sommes au mariage. Elle est en sécurité. Elle n'est pas à genoux dans les bois.

— Je crois... je crois que tout est très compliqué, réponds-je.

Je lis le chagrin dans les yeux d'Aubrey, mais je n'y comprends rien.

Je sais à peine où je suis.

— Billy, je ne sais même pas si nous sommes en couple. Je pense que non, parce que si c'était le cas, on serait capable d'en discuter ensemble.

Une seconde. Qu'est-elle en train de dire ? Je perçois une telle tristesse dans son odeur que j'ai envie de tomber à genoux.

Je l'ai rendue triste. J'ai perdu le contrôle.

Je suis un loup violent et dangereux. Les humains ne sont pas en sécurité avec moi. Je ne suis pas en état de m'accoupler.

La main d'Aubrey est toujours posée sur ma joue. Je la prends dans la mienne pour la maintenir en place. Je ne veux plus jamais qu'elle me lâche.

— Tu dois déterminer ce que tu veux. Moi aussi. Faisons une pause le temps d'y réfléchir.

Faire... une pause ?

Merde.

Elle est en train de rompre avec moi.

Je n'arrive pas à bouger les lèvres. À trouver quoi dire. Au sein de la meute et de l'entreprise, c'est moi qui arrange tout, mais là, je suis désemparé.

— Aubrey.

Voilà. J'ai dit quelque chose. Sauf que je ne sais pas quoi ajouter. Je ne sais pas quels sont les bons mots. Où mener la conversation.

Mon cerveau a court-circuité. Il est éteint. Je ne sais pas ce que veut Aubrey, ni comment la convaincre de rester.

J'ignore comment être autre chose que l'homme que je hais.

L'avorton de William White. Son fils, qui a appris à se montrer violent, impitoyable et calculateur pour survivre.

Je ne sais pas comment devenir le genre de compagnon que mérite Aubrey.

Son visage s'approche du mien. Je reste hébété lorsqu'elle pose ses lèvres sur les miennes.

— Non, murmuré-je.

Avec une petite plainte, elle recule. Je la retiens par le bras.

— Attends.

Elle me regarde dans les yeux.

— Je t'aime, dit-elle.

Mon cœur explose. Ma tête aussi. J'ai envie de lui répondre la même chose. D'implorer son pardon, sauf que je ne suis pas sûr de ce qui l'a contrariée. Je suis dérouté, car elle ne semble pas fâchée. Seulement triste.

*Je t'aime.*

*C'est toi que je veux.*

*Tu es ma compagne.*

Ces mots résonnent dans ma tête, mais aucun son ne quitte mes lèvres, et elle s'éloigne déjà.

Elle m'abandonne déjà. Je reste parfaitement immobile et regarde la meilleure chose qui me soit arrivée quitter ma vie.

# Chapitre Vingt-Huit

*ubrey*

Le lendemain, quelqu'un frappe à ma porte.

Je suis toujours en pyjama, bien qu'il soit deux heures de l'après-midi. Je n'ai pas l'intention de quitter mon lit aujourd'hui, et encore moins de m'habiller.

Demain, je me traînerai à la fac, je me concentrerai sur mes examens, et j'obtiendrai mon diplôme. Grâce à l'argent que j'ai reçu pour peindre la fresque chez Billy, j'ai de quoi vivre le temps de décider ce que je veux faire ensuite.

Je lui dois toujours une seconde fresque, mais je ne peux pas retourner chez lui pour l'instant. Même pour travailler.

Les larmes que je contiens risqueraient de me submerger.

Tenir jusqu'à la fin de la réception de mariage, hier soir, a été pénible, mais je ne pouvais pas m'enfuir pour pleurer toutes les larmes de mon corps. C'était le grand soir de ma meilleure amie. Alors j'ai enfilé mon masque enthousiaste, j'ai souri, j'ai dansé et j'ai applaudi lorsque Brick et elle sont partis dans la limousine que nous avions recouverte de mousse à raser et de boîtes de conserve vides. J'ai dû cacher le fait qu'au fond, j'étais dévastée.

Billy m'a hantée toute la soirée. Il est resté en mode robot – distant et muet –, mais chaque fois que je me retournais, je le voyais posté dans un coin pour me surveiller comme un garde du corps. Prêt à bondir pour me sauver en cas de besoin, mais en gardant ses distances.

Il craint toujours pour ma sécurité, mais j'ai refusé de rester chez lui. Il a donc demandé à deux types costauds de me conduire chez moi. Ils sont toujours garés dans la rue.

Savoir que Billy aussi souffrait a achevé de me briser le cœur.

Je n'arrête pas de me poser des questions. Je sais que sa réaction est due à ses traumatismes, réveillés par la confrontation avec son père. Je ne lui en veux pas pour ça.

Mais par deux fois, lorsque la question de si j'étais sa compagne lui a été posée clairement – une fois par Brick, une fois par moi –, il n'a pas été capable de répondre.

J'ai trop de fierté pour me laisser entraîner dans cette situation chaotique sans même être certaine qu'il veuille de moi.

Je lui rends sûrement service. Soit il décide qu'il souhaite rester avec moi, et nous pourrons discuter de notre relation, soit je lui épargne une situation délicate, et il sera soulagé de ne plus être obligé de traîner avec une humaine.

On frappe à nouveau.

— Mlle Cook ?

Même si je n'avais pas reconnu cette voix grave et formelle, le jappement de mon chien m'aurait poussée à me redresser.

Comment Grayson est-il entré dans l'immeuble ? Il n'a pas sonné à l'interphone.

Avec un grognement, je roule hors du lit. Je passe un

peignoir violet autour de mes épaules afin que le portier ne remarque pas mon absence de soutien-gorge, et je me rends dans l'entrée d'un pas vacillant.

L'idée que Billy me renvoie Pepper par l'intermédiaire de Grayson me blesse un peu. Non, pire que ça : j'ai l'impression d'avoir été écorchée vive et saupoudrée de sel. J'imagine que sa décision est prise.

*Tout est fini. Reprends ton chien même si le règlement de ton appartement l'interdit.*

J'enlève la chaîne, déverrouille la porte, et ouvre.

— Bonjour.

Pepper est tenu en laisse, pas dans son sac de transport, et il me fait la fête, gémissant joyeusement en remuant la queue si fort qu'il tourne sur lui-même.

Les larmes me montent aux yeux.

— Salut, toutou. Tu m'as manqué, toi aussi.

Je le prends dans mes bras, et il me lèche frénétiquement le visage.

Je cligne des yeux pour éviter de pleurer devant Grayson.

— M. White s'est dit que vous voudriez peut-être passer du temps avec votre chien aujourd'hui. Il s'est arrangé avec votre propriétaire. Il lui a envoyé une caution généreuse afin d'assouplir les règles pour Pepper.

Grayson détache la laisse et la plie.

Oh. Billy n'est pas insensible, finalement. Mon nez me brûle encore plus fort. Ma gorge est serrée par l'émotion. Je crois que ce serait plus facile s'il se comportait comme un salaud. Je pourrais le détester et passer à autre chose.

Là, tout me manque chez lui. Je ne pleure pas seulement ce que nous partagions – car il s'agissait principalement de sexe, bien que torride –, mais aussi la perspective d'un avenir ensemble. D'un Billy plus ouvert et vulnérable.

Je me serais dévoilée davantage, moi aussi, même s'il semblait toujours en savoir plus que ce que je lui révélais. J'aurais pu faire partie de son monde – pas celui des milliardaires, car cela me met toujours mal à l'aise –, mais le monde des loups.

Peut-être que je ne suis pas censée rester au courant de ça, désormais.

Prise d'un vif sentiment de peur, je me souviens que Billy et Brick ont parlé de m'effacer la mémoire. Comment cela fonctionne-t-il ? Est-ce la raison de la présence de Grayson ? Et si j'oublie tout ça ?

Au moins, je n'aurais plus le cœur brisé.

Mais non. Je ne renoncerais à mes souvenirs de Billy pour rien au monde.

Avec une grande inspiration, je lève le menton.

— Autre chose ?

Grayson se balance d'un pied sur l'autre, visiblement mal à l'aise.

— M. White exige que des gardes du corps vous suivent 24 h/24 tant que nous n'aurons pas découvert qui vous a tiré dessus. Il ne voulait pas que vous preniez peur si vous les repériez.

Oh, il tient réellement à moi.

Bon sang, j'ai vraiment besoin de pleurer. Pourquoi ne l'ai-je pas fait hier soir en rentrant chez moi ? Les sanglots que j'ai contenus sont en train de m'étouffer.

Je parviens à hocher la tête en retenant mon souffle.

— D'accord.

Ma vue devient floue. Mes larmes semblent alarmer Grayson. Il s'éclaircit la gorge.

— Je vous proposerais bien de vous prendre dans mes bras, mais M. White risquerait de me couper les couilles si je vous touchais.

Un petit rire mouillé quitte mes lèvres.

— Je serais tentée d'accepter, mais si je craque, je ne m'arrête plus.

Pepper tente de nouveau de me lécher le visage.

— Remerciez Billy de ma part.

Grayson hoche la tête, me donne la laisse, puis recule.

— Nos hommes se trouvent dans une Range Rover noire. Si vous avez besoin de quoi que ce soit, dites-leur.

Il incline la tête.

— D'accord, réponds-je d'une voix étranglée. Merci.

Je ferme la porte derrière lui et pose le front sur le panneau de bois tandis que les premiers sanglots me montent dans la gorge.

Seigneur, ça fait mal.

Je laisse mes émotions s'évacuer sous forme de larmes. Je titube jusqu'au canapé et me jette dessus.

Bon sang.

J'aimerais bien pouvoir appeler Madi pour tout lui raconter, mais il est hors de question que je la dérange pendant sa lune de miel.

L'issue de cette situation échappe à mon contrôle. Soit Billy reviendra, soit non.

Ou bien il essayera de m'effacer la mémoire, et dans ce cas, je me battrai bec et ongles pour garder mes souvenirs.

Je m'en remettrai. J'ai déjà vécu des ruptures.

Sauf que je n'avais encore jamais eu l'impression que l'on m'arrachait le cœur à vif.

Je roule face au dossier du canapé et ferme les paupières, assaillie par de nouveaux sanglots.

Malgré tous mes efforts pour que ma relation avec Billy reste sans engagement, il a réussi à se frayer un chemin dans mon cœur. Désormais, ce cœur ensanglanté continue de battre pour lui. Et je ne peux rien faire d'autre que pleurer sa perte et espérer qu'il prendra la bonne décision.

*  *  *

*Billy*

Aubrey est partie.

Je suis complètement seul.

Je sais qu'elle est en sécurité, je m'en suis assuré, mais mon chagrin est abyssal. J'ai l'impression d'avoir perdu une partie de moi dont j'ignorais jusqu'alors l'existence. Une partie de moi que je ne retrouverai plus jamais.

Mon loup pousse une plainte. Il ne comprend pas pourquoi nous ne sommes pas avec elle.

— Elle ne veut pas nous voir, lui dis-je.

Ça n'a aucun sens pour lui. À ses yeux, les choses sont très simples. Une compagne, c'est la seule personne au monde avec qui on veut être. Alors on reste avec elle. On la protège. On chasse pour elle. On panse ses plaies. Et quand la nuit tombe, on hurle à la lune ensemble.

Je dois prendre sur moi pour ne pas foncer chez elle. Mais... elle a demandé à faire une pause, et je le respecte.

J'ai également des choses à gérer de mon côté.

C'est pour cela que je me trouve dans le Maine, sur les terres où j'ai grandi. J'ai toujours adoré les bois de cette région. Le vert vif de la mousse et des fougères, les pierres couvertes de lichen. Les lacs nourris par des sources fraîches et le silence profond.

Mais cette beauté est souillée, car quand je me trouve ici, j'entends la voix de mon père, comme surgie du passé. En ce moment, elle est railleuse. *Tu es triste ? Quoi, tu vas pleurer ? Arrête de te morfondre, gamin.* Le tout suivi d'un coup de poing dans la tête.

Et s'il savait que j'avais le cœur brisé à cause d'une humaine ? Je n'imagine même pas ce qu'il me ferait. Si j'étais de nouveau petit et faible.

Je traverse rapidement la forêt en direction des maisons de la meute. Je marque une pause lorsque j'atteins la clairière où mon père m'a forcé à regarder un humain mourir.

Une brindille craque.

— Je sais que c'est toi, lancé-je. Et je sais que tu as fait exprès de marcher sur cette brindille. Tu es plus discrète que ça, d'habitude.

Je regarde derrière moi et me retrouve face à une louve gigantesque. Sa fourrure est blanc et gris, comme la mienne, sauf qu'elle a une tache noire derrière une oreille.

— Salut, Boo.

Ma sœur reprend forme humaine et se redresse.

— Tu es cinglé, m'informe-t-elle.

— Ça se termine aujourd'hui.

Je lui ai tout raconté par téléphone sur le trajet.

— Mmm, dit-elle.

Elle me passe devant et rejoint un arbre avec une grande cavité à hauteur de sa tête. Elle se met sur la pointe des pieds et en sort un sac noir résistant à l'eau, comme ceux qu'utilisent les campeurs. Apparemment, elle a un stock de vêtements dans les bois.

Une fois qu'elle est vêtue, je l'examine. Elle porte un jean et un tee-shirt délavé de « Dark Side of the Moon ». Même habillée, elle paraît un peu sauvage. Ses pieds nus sont bronzés, et ses cheveux longs sont tout enchevêtrés dans son dos.

À présent, je me souviens que peu après son exil, elle était revenue sur le territoire de notre meute au volant d'un vieux pick-up, car elle souhaitait désespérément me voir. J'avais très peur que mon père ordonne à ses hommes de main de la tuer. Elle était assez forte pour le battre lui, mais à plusieurs, ils l'auraient maîtrisée.

À l'époque, je lui avais écrit un mot que j'avais confié à un membre de confiance de la meute. Dedans, je lui disais de garder ses distances et de ne pas s'en faire pour moi. Je voulais qu'elle soit libre et heureuse. Je comptais m'enfuir le plus vite possible. Je devais simplement survivre à l'adolescence sous la tyrannie de mon père.

Maintenant que c'est fait, je reviens pour conclure cette histoire.

— On va vraiment faire ça ?

— Il y a intérêt. Je n'ai pas fait tout ce chemin pour rien.

Nous nous sourions.

Nous repassons notre plan en revue. Je lui demande comment elle compte dissimuler son odeur jusqu'au moment opportun, et elle se contente de me répondre :

— J'ai mes petits secrets.

— Ce n'est pas la première fois que tu reviens ici, dis-je en indiquant l'arbre où ses vêtements étaient cachés. Tu rendais visite à des amis ?

— Il faut bien que quelqu'un veille sur cette meute.

— Et ce quelqu'un, c'est toi ?

Elle hoche la tête, et je l'accepte.

— Alors allons-y.

Elle disparaît, et je m'enfonce dans les bois pour chercher mon père.

Au bout de quelques minutes, le vent tourne. Tout à l'heure, il soufflait en direction de la meute. Il a dû porter mon odeur jusque chez mon père. Désormais, il porte son odeur jusqu'à moi.

Il arrive. Il a des hommes de main avec lui. Évidemment.

Pas Bonnie et Clyde, mais d'autres voyous. Mon père est un tyran, mais c'est également un lâche, et il est incapable de mener ses guerres tout seul.

Quand il apparaît, ses sous-fifres sont très proches de lui. J'en vois six, mais d'autres se tiennent prêts dans les bois.

— Fils ? dit-il d'un ton méfiant. Qu'est-ce que tu fais là ?

Il hume l'air, et ses yeux s'éclairent légèrement, sans doute parce qu'il ne sent pas l'odeur d'Aubrey sur moi.

— Tu es venu faire pénitence ?

— Pénitence ? répété-je d'un ton moqueur.

— Pour avoir défendu une humaine.

Je ravale un grondement. Je ne peux pas perdre le contrôle maintenant, cela gâcherait le plan que j'ai mis au point avec ma sœur. Mais j'ai envie de lui faire mal pour avoir craché le mot humaine comme s'il s'agissait d'une insulte. Bientôt.

— Pourquoi est-ce que je voudrais faire pénitence après une chose pareille ? le provoqué-je.

Mon père retrousse la lèvre supérieure.

— Regardez-le, dit-il à ses hommes de main. Mon fils, l'amoureux des humains. Je t'ai bien élevé, tu sais. Si tu étais vraiment mon héritier, tu ne fraterniserais jamais avec une espèce inférieure...

— Ça suffit.

Il me montre les dents, conscient que je viens de lui donner un ordre. En tant qu'alpha, il devrait être en mesure de me résister. Sauf qu'il en est incapable.

Parce que je suis plus fort que lui.

L'heure est venue de lui prouver que je ne suis plus son

fils. Je le rejette, lui et sa vision du monde toxique, une bonne fois pour toutes.

Un vent froid me traverse, me rendant de nouveau creux et dénué d'émotions. Je sais ce que je dois faire, et je suis prêt.

— Appelle la meute. Tous les membres. Il faut qu'ils voient ça.

Mon père s'empourpre alors qu'il tente de résister à l'autorité alpha dans ma voix. Puis il aboie à l'intention de ses hommes :

— Appelez tout le monde.

Il tape du pied pour laisser entendre que l'idée vient de lui. Mais nous savons tous les deux ce qui vient de se passer : je lui ai donné un ordre, et il n'a pas eu d'autre choix que de m'obéir.

Les membres de la meute arrivent sans tarder. Ils ont l'habitude d'être convoqués ici pour écouter les diatribes de mon père.

— Je suis venu juger William White II. Mon père. Tu n'es plus digne d'être alpha.

Mon père vacille.

— Quoi ?

— Tu m'as bien entendu. Tu dois répondre de tes crimes.

— Mes crimes ?

Ses dents deviennent acérées et trop grosses pour son visage. Dans sa colère, son loup prend le dessus.

— Et les tiens, on en parle ? Tu fraternises avec une humaine. Je vous ai vus.

Il se tourne vers la meute en pointant sur moi un doigt accusateur.

— Il est allé la chercher en limousine. Elle portait une

robe, lui un smoking. Il lui faisait la cour, crache-t-il comme s'il parlait d'un crime inimaginable.

Mon loup est en alerte. *Il m'a vu avec Aubrey.* Il a dû me suivre le soir du gala. Il est conscient de notre relation depuis plus longtemps que je le croyais. Et si j'ai pu passer à côté de ça, qu'ai-je raté d'autre ? Quelque chose me turlupine, une sorte de pressentiment.

— Ma chair et mon sang, continue-t-il de fulminer. Et à présent, il s'imagine qu'il peut me défier ? Prendre la tête de ma meute ?

— Non, l'interromps-je, désireux de remettre la conversation sur les rails. Il ne s'agit pas de moi. Je n'ai pas l'intention de diriger cette meute. Je suis seulement là pour t'empêcher de nuire, une bonne fois pour toutes.

— Tu veux te battre ? Prouver que tu es le plus fort ? Cette humaine t'a rendu faible.

Je lui ris presque au nez. Aubrey me rend plus fort. Je dois donner le meilleur de moi pour être digne de respirer le même air qu'elle.

— Voyons si je suis faible, dis-je.

Je me débarrasse de ma veste et la jette au sol. Nous allons nous battre sous forme de loups.

Mon père ne gagnera pas.

Et il le sait. La meute aussi. Tout le monde nous observe, les couples, les anciens, les hommes de main. Les mères qui serrent leurs louveteaux dans leurs bras en leur chuchotant des paroles rassurantes. L'atmosphère est électrique. Tout va changer.

Mon père arrête de vociférer et se tourne vers moi. Sa voix devient plaintive. Il change de tactique.

— J'ai essayé, tu sais. J'ai tenté de régler le problème pour toi, fils. Je pensais qu'une fois l'humaine hors jeu, tu reprendrais tes esprits, mais...

— De quoi tu parles ? demandé-je, les bras couverts de chair de poule. Qu'est-ce que tu as fait ?

— Le nécessaire ! J'ai fait ce que tu aurais fait si ta maison était envahie par la vermine. J'ai engagé un exterminateur pour l'éliminer !

L'espace d'un instant, tout devient noir. Quand je reviens à moi, j'ai traversé la clairière et je tiens mon père par la gorge. Tout le monde pousse des cris, mais je ne vois que le blanc des yeux de mon père. Si je serre un peu plus fort...

— Billy, lance ma sœur. Billy ! Arrête.

Sa voix contient une note de pouvoir alpha. Son ordre parcourt mes bras, les affaiblit.

— Pas comme ça, dit-elle. Je sais que tu veux le tuer, mais il y a un protocole à suivre.

Je laisse tomber mon père et recule. Ma sœur ordonne à tout le monde de faire pareil. Ils obéissent, même si les hommes de main n'ont pas l'air ravis.

J'ai une sorte de creux dans le ventre, comme quand je vais vomir. Mon père représentait une plus grosse menace que je ne le pensais. Je suis passé à côté, et j'ai failli perdre ma compagne.

— Est-ce que c'est vrai ? lui demande ma sœur. Tu as essayé de faire du mal à l'humaine de Billy ?

— Ma compagne, précisé-je, car je ressens le besoin de revendiquer Aubrey publiquement. L'humaine est ma compagne.

Des murmures parcourent l'assistance. La moitié de la meute semble surprise, mais certains loups ont plutôt l'air curieux. Mon père est fou de rage.

— Lui faire du mal ? J'ai essayé de l'éliminer ! Elle lui a empoisonné l'esprit.

Le tireur de Monaco. Les dirigeants de Sentience

étaient bel et bien innocents. La meute de Luka aussi. C'était mon père le coupable.

Mon propre père a voulu me séparer de ma compagne pour toujours.

— Comment ? demandé-je. Où as-tu trouvé l'argent ?

Engager un tueur à gages exige une sacrée somme.

— Il nous a ruinés, intervient l'une des anciennes, une femme voûtée aux cheveux gris, ses mains noueuses jointes sur une canne en bois sculpté. Ça fait des années qu'il pioche dans les fonds de la meute pour ses besoins personnels, mais c'est de pire en pire. Et il y a quelques jours, j'ai découvert qu'il avait tout raflé.

— C'est la vérité ? demande Boudicca avec douceur.

L'ancienne hoche la tête, et d'autres confirment en murmurant. Les membres de la meute semblent se rapprocher de ma sœur, comme pour qu'elle les guide. Elle leur pose quelques questions, puis se tourne vers moi.

— Je savais que la situation était grave, mais j'ignorais que c'était à ce point-là.

— Tu n'as rien à faire ici, lui dit mon père dans un grognement.

Je ne peux même pas le regarder. Je risquerais de lui arracher la tête.

— Tu es exilée, sale traîtresse.

— Tais-toi, ordonne ma sœur.

Elle n'a même pas élevé la voix.

La bouche de mon père se referme dans un claquement. Il semble surpris qu'elle ait ce pouvoir sur lui, mais la meute ne s'en étonne pas.

Quelques-uns des hommes de main commencent à s'approcher d'elle, et quand elle leur dit *non*, son pouvoir déferle sur eux, les arrêtant net.

— Alpha, chuchotent les anciens.

Tout le monde dévisage Boudicca. Ma sœur soupire.

En d'autres circonstances, je lui lancerais un « Je te l'avais bien dit ». Je savais déjà qu'elle avait la stature d'une alpha. Mais je ne suis pas d'humeur à plaisanter. Pas après avoir appris que mon père avait tenté d'assassiner Aubrey.

Le vent change de nouveau de direction. C'est l'heure.

— Aujourd'hui, nous réglons nos comptes, dit ma sœur. Il était temps.

Elle se tourne vers notre père et déclare :

— William White II, je te juge inapte à diriger cette meute en tant qu'alpha.

— Je t'appuie, dis-je.

Je suis le protocole afin que personne ne conteste la façon dont nous aurons destitué mon père. Mais je ne peux pas m'empêcher d'ajouter :

— Tu es cruel. Tu as torturé des humains ainsi que tes propres enfants. Tu as exilé des loups honorables et tu as fait ressortir le pire au sein de notre meute.

Je vois quelques personnes acquiescer. Nombreux sont ceux qui jugent injuste l'exil de Boudicca. Ils la voient toujours comme un membre à part entière de la meute.

— Tu crois que la faiblesse doit être punie plutôt que protégée, renchérit ma sœur. Tu confonds la cruauté et la force.

— Tu es un tyran, ajouté-je. Et le moment est venu de te montrer à quel point tu es pathétique.

J'enlève mes chaussures.

— Billy, dit ma sœur. Laisse-moi...

— Non. Il a tenté de tuer ma compagne.

Ses yeux bleus soutiennent les miens. Elle veut s'assurer que je suis prêt à endosser le fardeau d'un parricide. Elle continue de me protéger, même maintenant.

C'est pour ça qu'elle fera une excellente alpha.

— C'est toi la véritable alpha de la meute, lui dis-je. Pas moi. Ma place est avec les Blackthroat. Mais d'abord... je veux me venger.

— Très bien.

Elle recule afin de me laisser de la place. Une louve noire est à ses côtés. Il s'agit de sa compagne, Kali. Elle se presse contre ses jambes, et Boudicca pose une main sur son crâne.

Je me tourne de nouveau vers mon père.

— Affronte-moi comme un loup, lui dis-je. L'heure de ta mort est venue.

Le visage de mon père devient tout rouge. Il a envie de protester, mais il en est incapable. Il lutte contre mon ordre, mais il n'est pas assez fort. Finalement, ses yeux roulent dans leurs orbites à cause de la peur.

Ça a quelque chose de triste.

J'attends qu'il se déshabille, puis j'appelle mon loup et me soumets à la transformation.

La bataille est brève. Deux loups luttent l'un contre l'autre. Mais mon père est vieux et gris, là où je suis vif et blanc. Je lui rentre dedans avec mon épaule, et il s'écrase par terre. Je lui saute dessus en un éclair, ne mettant qu'un instant à planter mes crocs dans son ventre mou pour lui arracher les entrailles.

Puis je reprends forme humaine et lui ordonne de m'imiter. Il est étalé sur le dos, le souffle court, et tente de maintenir ses organes dans son corps. Sans succès.

Je ne ressens aucune pitié. Aucun chagrin. Il s'agissait seulement d'une mission nécessaire.

Je me mets sur un genou et le prends par la nuque.

— Sache bien une chose, dis-je à voix basse, tout en sachant que tous les métamorphes parviendront à m'entendre. J'aime ma compagne humaine. Je me battrai chaque jour pour être digne d'elle. Elle fait de moi un loup meilleur, et je l'aimerai jusqu'à la mort, même si elle ne pense plus jamais à moi.

Mon père écarquille les yeux. Il tente de parler, mais parvient seulement à s'étouffer sur son propre sang. Je ne le laisse pas s'exprimer. Je refuse qu'il souille le nom de ma compagne. Je l'étrangle jusqu'à ce que ses yeux deviennent vitreux et que son corps s'immobilise.

Son pouvoir me traverse. Je le sens. Dans la clairière, tout le monde s'en rend compte.

Mais il ne s'arrête pas en moi. Le pouvoir de l'alpha nous parcourt tous, avant de se loger en ma sœur. Ses yeux prennent une teinte bleu vif avant de retrouver leur apparence normale.

— Alpha, lui dis-je.

— Alpha, murmurent les autres membres de la meute.

Un à un, ils s'agenouillent.

C'est exactement ce que je lui ai dit tout à l'heure. Elle s'est toujours battue pour cette meute. Elle protégeait les plus faibles. C'est parce qu'elle était destinée à la diriger. Boudicca a toujours été une alpha, et le moment est venu pour elle de prendre sa juste place. Ce ne sera pas facile. Certains des hommes de main de mon père la défieront ou s'en iront. Mais elle a plus d'alliés qu'elle ne le croit. Et sa compagne la soutient. Je commence à découvrir que les loups peuvent tout accomplir, lorsqu'ils sont soutenus par quelqu'un de fort.

Nous aurions dû mener cette exécution il y a bien long-temps. Mais je ne l'ai pas fait pour ma sœur ou pour moi, ni même pour la meute.

Je l'ai fait pour Aubrey. À présent, elle sera en sécurité.

Et je vais pouvoir rentrer.

# Chapitre Vingt-Neuf

*ubrey*
Je suis assise à l'All Night, toute seule. Il y a une soirée karaoké, et sur la scène, des mecs bourrés sont en train de massacrer « We Are the Champions » de Queen en levant leurs bières. Très original, les gars. On ne l'entend jamais aux soirées karaoké, celle-là.

Mais peu importe. Je ne juge pas. La musique adoucit les mœurs. C'est pour ça que je suis là. Je bois un gin tonic, parce que c'est ce que Billy aime boire. Douze jours se sont écoulés depuis le mariage, mais son absence n'est pas beaucoup plus facile à supporter.

La fac, c'est terminé. Je suis officiellement diplômée depuis samedi. Je n'ai aucun boulot en vue, à part mon temps partiel à La Résistance, et donc je suis désœuvrée.

Je n'ai rien pour tuer le temps, pour accaparer mon attention.

Je passe beaucoup trop d'heures à me demander pourquoi Billy n'a pas décidé que notre couple valait le coup.

La première semaine après le mariage, je gardais espoir,

persuadée que Billy viendrait ou me passerait un coup de fil. Je voulais arranger les choses avec lui.

J'ai honte de l'admettre, mais je voulais qu'il me choisisse. Qu'il me dise que je suis sa compagne destinée. La seule et l'unique.

Mais il ne l'a pas fait.

Je reste sans nouvelles de lui.

Deux types continuent de me suivre en permanence. Ils sont même là ce soir, assis à une table près de la porte.

Je commande un autre verre et tente de ne pas regarder mon portable. Billy est toujours en fond d'écran. Quand j'ai pris cette photo, c'était pour l'embêter. *Regarde-nous, parents d'un petit toutou.* C'est le genre de photo qu'une petite amie ou une épouse prendrait et garderait. J'ai beau avoir perdu espoir que nous nous mettions en couple, je suis incapable de changer de fond d'écran.

Madi est rentrée hier de sa lune de miel en Grèce. Je voulais lui laisser le temps de se remettre du décalage horaire avant de l'appeler, mais finalement, je lui ai laissé un message il y a une heure pour lui dire que j'avais besoin d'une épaule sur laquelle pleurer.

Il me faut un avis extérieur.

Et de la musique. Ça aide toujours, la musique.

— C'est à Aubrey Cook de passer, annonce l'animateur.

Je me suis inscrite en arrivant au cas où j'aurais envie de chanter. Je pousse un soupir. Est-ce que j'en ai envie ?

Et puis merde, pourquoi pas ? Je me lève et me dirige vers la scène.

— Quelle chanson des années 80 tu choisis ce soir ? me demande l'animateur.

Ouais, je suis connue comme le loup blanc, ici.

— « Pictures of You » de The Cure.

Il hoche la tête, et je prends le micro avant de fermer les

paupières, me balançant pendant l'introduction. Il s'agit d'une balade de sept minutes, et je compte la faire en entier. Oui, je réalise que je vais plomber l'ambiance.

Tant pis.

Je laisse la musique m'envelopper. M'engloutir. Je suis du genre à ressentir les émotions sous forme de musique ; les deux sont inextricablement liées pour moi.

J'arpente lentement la petite scène en chantant, la plupart du temps les yeux fermés. Pas pour me couper du public, mais pour me concentrer sur la morosité dans ma poitrine. Pour la catharsis.

Le public reste patient pendant la moitié de la chanson, puis commence à s'agacer.

— C'est trop triste ! lance quelqu'un.

— Tu veux tous nous démoraliser ? raille un autre.

— Fermez-la et laissez-la chanter.

J'ouvre aussitôt les paupières. Je reconnais cette voix.

Madi est assise à une table juste devant la scène. Elle a dû entrer pendant que je chantais. Elle se balance au rythme de la mélodie, démontrant sa passion pour la new wave avec une joie teintée de mélancolie, comme toutes les filles emo qui se respectent.

Je bondis de la scène et me balance contre elle, partageant le micro pour qu'elle chante les dernières paroles avec moi.

La foule nous hue, et je ris dans le micro avant de le rendre à l'animateur.

Il passe « All by Myself », la version originale d'Eric Carmen, pour me taquiner.

— Reviens, Aubrey. On sait que tu es triste. Oublie-le.

Je lui fais un doigt d'honneur et Madi me serre dans ses bras en riant.

— Argh, dit-elle. J'ai eu ton message. Qu'est-ce qui s'est passé ? C'est Billy ?

Je tente de ravaler la boule de la taille d'une noisette que j'ai dans la gorge tout en hochant la tête, et je m'assois face à elle. Je lui parle de la conversation que j'ai surprise, quand Brick lui a demandé quelles étaient ses intentions et qu'il lui a dit que mes souvenirs devraient peut-être être effacés par un vampire.

Madi grimace.

— C'est vraiment possible ?

Elle hoche la tête.

— C'est comme ça qu'ils protègent leur secret.

— Personne ne touchera à mes souvenirs, grogné-je.

Elle hésite puis hoche la tête. Elle me prend la main au-dessus de la table.

— Je ne les laisserai pas faire. J'ai laissé le secret des loups nous séparer une fois. Quoi qu'il arrive avec Billy, tu fais partie de mon cercle proche.

Un poids énorme quitte ma poitrine.

— Merci.

Je prends une grande inspiration et ajoute :

— Enfin bref. Quand Brick lui a posé la question, Billy lui a dit qu'il ne savait pas si j'étais sa compagne. Et puis son père est venu nous voir au mariage.

Madi hoche la tête.

— C'est vrai. Raconte-moi ce qui s'est passé.

Je lui décris l'altercation, et le moment où j'ai à mon tour demandé à Billy si j'étais sa compagne, ne recevant qu'un regard absent comme réponse.

Madi me dévisage. Je vois presque les rouages tourner dans son crâne. J'espère que son cerveau brillant saura me sauver de mes propres pensées chaotiques.

— Billy ne dévoile pas ses émotions. J'imagine qu'il a

appris à s'en distancer avec son père. Alors au lieu de te montrer à quel point il était en colère ou bouleversé, il est devenu distant.

Mon nez brûle pour lui. J'ai peut-être commis une erreur en m'éloignant. Il avait peut-être besoin que je l'étreigne, sur le moment. Que je le ramène à la vie.

— Il avait sûrement honte, en plus. À cause des insultes de son père et peut-être même de sa propre réaction. Il n'aime pas perdre son sang-froid. Il préfère avoir trois coups d'avance et vaincre son adversaire avec détachement. La violence déchaînée, ce n'est pas son mode opératoire habituel.

Le chagrin m'envahit.

Si je pouvais revenir en arrière, je tenterais de le pousser à s'ouvrir davantage. Je lui prouverais qu'il est en sécurité et qu'il peut se dévoiler pleinement avec moi. Mais j'étais trop occupée à protéger mon cœur, à jouer un rôle et à jouter avec lui tout en me persuadant qu'il s'agissait d'une aventure sans lendemain.

Je croyais qu'il avait besoin de faire une pause pour y voir plus clair, mais il avait peut-être besoin du contraire. Il avait peut-être besoin que je me glisse dans son lit et que je lui dise que je ne partirais pas. Mais j'étais trop blessée par son indécision. Je n'aimais pas avoir l'impression d'être un second choix parce que j'étais humaine. Comme si en se mettant avec moi, il se sacrifiait.

Mais ce n'est sans doute pas très différent des préjugés que j'avais contre lui à cause de son statut de milliardaire de Wall Street. Je n'étais pas sûre que l'image que j'avais de moi-même était compatible avec le fait de sortir avec un homme capable de nourrir tous les enfants pauvres de New York avec son salaire annuel. J'avais peur d'être une vendue, de renoncer à mes idéaux.

Avant de le quitter, je ne réalisais pas qu'il valait le coup. Que l'argent ne le rendait pas forcément maléfique. Je ne réalisais pas l'ampleur de mon attachement à lui.

Je réfléchis à ce qu'a dit Madi, concernant le détachement émotionnel de Billy.

— Quand on faisait l'amour, la passion prenait parfois le dessus et il ne se maîtrisait plus. J'ai bien vu qu'il détestait ça. Après coup, il s'en allait ou retournait dans sa coquille, comme s'il avait besoin de remettre sa façade en place.

Madi hausse les sourcils.

— C'était peut-être son loup qui essayait de te marquer.

Je plisse le front.

— Qu'est-ce que ça veut dire ?

— Quand un loup trouve sa compagne destinée, il la reconnaît aussi grâce à son instinct de la marquer.

Elle tire sur le col de son chemisier pour me montrer quatre petites cicatrices blanches entre son épaule et son cou.

— Brick t'a *mordue* ?

— C'est une morsure d'accouplement. Son odeur est comme implantée sous ma peau, de manière à ce que tous les autres mâles sachent qu'il m'a revendiquée.

Mmm, OK.

— Ses yeux ont déjà changé de couleur quand vous couchiez ensemble ?

Je retiens mon souffle.

— Oui. Ils devenaient argentés.

— On dirait bien qu'il luttait contre son instinct de te marquer. Brick a failli perdre le contrôle de son côté animal à cause de notre rupture, parce que son loup voulait me marquer.

— Tu crois... tu crois vraiment que je suis sa compagne, Madi ?

Elle se lève.

— Viens là. J'ai quelque chose à te montrer.

* * *

Quarante minutes plus tard, nous sortons de la limousine que Madi a prise pour venir à Brooklyn – oui, ça m'a fait lever les yeux au ciel –, suivies par les deux chiens de garde que Billy m'a assignés. Madi les a incités à monter avec nous, car comme ils avaient pris le métro avec moi, ils avaient laissé leur véhicule devant mon immeuble.

— Ça aurait été beaucoup plus simple si vous nous aviez laissés vous conduire à l'aller, grommelle l'un d'eux.

Un regard sévère de Madi le fait taire, et il baisse la tête. Dans ce geste, je jurerais entrevoir un loup qui met la queue entre les jambes.

Nous nous trouvons face au siège de Sentience. Madi m'entraîne vers la porte d'entrée. Mes gardes du corps restent en retrait.

Tandis que nous approchons, je vois que l'intérieur des baies vitrées a été couvert de contreplaqué. Une banderole en PVC accrochée devant l'entrée annonce OUVERTURE PROCHAINE DU CENTRE D'ART ET DE LA GALERIE DE L'ARGENTÉE.

— Oh la vache.

La surprise me fait vaciller, et je m'accroupis, les mains en appui sur le sol, pour retrouver l'équilibre. Je regarde le bâtiment.

— Que s'est-il passé ? C'est Billy qui a fait ça ?

Madi lâche un petit rire.

— Il faut croire qu'il s'est appliqué à démanteler

Sentience depuis notre retour de Monaco. Brick et lui ont eu une petite discussion avec les dirigeants, la veille de notre mariage. Ils ont soudain décidé d'indemniser les artistes qu'ils avaient volés avec leurs bénéfices. Puis Billy a acheté le bâtiment et l'a transformé.

Ma gorge se serre. Des larmes roulent sur mes joues. Je me plaque une main sur la bouche.

Billy a fait tomber une entreprise qui vaut des milliards. Pour moi.

Et ensuite, il en a fait un centre pour promouvoir l'art. Il m'a écouté et a sondé mes désirs les plus profonds pour réaliser mon rêve.

Pendant que je pansais mes plaies chez moi, persuadée qu'il n'était pas sûr de ses sentiments, il préparait en fait un coup d'éclat des plus romantiques.

— Alors... je suis sa compagne ?

J'ignore pourquoi, mais j'ai vraiment besoin que quelqu'un le dise à voix haute, vu que Billy a refusé de le faire.

— Il ne t'a peut-être pas marquée, mais il est clairement à toi. Il te décroche la lune, même quand vous n'êtes pas ensemble. Il tente de réaliser tes rêves.

Seigneur, je pleure comme un bébé. Je me couvre la bouche pour étouffer un affreux sanglot.

Pourquoi ai-je douté de lui ?

Billy a des traumatismes, c'est certain. Mais cela ne nous empêche pas d'être heureux ensemble. Il n'est peut-être pas prêt à admettre que je suis sa compagne destinée, mais moi, je peux admettre qu'il est le mien.

L'heure est venue pour moi d'arranger les choses.

S'il refuse de me revendiquer, c'est moi qui irai le faire.

J'essuie les larmes sous mes yeux et bombe le torse.

— Emmène-moi chez toi.

# Chapitre Trente

**B**illy

Allongé sur mon canapé, je tente de me saouler tout en admirant les fleurs grises sur mon mur. Elles sont audacieuses, sublimes, et manquent cruellement de couleur.

Aubrey l'a fait exprès.

Elle m'a fait ça à moi.

Elle est entrée dans ma vie, m'a montré ce qu'étaient la texture et la beauté, avant de me démontrer à quel point j'étais monochrome. Dénué d'âme. Vide, plat et gris.

Avant de rencontrer Aubrey, je croyais être comblé. Je m'étais extirpé de mon enfance, et le Destin m'avait placé sur le chemin de l'alpha le plus puissant du pays. Je n'étais ni le plus grand ni le plus fort de sa meute, mais j'étais le plus féroce. Le plus paranoïaque, calculateur, sournois. J'ai relevé tous les défis pour asseoir ma domination et me montrer indispensable aux yeux de Brick alors que tout s'écroulait autour de lui. Je l'ai aidé à reconstruire sa meute alors que les Adalwulf cherchaient à accaparer ses membres. À rétablir la fortune qu'on lui avait arrachée, et bien plus encore.

Ma vie était parfaitement sous contrôle. J'étais riche, accompli, et j'appartenais à la meute la plus puissante de New York.

Puis elle est arrivée sans prévenir et a tout embrasé.

Bon sang.

Je bois à même ma bouteille de gin. Je l'ai déjà presque vidée, mais grâce à mon métabolisme de métamorphe, j'ai du mal à m'enivrer.

Quelqu'un ouvre la porte sans frapper. Je montre les dents et grogne tout en me levant pour étriper l'intrus.

— Chéri, je suis rentrée.

Je me fige.

Elle est là.

*Compagne*, hurle mon loup.

*Je sais.*

Je suis resté muet lorsqu'elle m'a posé la question.

Quand mon alpha m'a posé la question.

Mais dès qu'elle m'a quitté, tout est devenu clair comme de l'eau de roche : j'ai su qu'Aubrey était ma compagne dès que j'ai mis les pieds à La Résistance. J'ai tenu tête au Destin parce que quelque part, mon subconscient la voyait comme une menace.

L'amour n'est ni simple ni bien net. Ça n'a rien d'ordonné. Je ne peux pas le maîtriser.

L'enfant maltraité en moi craignait pour la vie d'Aubrey ainsi que pour la mienne, car il était figé dans le passé, sans comprendre que j'avais grandi entre temps.

Oui, j'ai bien grandi, et mon tortionnaire est mort.

Personne ne menacera plus jamais ma compagne.

Enfin, si j'arrive à la revendiquer.

Je suis de nouveau figé. Incapable de trouver les mots justes pour la femme qui est tout pour moi.

*Compagne*, gronde de nouveau mon loup.

*Oui, je* sais.

Il faut que j'agisse. Que je dise quelque chose.

Aubrey voit la bouteille d'alcool dans ma main. Le bazar sur ma table basse dans mon salon d'ordinaire impeccable. Je dois avoir la tête de mes émotions : j'ai l'impression d'avoir été plongé en enfer. Elle se dirige vers moi d'un pas décidé.

Je dois parler. Je suis un homme capable de négocier des contrats à plusieurs milliards de dollars. Je devrais quand même pouvoir articuler quelques mots.

— Tu es ma compagne, dis-je d'une voix raide et enrouée.

Aubrey s'arrête net et me dévisage.

Je m'éclaircis la gorge.

— Je suis désolé de ne pas t'avoir répondu au mariage, mais oui, tu es ma compagne. Je suis prêt à tout pour toi, mon Argentée. Mon poison idéal. Ma kryptonite. J'ai... j'ai besoin de toi dans ma vie. Je ne m'en sortirai pas sans toi.

Elle se précipite vers moi d'un pas alourdi à cause de ses Doc Martens et se jette dans mes bras. Je la rattrape et la soulève, ses jambes autour de ma taille.

— Je t'aime, Billy White III.

— Je t'aime, Aubrey Cook I.

— Je suis venue te revendiquer et te marquer comme mon compagnon, même si je n'ai aucune idée de la marche à suivre, déclare-t-elle.

Le sourire qui se forme sur mon visage me fend presque les joues. Un drôle de bruit échappe à mes lèvres. Je ne le reconnais pas, au début, puis je réalise qu'il s'agit d'un rire.

— Je suis impatient de voir comment tu comptes t'y prendre.

Elle me lèche l'oreille, puis la mord. Je nous fais tourner lentement, savourant son étreinte. La légèreté soudaine qui s'est emparée de moi. Cette femme me brise le cœur, puis revient brusquement dans ma vie comme si de rien n'était.

— Je trouverai quelque chose, m'assure-t-elle. Un tatouage sur tes fesses, peut-être ?

Un autre rire m'échappe.

— Tu veux me tatouer les fesses ?

— Oui. Avec mon nom. Ou ma tête, qui sait ?

Je plonge la tête entre ses seins et hume son odeur. J'embrasse sa clavicule.

— Tu es revenue.

— Juste pour info : la prochaine fois que je te laisse en plan, je veux que tu me coures après.

Un troisième rire quitte ma bouche. Je suis sur un petit nuage.

— Il n'y aura pas de prochaine fois, grondé-je.

Je la porte jusqu'au canapé et m'assois, Aubrey à califourchon sur mes genoux.

— Je vais te revendiquer, l'Argentée. Je vais te marquer comme ma compagne afin que tous les loups sachent que tu m'appartiens. Et si tu me quittes à nouveau, il y aura des conséquences.

— Quel genre de conséquences ?

Elle agite les sourcils, et ses lèvres pulpeuses m'adressent un sourire radieux.

— Le genre où tu es nue sur mes genoux pour une bonne fessée.

Les iris d'Aubrey s'assombrissent. L'odeur de son excitation me monte aux narines.

— Mmm, dit-elle en se frottant à mon sexe. Tu devrais peut-être m'en faire la démonstration maintenant.

— J'en ai bien l'intention. Quand tu m'auras dit pourquoi tu es partie.

Une partie de la sensation pesante revient, comme un parpaing dans ma poitrine.

— C'était à cause de la violence ?

Aubrey prend mon visage entre ses mains et pose son front contre le mien.

— Non, répond-elle avec douceur. Enfin, ça m'a fait peur, mais j'ai compris. Ton père m'avait plus ou moins agressée. Ça a fait l'effet d'un déclencheur chez toi.

Je la dévisage. Je n'ai pas envie de prononcer ces mots. Cela me cause une douleur physique, mais il y a trop de non-dits entre nous. Nous devons jouer cartes sur table dès maintenant.

— J'ai un côté violent. Les métamorphes sont plus brutaux que les humains, dans l'ensemble, mais moi j'ai été obligé de me battre pour survivre tout au long de mon enfance. Je... je ne voulais pas que tu voies cette facette de moi. J'ai eu honte. J'ai toujours honte.

Aubrey recule, et ses yeux brillent de larmes. Ça me fait peur. Je ressers les mains sur ses hanches comme si je craignais qu'on la tire en arrière. Qu'on me l'enlève.

— Je n'aurais pas dû choisir ce moment pour te demander si j'étais ta compagne. C'est juste que... j'ai surpris ta discussion avec Brick, à Monaco. Vous parliez de m'effacer la mémoire.

Sa lèvre tremble.

— Merde, dis-je, envahi par la culpabilité. Merde, je suis vraiment désolé. Je n'aurais jamais laissé une sangsue effacer tes souvenirs. Je ne sais pas pourquoi je n'arrivais pas à avouer à Brick que tu étais ma compagne. J'en avais conscience, pourtant. Tous les gars le savaient. Mon comportement était imprévisible. J'ai déclenché un incident diplomatique quand le roi de Monaco t'a insultée. Je me suis mis à travailler de chez moi pour rester à tes côtés. J'ai même élevé un chiot, bordel.

Aubrey m'adresse un sourire réticent.

— Je crois qu'au fond, je savais que te marquer accélérerait une confrontation avec mon père. Une chose que je repoussais depuis trop longtemps. Alors j'ai remis à plus tard et fait mine d'avoir des doutes. Mais j'étais sûr, bébé.

Je caresse sa joue avec mon pouce.

— Et putain, je suis vraiment désolé de t'avoir blessée et de t'avoir donné l'impression que tu n'étais pas assez bien pour moi. Ça n'a jamais été ça, le problème. C'est moi qui n'étais pas assez bien pour toi. Pas encore. Mais j'ai réglé ça. Mon père et ces connards de Sentience ne te menaceront plus jamais, et tes amies non plus.

Elle examine mon expression.

— Qu'est-ce que tu as fait ? murmure-t-elle.

J'hésite. Il s'agit du fameux côté violent que je ne veux pas qu'elle voie. Mais si Aubrey est ma compagne, elle doit savoir qui je suis. Ce que je suis prêt à faire pour la protéger, elle et notre future famille.

— J'ai enterré mon père.

Elle retient son souffle.

— Tant qu'il était en vie, vous auriez été en danger, toi et nos louveteaux, et je ne pouvais pas le tolérer.

Ses yeux s'embuent.

— Nos louveteaux ? répète-t-elle d'une voix étranglée.

Ma gorge se serre également, mais je suis un vrai moulin à paroles, désormais. Je n'arrive plus à me taire.

— Je t'en prie, épouse-moi. Laisse-moi te protéger, te choyer, être ta famille.

Aubrey fond en larmes et se plaque une main sur la bouche pour éviter un sanglot.

Retenant mon souffle, je l'observe de près. Je me prépare à sa réaction.

— Oui, répond-elle en hochant la tête. D'accord. Je suis partante, Billy White, le seul et l'unique. Corps et âme.

Je me laisse retomber sur le canapé, détendu par le soulagement. Ça fait douze jours que je me traîne comme un zombie, peinant à vivre, à respirer, à tenir le coup.

Mais c'est fini.

Aubrey est à moi.

Je sais que tout n'est pas réglé. Je dois apprendre à la rendre heureuse. À la stimuler intellectuellement. À lui faire plaisir, et pas seulement au lit. Je dois apprendre à me dévoiler. C'est à cause de mon silence qu'elle est partie.

— Comme tu ne me recontactais pas, j'ai cru que tu étais soulagé que je t'aie quitté, me dit-elle.

Mon cœur se serre douloureusement.

— Merde. Je voulais seulement respecter ton choix.

— Je sais, mais ne recommence pas.

Elle m'adresse un sourire triste.

— Ce soir, Madi m'a emmenée devant Sentience et m'a montré ce que tu as fait pour moi. J'ai réalisé que je devais toujours compter pour toi.

Je me redresse et la serre contre moi. Je la prends par la nuque.

— Tu comptes. Tu comptes tellement, l'Argentée. Je suis désolé de ne pas savoir comment te le montrer.

— Si, tu le sais. Tu me l'as parfaitement montré. Tout est dans les gestes, avec toi. Moi, j'attendais des paroles. Mais à présent, je sais comment tu exprimes ton amour.

Je fronce les sourcils, perdu.

— Il y a différents types de langages de l'amour. On doit apprendre à parler celui de l'autre.

Je soutiens son regard.

— J'apprendrai, juré-je comme si je prêtais serment devant mon alpha. J'apprends vite.

Aubrey m'adresse de nouveau l'un des sourires radieux dont elle a le secret.

— Je sais. On parle de l'homme qui a appris la langue des signes en quelques mois. Madi m'a dit que tu étais capable de lire un contrat de cinquante pages en cinq minutes et de proposer des corrections détaillées et réfléchies. Tu es beaucoup plus intelligent que moi.

— Je suis un crétin, à côté de toi.

Elle m'embrasse.

— Faux. Moi, j'ai laissé mon orgueil *et* mes préjugés se dresser en travers de notre relation. Mais on forme une équipe, désormais. On affrontera les problèmes ensemble, pas séparément.

Une lutte intérieure se joue dans ma poitrine. L'ancien moi – le moi monochrome – a du mal à respirer alors que sa carapace s'écroule. Le plaisir provoqué par toute cette lumière et cette chaleur entre en conflit avec mon besoin de me protéger à nouveau.

Mais je lâche prise. C'est ça, l'amour. Il faut s'ouvrir, dévoiler ses faiblesses. Ça me nourrit, et en même temps, ça met mon univers sens dessus dessous.

Je me penche pour l'embrasser, mais elle recule.

— L'argent, dit-elle en se tapotant le nez.

Elle a enlevé l'anneau en diamant que je lui ai offert pour remettre l'ancien en argent. Je l'ai vraiment blessée.

— Ça va te brûler, ajoute-t-elle.

— Ça vaut le coup.

J'effleure ses lèvres avec les miennes dans un baiser lent et savoureux.

* * *

*Aubrey*

Je mordille sa lèvre inférieure et tire dessus.

— Où est-ce que tu vas me mordre ? m'enquiers-je d'une voix langoureuse.

L'expression de Billy devient sauvage. Ses yeux passent à l'argent et il bondit sur ses pieds tout en me soulevant.

— À un endroit érotique, répond-il en me portant dans sa chambre.

— Mmm.

— Malheureusement, ça va faire mal, l'Argentée. Je vais devoir percer la peau. Alors si je dois te faire crier, autant le faire sur une zone érogène.

Il me laisse tomber au centre du lit et m'enlève mon tee-shirt d'un seul geste.

— Comme ça, poursuit-il, je pourrai te rappeler que tu m'appartiens à chaque fois que je te donnerai du plaisir.

Je tente de faire sauter les boutons de sa chemise comme dans une romance historique, mais je n'ai pas assez de force.

Billy rit et le fait à ma place, envoyant les boutons voler aux quatre coins de la pièce.

Je grogne comme un tigre et fais mine de lui griffer le torse.

Il me prend par les poignets et me grimpe dessus, me coinçant les mains au-dessus de la tête.

Il plonge la tête entre mes seins pour m'embrasser.

— Donc la question est... est-ce que je te mords ici ?

Il me mordille le haut du sein, avant de lever brusquement une jambe pour me faire rouler sur le ventre.

— Ou sur ces superbes fesses ?

Il passe le pouce sous l'élastique de mon short et le baisse sur mes cuisses en même temps que ma culotte.

Je frissonne quand sa grande paume effleure mes fesses, car je sais ce qui va suivre. Il s'en tient à une légère caresse pour me faire mariner. Puis la première claque tombe.

Je pousse un petit cri.

Il me prend de nouveau les poignets et les coince dans mon dos, comme si j'étais en état d'arrestation. Son geste est doux. Presque respectueux, mais quand il se remet à me fesser, il ne retient pas ses coups.

Il m'assène une série de tapes rapides qui me pousse à me débattre.

— Aïe, protesté-je.

Lorsqu'il s'interrompt, je fais onduler mes hanches.

— Ça, c'était pour m'avoir quitté, l'Argentée.

Il reprend ses effleurements, passant doucement la paume sur la courbe de mes fesses.

Sa main monte le long de mon échine jusqu'à mon soutien-gorge, qu'il dégrafe. Il pousse mes tresses sur le côté et me grimpe de nouveau dessus pour me mordiller et m'embrasser entre le cou et l'épaule.

Puis il s'arrête. Je patiente, mais il s'allonge à mes côtés.

— Ça va faire mal, Aubrey.

Son ton est sérieux.

Je roule face à lui. Ses yeux sont complètement argentés, à présent, et je jurerais que la pointe de ses canines s'est allongée.

La pièce est plongée dans la pénombre, et au-dessus des

lumières de la ville brille la lune, presque pleine. Elle nimbe son visage d'une lueur pâle.

— Je ne veux pas te faire mal. Je ne veux pas te faire peur. Je ne veux plus jamais que tu t'en ailles.

Cela me frappe : Billy a peur. Il a peur de me perdre, et il me confie ce qu'il ressent. Ce moment est plus important que n'importe quelle morsure, du moins à mes yeux. C'est ainsi que l'on apprend à devenir un véritable couple. En s'écoutant et en partageant.

Je pose ma tête sur l'oreiller.

— Ça ferait mal aussi si j'étais une louve ?

Il secoue la tête.

— La douleur te donnerait du plaisir, et la plaie guérirait instantanément. Mais pour une humaine, la morsure d'accouplement peut être fatale, si je le fais au mauvais endroit. Tu saigneras, et tu garderas des cicatrices. J'ai entendu Madi hurler quand Brick l'a marquée.

Je suis sous le choc. J'aurais dû interroger mon amie plus en détail.

— Tu étais présent ?

— Oui. Nous étions là pour protéger Madi. Quand un loup alpha ne trouve pas sa compagne destinée ou pire, la trouve mais ne la marque pas, il peut devenir sauvage. Nous appelons ça la folie lunaire. Le loup prend le dessus, et l'homme, perdu à jamais, doit être abattu.

Mes lèvres forment un O muet. Mes yeux aussi, sans doute.

— Brick était sous le coup de cette folie lunaire ?

— Oui. Nous avons failli le perdre.

Je me souviens que Ruby était venue chercher Madi en la suppliant de l'aider, après sa rupture avec Brick.

— Alors il avait perdu la tête quand il l'a mordue, dis-je.

Quelque chose s'apaise chez Billy. Il comprend où je veux en venir.

— Oui.

— Quant à toi, tu es parfaitement sain d'esprit, là, poursuis-je en lui touchant la joue, puis en lui massant le lobe de l'oreille. Je sais que tu n'aimes pas perdre le contrôle. Même quand on couche ensemble et que tu te laisses aller à la fin, on dirait que tu te retiens et que tu essayes de te reprendre ensuite.

Billy se hisse sur un bras, et de sa main libre, il me caresse le téton.

— Tu as remarqué ça ?

Je hoche la tête.

— Et puis tu as dit que ça ne t'avait pas plu de perdre ton sang-froid devant moi avec ton père.

Il se frotte le visage.

— Ça me tue que tu m'aies vu comme ça.

— Pas moi, insisté-je. Je n'ai pas peur de l'homme que j'ai vu. Je sais que tu ne me ferais jamais de mal.

Je l'embrasse sur la bouche.

— Je veux voir tous tes coins et tes recoins. Même les plus repoussants. Même ceux qui te font honte. Je t'aime, Billy. Dans ta totalité. Je ne suis pas partie parce que j'avais vu quelque chose qui me déplaisait. Je suis partie parce que tu refusais de tout partager avec moi.

Une expression vulnérable envahit le visage de Billy, et pour une fois, il ne cherche pas à la dissimuler.

— Alors montre-moi ta facette sauvage. Arrête de te retenir. J'adore le fait que tu aies un puissant côté animal, Billy. Marque mon corps avec tes dents et fais-moi voir ce que c'est d'être revendiquée.

Comme par magie, sa retenue s'envole.

Je me retrouve plaquée sur le dos. Billy finit de m'enlever mon short et ma culotte.

Il ouvre sa braguette, et je m'empare de son érection.

Je n'avais encore jamais vu ses yeux aussi argentés. Et ses canines sont *bel et bien* longues et acérées. C'est avec elles qu'il compte me mordre. Un frisson d'excitation me traverse.

— Préservatif, dis-je d'une voix étouffée lorsqu'il commence à me pénétrer. Sauf si tu veux des louveteaux tout de suite.

Je ne sais pas ce qui m'a pris de dire un truc pareil, mais ça me semble tout naturel. Je ne plaisantais pas, quand j'ai dit que j'étais partante, corps et âme. Avec Billy, je veux la totale : mariage, famille, tout.

Il interrompt son geste à mi-chemin de la table de chevet.

— *Oui*, répond-il.

Sa voix n'a plus rien d'humain. Le grondement sourd qui émane de sa poitrine est surnaturel.

Il me pénètre, me transperce de son érection, profondément, du premier coup.

Je halète et plaque une main contre la tête de lit.

— Je vais te mettre un louveteau dans le ventre, Aubrey White, dit-il en allant et venant.

— Je ne prendrai pas ton nom, répliqué-je, mais avec un sourire jusqu'aux oreilles.

Nous allons nous marier. C'est dingue.

— Je vais te mettre un louveteau dans le ventre, Aubrey Cook-White, se corrige-t-il sans cesser ses coups de reins, me maintenant par l'épaule pour éviter que je me cogne contre la tête de lit.

Le plaisir me fait déjà perdre la tête. Je nage dans les hormones de l'amour.

Il baisse la tête et donne un coup de langue à mon téton, avant de le mordiller.

— Je suis d'accord pour faire tout le rituel humain du mariage, tout ce que tu voudras, mais ce soir, tu deviens mienne. Ce soir, j'implante mon odeur sous ta peau, l'Argentée.

Il dit ça comme s'il s'agissait d'un avertissement. Ou d'une punition. Il m'offre peut-être une dernière porte de sortie.

Jamais de la vie.

Je croise les chevilles derrière son dos pour l'attirer plus profondément en moi, lui montrer que j'en veux encore.

— Je te revendique, et il n'y a pas de retour en arrière possible. Plus de séparation, dit-il.

Ses yeux luisent dans le noir. Mon cœur s'emballe.

Mon petit ami est un loup. C'est palpitant, et tout naturel à la fois.

Billy enchaîne les coups de reins, de plus en plus vite, avec tellement de force que j'aurai sans doute une démarche de cow-boy demain. J'en veux plus. Je plante les ongles dans ses épaules et lève le bassin pour aller à sa rencontre.

— Il n'y a aucun avenir où nous ne sommes pas ensemble, gronde-t-il. Tu es ma compagne, et les loups s'accouplent pour la vie.

Je ris, mais je pleure en même temps. En tout cas, mon visage est mouillé.

— Fais-le, l'encouragé-je. Rends-moi tienne.

Il pousse un grognement de loup. Ses mâchoires s'ouvrent, et ses crocs brillent au clair de lune. Je ressens une brève vague de peur, instantanément éclipsée par le plaisir.

Il éjacule en moi, et je jouis autour de son membre

palpitant. Mes parois internes pompent son essence. Je pousse un cri de plaisir.

— *Mienne,* rugit Billy en s'enfonçant profondément avant de s'immobiliser.

— Oui, tienne !

Il prend l'un de mes seins en main et penche la tête.

— Mienne, répète-t-il tout bas, cette fois.

Ses mâchoires se referment. La morsure est douce et peu profonde, sur la face extérieure de mon sein, sur le muscle pectoral.

Je jouis à nouveau, projetant les hanches contre lui, serrée sur son sexe tandis qu'il ôte délicatement les dents de ma chair et lèche mes plaies.

— Tout va bien, l'Argentée ?

Il me prend par le menton pour que je tourne la tête vers lui. Ses yeux sont redevenus bleus, et ils me dévisagent avec inquiétude.

Mes paupières s'ouvrent en papillonnant, et je souris. Je fais onduler mon bassin pour lui montrer à quel point je me sens bien.

— C'est douloureux ? me demande-t-il.

— Dans le bon sens.

— Ah oui ?

Il pince longuement le téton du sein qu'il a marqué, et je jouis à nouveau.

— Oh, sangloté-je.

Il pince mon autre téton.

— Mienne, murmure-t-il.

— Toute à toi.

— Je t'aime, dit-il en embrassant les larmes sur ma joue. Je ne sais pas comment j'ai fait pour avoir autant de chance, mais je ne te laisserai jamais m'échapper.

— Tu n'as pas intérêt.

# Chapitre Trente et Un

Aubrey

C'est une journée torride, et la remise de diplômes du City College bat son plein, alors je meurs de chaud dans ma robe de cérémonie noire.

— Félicitations aux nouveaux diplômés de 2025, dit le président de l'université dans son micro.

Voilà, j'ai réussi. J'ai officiellement décroché ma licence en études féminines, bien qu'elle risque de m'offrir peu de débouchés. Je me joins à mes camarades fous de joie et lance mon chapeau en l'air.

Mes parents se trouvent dans le public, ainsi que ma grand-mère, Caroline, Jan, Madi et sa mère.

J'ai appelé Jan et Jamie hier pour leur apprendre que Billy avait fait tomber Sentience et qu'elles étaient parfaitement en sécurité, désormais. Jamie veut toujours obtenir justice, et elle est désormais libre de révéler leurs crimes au grand jour à l'aide du *New York Times*.

Madi agite la main et me montre le ciel. Je lève les yeux. Un petit avion nous survole avec une bannière qui dit « Félicitations, Aubrey ! »

Je ris et la pointe du doigt.

— Toi ? articulé-je.

Elle sourit et secoue la tête. Billy, alors. Mon compagnon. Bien sûr.

Je parcours la foule des yeux.

Où est-il ? Je sais qu'il est présent. Il m'a demandé de rester chez lui le soir où il m'a marquée, avant d'envoyer des hommes de sa meute chercher Pepper et des affaires chez moi.

Quand j'ai argué que je pourrais vouloir continuer de me servir de mon appartement, car la chambre de Madi me servait de studio, il m'a montré l'énorme chambre d'ami qu'il avait convertie en atelier pour moi.

*Quand nous étions séparés.*

Ouah.

Quand ce matin, je lui ai demandé s'il voulait m'accompagner et rencontrer mes parents, il m'a répondu qu'il ne raterait ça pour rien au monde. Je l'ai prévenu que je le présenterais comme mon petit ami, pas comme mon fiancé, car pour des humains, cela semblerait précipité. Il a grommelé, mais j'ai appris que lui montrer ma marque ou le laisser la sentir l'apaisait immédiatement, alors je lui ai dévoilé mon sein et il m'a attiré sur ses genoux pour embrasser ma poitrine avec une telle révérence que j'ai eu l'impression d'avoir lancé une nouvelle religion.

La religion des seins marqués.

Je repère une rangée de métamorphes, debout derrière les chaises sur la pelouse. Billy, Brick, Nickel, Vance, Jake et Sully se tiennent dos à la clôture comme des sentinelles. Ils sont tous grands, beaux et impressionnants, même sans leurs costumes trois-pièces. Maintenant que je sais que ce sont des loups, je comprends mieux. Ils dégagent énormément de pouvoir et de charisme.

Pas étonnant qu'ils aient conquis Wall Street.

Je me fraye un chemin jusqu'à Billy, qui me soulève et me fait tournoyer.

— Aïe. J'ai mal au sein, murmuré-je.

Il me repose aussitôt avec une expression inquiète.

— C'était très attentionné, cette banderole, dis-je en me mettant sur la pointe des pieds pour l'embrasser, avant de me tourner vers Brick. Merci beaucoup d'être venu.

Je le prends dans mes bras.

— Bienvenue dans la meute, Aubrey.

Ouah. Je fais partie de la meute. C'est dingue !

— Merci.

— Bienvenue dans la meute, me disent les autres tour à tour en m'étreignant.

Cela ressemble à un rituel, une initiation officielle. Maintenant que je suis marquée, je n'appartiens pas seulement à Billy, je suis l'une des leurs.

J'adore ça.

Madi mène sa famille vers nous, et j'accepte leurs étreintes, leurs ballons et leurs félicitations.

— Maman, papa, tout le monde : je vous présente Billy, l'homme avec qui je sors. C'était le témoin de Brick.

Mon père lui serre la main. Ma mère le prend dans ses bras.

Jan et Caroline décident de jouer les papas bourrus et le fusillent du regard tout en lui serrant la main. Bien sûr, elles ont sans doute compris qu'il s'agissait d'un milliardaire, et elles se demandent si j'ai perdu la boule.

Elles vont mettre un moment à s'y faire.

Je ne renonce pas à mes idéaux, mais l'idée que je me fais de moi-même va devoir changer. Je sais que j'y arriverai. Madi l'a bien fait, elle.

Billy s'éclaircit la gorge.

— Bon, si vous voulez, j'ai fait venir un traiteur chez nous. Nous avons des limousines pour tous vous conduire.

— Chez vous ? répète ma mère en haussant les sourcils. Vous deux ?

Je suis impressionnée que cette histoire de limousines ne l'ait pas laissée sans voix.

— Oui, enfin, c'est l'appartement de Billy, dis-je. Il vit dans le même immeuble que Brick et Madi.

— C'est chez nous, intervient Billy d'un ton ferme. Aubrey est en train d'y peindre des fresques.

Ma mère est bouche bée.

— Ma chérie ! Depuis combien de temps ça dure ? Pourquoi tu ne nous as rien dit ?

Je jette un regard à Billy. Il est raide et donne une impression de froideur, comme d'habitude, mais je vois bien qu'il fait un effort.

— C'est récent. Billy m'a engagée pour réaliser des fresques chez lui, et les choses ont évolué entre nous.

Je cherche sa main, et il prend aussitôt la mienne.

Madi, qui est blottie contre Brick, sourit.

— Ça va être génial. J'ai hâte de voir ton œuvre. Allons-y !

Nous nous dirigeons vers les limousines, mais Billy m'entraîne en direction de sa Porsche. Il ouvre la portière passager pour moi. Une petite boîte à bijoux est posée sur le siège, ornée d'un ruban.

— J'ai un cadeau pour toi, dit-il. Mais si ce n'est pas parfait, on l'échangera.

C'est parfait. Je le sais déjà. Billy est attentionné.

Je m'assois dans la voiture et attends que Billy se soit glissé derrière le volant pour tirer sur le nœud du ruban. J'ouvre le couvercle.

Il s'agit de trois rangées de diamants roses. Simple. Superbe. Carrément mon style.

— Je l'adore. Les diamants sont synthétiques ?

— Pas de pierres acquises dans le sang pour mon épouse.

Son épouse. L'entendre dire ces mots m'envoie un frisson d'excitation.

— C'est une bague de fiançailles ? demandé-je en la passant à mon annulaire.

Il hoche la tête.

— Tu veux bien m'épouser ?

Il connaît déjà la réponse. Il m'a déjà demandé l'éternité.

— Oui.


* * *


*Billy*

J'ouvre la porte et soulève Aubrey pour lui faire franchir le seuil.

Elle rit.

— Je crois que pour ça, il faut attendre le mariage.

— Ah bon ? Je me mélange les pinceaux, avec toutes vos traditions humaines.

Je la pose alors que l'ascenseur sonne pour annoncer l'arrivée de nos invités.

En notre absence, le traiteur a décoré l'appartement avec des ballons noirs et argentés et installé des tables couvertes de nappes blanches et de confettis argentés.

— Oh la vache ! Qu'est-ce que c'est ? s'écrie Aubrey en voyant Pepper arriver avec un mini chapeau de diplômé sur la tête et une cape censée représenter la robe des étudiants. Comme tu es mignon !

Elle prend le chiot dans ses bras, et il tente de lui lécher le visage.

— Qui est ce petit amour ? babille sa mère.

Elle me lance un regard curieux, comme si elle s'étonnait qu'un homme comme moi choisisse d'adopter un Shih-Poo.

— Il est à Aubrey, dis-je.

— Il est à nous, insiste-t-elle, tout comme j'ai insisté sur le fait que l'appartement était à nous deux.

— Tu as un *chien* ? demande Caroline, incrédule.

Elle caresse les oreilles de Pepper en lui disant qu'il est mignon tout plein.

— Eh oui. On est coparents.

Aubrey trouve ce terme très drôle. J'espère qu'elle sera aussi enthousiaste quand elle attendra mon louveteau.

— Aubrey, c'est merveilleux, lance Jan en admirant la première fresque.

Elle est toujours en noir et blanc, mais Aubrey y a ajouté des touches argentées qui l'ont tout de suite rendue plus vivante.

Tout comme elle m'a rendu plus vivant.

— Ça vous plaît ? demande Aubrey en inspectant son œuvre d'un œil critique ; elle n'a pas encore décidé si elle l'a terminée.

— Je l'adore, s'exclame sa mère.

— C'est très différent de ton style habituel, dit Jan. Ton exploration du noir et blanc avec ces fleurs est vraiment inspirée.

Aubrey plisse les yeux et m'adresse un grand sourire.

Je lui fais un clin d'œil.

Je n'ai jamais fait de clin d'œil de ma vie. Je ne joue pas.

Je ne flirte pas. Je ne sais vraiment pas ce qui m'a pris. Mais quand Aubrey pose la main sur sa poitrine et ferme les paupières comme si mon geste l'avait conquise, j'ai l'impression d'être un géant.

C'est elle qui a changé ma personnalité. Elle m'a redonné vie. Son chaos a bouleversé les règles et l'ordre bien établi de mon existence, et je ne serai plus jamais le même.

Je ne veux plus jamais être le même.

— Ooh, j'adore celle-là ! s'écrie Caroline lorsqu'elle aperçoit la seconde fresque, qu'Aubrey a passé toute la journée et presque toute la soirée d'hier à réaliser.

Elle est multicolore, peinte dans des oranges, des bleus, des jaunes et des rouges vifs. Un énorme loup bleu fait face à l'assistance, le poil hérissé, les crocs dévoilés. Moi. À sa droite, juste derrière son épaule, est assis un petit chien roux, en sécurité sous la protection du loup. Pepper.

Aubrey ne s'est pas incluse dans la fresque, ce qui me chiffonne, mais elle m'a promis de peindre son autoportrait sur une toile et de me le donner. Elle affirme adorer son nouvel atelier, qui surplombe Central Park, et bien sûr, quand le centre d'art aura été rénové selon ses goûts, elle pourra aussi s'y rendre pour travailler.

D'un signe de tête, je demande aux traiteurs d'ouvrir le champagne pendant qu'Aubrey parle du centre d'art à sa famille. Ils sont quelque peu stupéfaits que tant de choses se soient déroulées sans qu'ils le sachent, mais personne ne semble s'en offusquer.

Les traiteurs arrivent avec leurs plateaux chargés de coupes, et je lève la mienne.

— J'aimerais porter un toast, annoncé-je.

L'expression d'Aubrey se radoucit. Le regard qu'elle me lance me donne envie de me jeter à genoux et de remercier la Déesse Lune de m'avoir donné une femme pareille.

— À Aubrey, la femme qui a bouleversé ma vie. Qui m'a aidé à changer et m'a appris à aimer. Je te suis reconnaissant d'avoir débarqué dans mon existence pour me remettre les pendules à l'heure.

La mère d'Aubrey ouvre de grands yeux, mais tout le monde éclate de rire.

— À Aubrey, lance Madi.

— À Aubrey, répètent nos invités en chœur.

Aubrey trinque avec moi, boit une gorgée, puis repose sa coupe de champagne. Elle me prend dans ses bras et m'embrasse comme s'il s'agissait de nos derniers instants sur terre.

Nos invités poussent des hourras.

Je l'étreins, en prenant garde à ne pas la serrer trop fort, cette fois, et je l'embrasse passionnément, comme je compte le faire pour le restant de mes jours.

# Épilogue



*Six mois plus tard...*

**N**oah

J'ouvre la porte de la Galerie d'Art de l'Argentée et entre.

Quand le chef vous invite à l'inauguration du centre d'art de sa compagne, vous vous y rendez sans discuter.

Même si personne ne vous a encore invité à rejoindre sa meute.

Où que je pose les yeux, je vois des œuvres en tout genre. Photographies, sculptures, peintures à l'huile. Des fleurs en papier gigantesques couvrent un mur entier, et des statues en ébène sont disposées sur des socles étroits.

Je repère Billy, main dans la main avec sa compagne, en train d'admirer une grande fresque florale sur laquelle sont exposées des photos. Un petit chien se trouve aux côtés de Billy, vêtu d'un smoking et d'un nœud papillon. Cette petite créature ne correspond tellement pas à la personnalité de mon supérieur que je le regarde longuement pour tenter de comprendre. Puis sa compagne se penche pour prendre le chiot dans ses bras, et tout s'éclaire. Billy, comme tous les loups qui se respectent, est prêt à tout pour sa compagne. Y compris à élever un chien ridiculement petit, si elle en voulait un.

Adorable.

Au centre de la salle, devant la fresque, les traiteurs ont installé des tables couvertes de différents fromages.

Madi et Blackthroat se joignent à Billy. Ça aussi, c'est une union étonnante. L'alpha de l'une des plus grosses meutes du pays, accouplé à une humaine. Une humaine remarquable, toutefois. Madi est brillante, généreuse et aimable. J'ignore ce qui s'est passé entre eux, exactement, mais je crois que Blackthroat a failli succomber à la folie lunaire en essayant de nier leur union.

C'était en lien avec la meute Adalwulf et une offre d'emploi, parce qu'à l'époque, Blackthroat m'avait demandé de lire sur les lèvres de Madi et d'Aiden Adalwulf sur une vidéo.

Madi me voit et me fait signe d'approcher. Je signe « bonjour ».

Madi me présente à Aubrey, sa meilleure amie et la compagne de Billy.

— C'est Aubrey qui a réalisé cette superbe fresque, dit Madi à voix haute ainsi qu'en langue des signes, ce qui exige des compétences dignes d'une interprète.

— C'est magnifique, dis-je à voix haute. Cette galerie expose seulement vos œuvres ?

Aubrey secoue la tête en riant.

— Non. Mais c'est moi qui me suis occupée de la sélection. Notre prochain thème, ce sera l'art comme vecteur de changement, de justice sociale, ce genre de choses.

Je hoche la tête.

— Les étages supérieurs accueillent des ateliers d'artistes, et le rez-de-chaussée, c'est la galerie.

— Félicitations, c'est un projet audacieux, dis-je.

Aubrey sourit, puis son regard glisse vers Billy, qui la serre contre lui. Il a énormément changé ces derniers mois, depuis qu'il s'est accouplé. Il n'est pas moins puissant, mais son côté sauvage et agressif a disparu. Il dirige son équipe de façon plus apaisée, désormais.

Blackthroat me serre la main.

— Content de vous voir ici, Noah.

— Je suis heureux d'avoir été convié.

Il garde ma main dans la sienne un moment et me dévisage. Il croit peut-être que je demande subtilement à être intégré dans sa meute.

Ce n'est pas le cas. Je préfère être un loup solitaire, mais à mon avis, ce n'est pas acceptable aux yeux d'un alpha comme Blackthroat.

Pour trouver un emploi à Wall Street, j'ai procédé comme un humain ordinaire. Après avoir décroché un MBA à Harvard, j'ai postulé à Manhattan. J'ai tout de même candidaté dans les deux entreprises dirigées par des loups, en me disant que mon odeur me donnerait peut-être un coup de pouce lors de l'entretien.

J'avais conscience que je risquais également d'obtenir l'effet inverse, si les loups new-yorkais, comme ceux de ma meute d'origine, me jugeaient « déficient ». Je n'ai demandé à intégrer aucune meute, puisque je ne savais pas encore comment ils me traiteraient ni qui me proposerait un emploi. Si je ne décrochais pas de contrat chez les loups, j'aimais autant n'être affilié à aucune meute.

C'était ma première erreur.

La directrice des ressources humaines de Moon Co. était humaine, mon odeur n'est donc pas entrée en jeu, mais il faut croire que j'ai assuré lors de l'entretien, car j'ai décroché le poste. Sur le coup, je me suis félicité d'avoir été engagé uniquement au mérite.

Puis j'ai rencontré le PDG, Brick Blackthroat. Il m'a flairé pendant une réunion et m'a convoqué dans son bureau. Je me suis retrouvé plaqué contre le mur, pris à la gorge, jusqu'à ce que je jure que je n'étais pas un espion à la solde des Adalwulf.

Puis Brick m'a demandé pourquoi je n'étais pas venu le voir, en tant qu'alpha de ce territoire, pour me joindre à sa meute. Il est impossible de mentir à un alpha, mais dire la vérité a été ma deuxième erreur. Il n'a pas aimé entendre que je voulais tâter le terrain dans les deux camps pour décrocher un emploi.

Ma troisième erreur fut de déjeuner avec Madi avant qu'ils soient accouplés. Elle m'avait invité en toute amitié, et elle n'était pas marquée, alors j'ignorais qu'elle lui appartenait. Il m'a fait comprendre sans détour que je ne devais pas m'approcher d'elle.

Et donc, je n'ai jamais été invité à rejoindre leur meute. Je ne pense pas qu'ils aient un problème avec ma surdité, comme ma meute d'origine, car quand Billy a vu Madi me parler en langue des signes au bureau, lui et le reste de son équipe se sont aussitôt mis à l'apprendre. Dans mon ancienne meute, seule ma grand-mère avait pris cette peine. J'ai appris à lire sur les lèvres et à parler, et j'ai fait de mon mieux pour m'intégrer.

Ne pas avoir de meute a ses mauvais côtés, cependant. Je n'ai nulle part où courir, à Manhattan. Ça fait des mois que je ne me suis pas transformé. Mon loup commence à perdre patience, et il ne cesse de m'envoyer des rêves de chasse.

En général, je cours après du gibier. Mais parfois, il

s'agit d'une jeune femme superbe avec des cheveux blonds comme la lune et de grands yeux un peu perdus.

Comme celle que j'ai vue sortir d'une limousine avec Aiden Adalwulf.

La prophétesse de leur meute, selon Billy.

J'ai encore rêvé d'elle cette nuit.

Elle portait une chemise de nuit vaporeuse à l'ancienne, et sa chambre – à moins qu'il s'agisse d'une prison ? – était meublée élégamment, mais à la mode d'un autre siècle.

Son don lui permet de voir au-delà des murs de son château.

Son don l'a menée à moi.

Elle était assise sur son lit, mais a tourné les yeux vers moi avec une exclamation. J'étais à la fois dans mon propre lit à Soho et dans sa chambre.

— *Noah*, a-t-elle dit d'un ton émerveillé.

Elle ne parlait pas avec sa voix. Pas avec ses mains.

*Avec son esprit.*

Elle ne devait pas avoir beaucoup plus de dix-huit ans, même si je ne suis pas particulièrement doué pour estimer l'âge des louves. Elle m'a souri.

— Ça fait une éternité que je t'attends.

— Qui es-tu ? demandé-je avec mon esprit, moi aussi.

Son sourire fut triste et mystérieux.

— Tu ne le sais pas ?

Je la reconnaissais, mais dans mon rêve, je ne me rappelais pas pourquoi.

J'avais envie de répondre *si*, pour ne pas la décevoir. Je voulais lui dire que je la reconnaissais. Que je l'avais revendiquée dans une vie passée. À moins qu'il s'agisse d'une vie future ? Elle avait quelque chose de terriblement familier. Était-ce un fantôme ? Un esprit censé me guider ?

Bien sûr, je ne parvenais pas à distinguer son odeur. Pas

en rêve. Si j'avais pu la humer, j'aurais peut-être compris ce qu'elle représentait pour moi.

Alors j'ai simplement secoué la tête.

— Mais je veux le savoir.

Elle a baissé la tête en replaçant une mèche de cheveux derrière son oreille. Voyais-je un rougissement sur sa peau pâle ? Les fantômes ne pouvaient pas rougir, n'est-ce pas ? Soudain, je la percevais comme un être moins éphémère. J'admirai la peau dévoilée par le décolleté modeste de sa chemise de nuit. La courbe de ses seins. Ses mains délicates. Ses lèvres pulpeuses. Mon sang a foncé droit sous ma ceinture.

— Ça viendra, m'a-t-elle dit.

J'ai fait un pas vers son lit.

— Qu'est-ce que je fais là ?

Une ride s'est formée entre ses sourcils, et son regard est devenu vague, puis elle s'est mise à m'observer d'un air songeur, sa jolie tête penchée sur le côté.

— *La guerre approche. Tu dois choisir ton camp. Trouve-moi avant qu'il soit trop tard.*

* * *

Merci beaucoup d'avoir lu *Grand Méchant Tyran* ! Si ça vous a plu, nous serions heureuses que vous postiez vos commentaires sur les réseaux sociaux et que vous recommandiez cette série autour de vous. Ça fait toute la différence pour les autrices indépendantes telles que nous.

# Livre gratuit - La Vierge et le Vampire

**Abonnez-vous à la newsletter de Renee e Lee**

Abonnez-vous à la newsletter de Midnight Romance pour recevoir livre gratuit, des scènes bonus gratuites et pour être avertie de ses nouvelles parutions ! https://dl.book funnel.com/5p8orhhczq

# Livre gratuit de Renee Rose

**Abonnez-vous à la newsletter de Renee**

Abonnez-vous à la newsletter de Renee pour recevoir livre gratuit, des scènes bonus gratuites et pour être averti·e de ses nouvelles parutions !

# Ouvrages de Renee Rose parus en français

**www.reneeroseromance.com/francaise/**

### *Les Loups-Garous de Wall Street*
*Grand Méchant Patron: Minuit*
*Grand Méchant Patron: Folie Lunaire*
Grand Méchant Patron: Marquée
Grand Méchant Patron : Accouplés
Grand Méchant Tyran

### Alpha Bad Boys
*La Tentation de l'Alpha*
*Le Danger de l'Alpha*
*Le Trophée de l'Alpha*
*Le Défi de l'Alpha*
L'Obsession de l'Alpha
*L'Amour dans l'ascenseur (Histoire bonus de La Tentation de l'Alpha)*
*Le Désir de l'Alpha*
*La Guerre de l'Alpha*
*La Mission de l'Alpha*

*Le Fleau de l'Alpha*
*Le Secret de l'Alpha*
*La Proie de l'Alpha*
*Le Sang de l'Alpha*
*Le Soleil de l'Alpha*
*La Lune de l'Alpha*
*La Serment de l'Alpha*
*La Vengeance de l'Alpha*
*Le Feu de l'Alpha*

## Les Ours Bad Boys

La Revendication de l'Alpha

## Dompte-Moi

*Son Maître Royal*
*Oui, Docteur*
*Son Maître Russe*
*Son Maître Marine*
*Soumise à leur Punition*
*Son Maître Pompier*
Son Maître Cuistot

## La Bratva de Chicago

*Prélude*
*Le Directeur*
*Le Stratège*
*Possédée*
*L'Homme de Main*
*Le Soldat*
*Le Hacker*
*Le Bookmaker*
*Le Nettoyeur*
*Le Coureur*

*Le Gardien*

## Les Nuits de Vegas
*Roi de carreau*
*Atout cœur*
*Valet de pique*
*As de cœur*
*Joker Mortel*
*Dame de trèfle*
*Cartes sur Table*
*Bonne pioche*

## Alpha des montagnes
Le héros
*Rebel*
*Le guerrier*

## Série Chicago Sin
Nid de Péché
Ancré dans le Péché

## Lycée Wolf Ridge
Brute Alpha
Chevalier Alpha
Alpha par Alliance
Le Roi Alpha

## Le Ranch des Loups
*Brut*
*Fauve*
*Féral*
*Sauvage*
*Féroce*

*Impitoyable*

### Deux Marques
*Indomptée (libre)*
*Tentée*
*Désirée*
*Séduite*

### Maîtres Zandiens
*Son Esclave Humaine*
*Sa Prisonnière Humaine*
*Le Dressage de Son Humaine*
*Sa Rebelle Humaine*
*Sa Vassale Humaine*
*Son Compagnon et Maître*
*Animal de Compagnie Zandien*
*Sa Possession Humaine*

### Les Épouses Zandiennes
*La Nuit des Zandiens*
*Achetée par les Zandiens*
Dominée par les Zandiens
Les Lumières de Zandia
Détenue par le Zandian
Revendiquée par le Zandian
Enlevée par le Zandian
Sauvée par le Zandian

# Toujours par Lee Savino

**Romance paranormale**

La Saga des Berserkers

**Vendue aux Berserkers**

*Rien ne pourra empêcher ces féroces guerriers de revendiquer leur compagne.*

Alpha Bad Boys

**Le Tentation de l'Alpha** avec Renee Rose

*Mon loup veut la marquer et en faire sa compagne, mais elle est humaine et délicate : elle ne survivrait pas à une morsure de métamorphe.*

* * *

**Romance et science-fiction**

Exilés sur la Planète-Prison

**La Compagne des Draekons** avec Lili Zander

Une romance extrarrestre à trois

*Un vaisseau spatial écrasé. Une planète-prison. Deux imposants extraterrestres bronzés qui se transforment en dragons. Le mieux dans tout ça ? Les dragons prétendent que je suis leur compagne.*

* * *

**Romance contemporaine**

Bad Boy Royal

*Je ne suis pas du tout en train de tomber amoureuse de mon arrogant et agaçant dieu du sexe de patron. Non. Absolument pas.*

Royally Fake Fiancé

*Le duc de Nouvelle-Arcadie a un problème d'image que seule une fiancée peut régler. Et je suis la petite veinarde qu'il a choisie pour jouer les Cendrillons.*

La belle & les bûcherons

*Après cette saison au camp des bûcherons, j'arrête complètement de baiser. Parce que : j'ai mes raisons.*

Papa à moi

*Mon héros marin sexy veut que je l'appelle « papa »...*

L'innocence brisée

**Innocence** avec Stasia Black

Une romance sombre de mafia

*Je suis le roi des bas-fonds du crime.*

*Elle est à moi, et je ne la laisserai jamais partir.*

Captive du milliardaire

**La Belle et sa Bête** avec Stasia Black

Une romance interdite

*Elle expiera les péchés de sa famille... pour toujours.*

*Elle est la Belle, et je suis la Bête.*

# À propos de Renee Rose

**RENEE ROSE, AUTEURE DE BEST-SELLERS D'APRÈS USA TODAY**, adore les héros alpha dominants qui ne mâchent pas leurs mots ! Elle a vendu plus d'un million d'exemplaires de romans d'amour torrides, plus ou moins coquins (surtout plus). Ses livres ont figuré dans les catégories « Happily Ever After » et « Popsugar » de USA Today. Nommée *Meilleur nouvel auteur érotique* par Eroticon USA en 2013, elle a aussi remporté le prix d'*Auteur favori de science-fiction et d'anthologie* de Spunky and Sassy, e celui de *Meilleur roman historique* de The Romance Reviews. Elle a fait partie de la liste des meilleures ventes de USA Today sept fois avec ses livres Wolf Ranch et plusieurs anthologies.

**Abonnez-vous à la newsletter de Renee** pour recevoir des scènes bonus gratuites et pour être avertie de ses nouvelles parutions!
https://www.subscribepage.com/reneerosefr

# À propos de Lee Savino

Lee Savino a l'intention de conquérir le monde, mais la plupart du temps, elle n'arrive même pas à trouver ses clés ou son téléphone, alors elle préfère encore rester chez elle et écrire des romances smexy (smart + sexy). Elle adore le chocolat, passe sa vie en pantalon de yoga et porte les chapeaux comme personne.

Pour de bonnes tranches de rigolade, rejoignez son groupe sur Facebook en anglais, Goddess Group, ou rendez-vous sur **https://geni.us/BredBerserkerFR** pour vous inscrire à sa news-letter et recevoir un livre gratuit.

Site web : www.leesavino.com
Facebook Goddess Group :
https://www.facebook.com/groups/LeeSavino/

www.ingramcontent.com/pod-product-compliance
Lightning Source LLC
Chambersburg PA
CBHW051557100726
47898CB00001B/132